Goran Gavran

HRONIKE DUALIZMA

ILI

KATARI I KRSTJANI

© 2012 Goran Gavran
Umschlaggestaltung Divin Gavran
Verlag: tredition GmbH, Mittelweg 177, 20148 Hamburg
Printed in Germany
ISBN: 978-3-8491-1831-0

Montségur i rukopis

(1)

„Mons securas"...sigurno, bezbjedno brdo...u okolnim selima i zaseocima ga zovu i Brdo Spasa...kažu oni...ko je na njemu izdahnuo, taj je svoju dušu sačuvao od budućih nepotrebnih rođenja...

Geološki rečeno...Montségur je ogromna krečnjačka hrid bačena u neosunčanu stranu pirinejskog masiva...stećak dug oko jedan kilometar, širok od 300 do 500 metara, najviša tačka mu je 1216 metara iznad mirnoga mora, te se odozgo odlično naziru okolina ali i opasnosti koje iz nje dolaze.

U jednom savremenom i osebujnom turističkom vodiču je on predimenzionalna igla za akupunkturu...jarbol na kojem visi katarska zastava...duhovni svjetionik...brdo je, naime, sa tri strane ograničeno ponorima, provalija do provalije, sve okomito i duboko tri minareta, jedino je južnom padinom bilo moguće, bez konopca i drugih alpinističkih pomagala, jednim...reklo bi se...romantičnim puteljkom, pristupiti vrhu na kojem su se, kao nevine starice, rasporedile ruine.

Na tom nekadašnjem pribježištu danas se ne umire, valjda nema više duša koje treba spašavati...nema reinkarnacija...jednom se rađa i jednom se umire...kukavni bitak između dvije vječnosti.

(2)

Trebalo nam je, meni i N.N.-u, ne baš lakih pola sata da bismo stigli do južnih vrata, ili do onoga što je od njih preostalo, ušli smo među zidine i tu mi je on, kao aperitiv, teatralno odrecitovao trubadursku baladu o neosvojivoj Dami.

(...Pjesnik i Lijepa koja stalno kaže „ne"...)

Meni je bilo neprijatno, on je bio potresen vlastitom recitacijom, da je pjesma bila duža, on bi se vjerovatno i rasplakao...

Oko nas dvojice su se motali bezbrižni japanski turisti, skakutali su po kamenjaru, njihova kratkonožna izgubljenost je i mene obuzela...i tek kada mi je N.N. oslikao „zname-nitost i jedinstvenost" zidina oko nas, ja sam se, kao pod vlastitim jorganom, otkra-vio i opustio, pod mekanom bosanskom posteljinom, ispod koje noge nisu hladne...

Ometala me je tek zavist koja me je uz njegovu priču obuzela, zavist iz koje će pro-izaći moja „hronika".

(...Izbjeglica i Lijepa koja stalno kaže „ne"...)

(3)

Ti katarski motivi i mitovi koje je on pedantno oko mene isprepletao, „objelodanili" su mi siromašnost priznatih i poznatih povijesti, historija i istorija srednjovjekovne Bosne...šta je sa njenim mitovima...gdje je njen Montségur...kako se zovu „savršeni" u njoj...kuda su nestali njeni poraženi heretički hroničari...?

U stvari, on je objelodanio moje neznanje i moju naivnost, te da ih prikrijem, ja sam

5

opsovao ograničene i dušebolne istoričare...njihove teze tuknu na neprozračene hodnike mjesnih zajednica ili na neoprane opštinske klozete...malo ko se od njih zalagao za ljepšu (...drugačiju...) prošlost...prošlost koja je svakako postojala, ali o kojoj oni ne govore i ne pišu jer ne potpada pod plemenski ustav...jer su oni rađe političari i dućandžije...te neke druge istorije, eto, nema...kao što i za neke, ni Bosne nema...izbrisali su je spužvom umočenom u vrelo ulje jednodimenzionalnih objašnjenja...na familijarnim skupovima...na pijankama i dernecima...uz prisvajanja i prostora i bića u njemu...

(4)
A istoričar bi, bunio sam se, trebao biti ljekar sjećanja...ljekar, neovisno od medicinskih teorija, mora djelovati jer je pacijent bolestan, ljekar mora obnoviti zdravlje ...te i istoričaru nalaže moral da svojim djelovanjem obnovi sjećanje jednog naroda ...ili cijelog čovječanstva...no, naši medicinari su tek patolozi...zadovoljno izučavaju i seciraju bezdušna tkiva, tragajući u njima za procesima bolesti...
Ratovi su im svetinje...paze da ne izbrišu nijednu mrlju krvi...

(5)
...rasplinjeni u religijama i obredima, pazeći da druge ne uvrijedimo, ili da ih ne naljutimo, mi (...koji „mi"...) nismo njegovali grobove naših mudronosnika i dobričina ...proćerdavali smo njihove pismene zaostavštine...sjekli karizmatične aleje i živice...baveći se samo opštim vojnim opisima...te su stranci morali pisati naše istorijske traktate, kopati ispod stećaka i otvarati muzeje...pa i ovaj bahati N.N. mi svojim pričanjem pokazuje kako se očevina objašnjava...

(6)
Tako sam mislio, nepravedno, ogorčeno i ljubomorno, zadužen za sudbinu Bosne (...napustio sam je...), kivan na na njenu izolovanost i zatuđenost.
Nasuprot mojim tegobama, N.N. se nepokolebljivo dičio svojom katarskom moždinom, njemu ruševine nisu ruševine, u njima je blago, iz njih on cijedi perfektne naravi, objašnjivu povezanost, jedan događaj tumači onaj prethodni, a ako i nema očitog objašnjenja, onda se može opušteno na njega čekati, jer još cijela divizija brani Montségur, neki od branilaca će se već potruditi oko tumačenja...i pravde.
Ipak sam bio zanesen njegovim pripovijedanjem, nisam mogao svaki njegov langdueoc-izraz razumjeti, ali nisam ga prekidao, topli kamen nas je žuljao, u međučinovima njegovih rečenica gledali smo kako se penjači muče po romantičnoj stazi.

(7)
Predviđajući skoru sjevernjačku navalu, produhovljeni katarski biskup Guilhabert de Castres i prelijepa (...o, Bože, čija li je ona bila ljubavnica?!...uzdahnuo je N.N...) kćerka grofa od Foixa, Esclarmonde (...mudrost i ljepota ujedinjeni zajedničkom težnjom...), daju 1204. godine nalog da se na Montséguru podigne zamak, bunker i stan „savršenima" i njihovim srodnicima.
Posla su se, pod nazorom mudraca i ljepotice, prihvatili i obični vjernici, a i njihova

hijerarhija, radili su oni besplatno i dobrovoljno, legenda nas izvještava da je u toku gradnje kiša padala samo noću, u zoru je pirinejski vjetar rastjerivao oblake te su zidari mogli nesmetano slagati kamenje, svjesni svoga nebeskog posla.

(8)
Katarsku kulu su graditelji podizali na ruinama zapadno-gotskog utvrđenja, ugrađujući njegove ostatke u osnažene zidove...sljedećih vijekova je zamak nadograđivan i učvršćavan...predstavljao je značajnu stratešku tačku na granici prema Kataloniji...u 16-om vijeku su mu maršali oduzeli tu praktičnu značajnost i gurnuli ga u mit.
Ono što danas japanski turista može uslikati tek manjim dijelom potiče iz razdoblja kojeg je N.N. zanosno prikazivao.
Arheološkim istraživanjima je dokazano da je još u mlađem kamenom dobu neki prakatarski gunjar stanovao na tom vrhu, ali nije razjašnjeno, ko i šta ga je natjeralo da se gore osami, kamen samo registruje one koji po njemu kuckaju, ne primjećujući svoje preobražavanje u brdo spasa, u iglu za akupunkturu ili u duhovni svjetionik.

(9)
Utvrda je dovršena 1209. godine (...u isto vrijeme kreću krstaški oklopnici u južnu Francusku...), i od tada je Montségur, kombinacija divljine i staništa, duhovno uporište katarskog pokreta, katarski Vatikan, sklonište u koje se moglo uteći od progona i ispraznosti, zemunica pod nebom koja je, samom svojom uzdignutošću, vojnički posmatrano, bila neosvojiva.
Ta vojna teorija se održala do 1244. godine.

(10)
Dvije godine ranije, u Avignonetu, seocetu udaljenom pedesetak kilometara od Montségura, desio se sasvim uobičajeni medijevalni masakar nad dvojicom omrznutih inkvizitora i njihovim, ne manje omrznutim, kalfama...klanje su izvršili montségurski plemići i vojnici...katarska duhovna elita ih nije mogla ubijediti u štetnost zločina...možda nije ni htjela?...teroristička akcija je bila brižljivo isplanirana, odredilo se ko će koga i kako, dobrovoljaca je bilo dovoljno...špijuna i obavještajaca isto toliko...

(11)
Naoružani sjekirama i noževima, upali su oni noću u odaje sudaca i njihovih službenika, prerezavši im, možda, ugodni san, izmcrvarili su ih u mraku...svukli su im spavaćice da bi njima dokazali svoj čin...na osvojenom Montséguru, među zaplijenjenim stvarima, biće pronađeni i inkvizitorski dokumenti ukradeni u Avignonetu...a i krvave odore žrtava...
Raznovrsna su objašnjenja toga masakra...najjednostavnije je ono da prolivena krv ne otiče u pijesak, nego u srca ljudi, upumpavajući im žudnju za osvetom.
Ni ubistvo inkvizitora nije moglo ostati neosvećeno, već u proljeće 1243. godine

počinje opsada „heretičkog brloga", opsada koja će se odužiti sve do sredine marta sljedeće godine.

(12)
U podnožju brloga se skupila mješovita vojska, u čijem sastavu su bile regularne trupe francuskog kralja, pobožne milicije velečasnog nadbiskupa iz Narbone i presvijetlog biskupa iz Albija, zatim silom mobilisani seljaci grofovije kojoj je Montségur pripadao, te dobrovoljci i kojekavi plaćenici kojima je garantirana materijalna i duhovna plaća uobičajena za sudjelovanje u križarskom poduhvatu... Sve u svemu, desetak hiljada neutješnika...plus, situacijom određen, izvjestan broj kurvi, konkubina i sveštenika.

(13)
Opsjednutih, gore pod nebom...oko dvije stotine „savršenih", nadzornik zamka sa svojom familijom, vitezovi i vojnici također sa familijama ili konkubinama, konjušari, strijelci, vjernici i simpatizanti...skup isto tako raznolik kao i onaj pod brdom (...ne spominju se kurve...).

(14)
Na utvrđenje su se naslanjala orlovska gnijezda i kamene kućice, pirinejski orlovi su privremeno napustili svoja gnijezda, u kućicama su se privremeno nastanili „savršeni", u njima su meditirali i, bar prividno, bili odvojeni od vojne posade i njenih ne baš asketskih prohtjeva...nađene kockice za igranje svjedoče o omiljenoj zabavi, sakupljene životinjske kosti o omiljenoj ishrani unutar zidina...u toj zabačenosti su soldati imali i svoje žene koje su im ublažavale ratnu nervozu...vjerovatno je dosta djece začeto u opsadi, između dva bačena kamena ili dvije odapete strijele, u pauzi između dvije straže, brzopleto i nekontrolisano, tek toliko da se zametne bilo kakav trag...reci mi ime sljedeće žrtve?
Nasuprot vojnicima, Dobri Ljudi su imali drugačiju „razonodu", drugačija htijenja, koja su ispunjavana molitvom i duhovnom gimnastikom...izučavanjem i prepisivanjem dvobožnjačkih hartija...zadatak im je bio i obrazovanje plemićkog potomstva i probranih novaka.

(15)
Parfaits nisu jeli meso, nisu doticali oružje, nisu smjeli nijedno biće povrijediti, zabranjeno im je bilo dirati žene i sjediti pored njih na istoj klupi...nisu posjedovali ličnu imovinu...kao zajednica, imali su kasu iz koje su i vojnici u zamku isplaćivani.
Opsadom i skučenošću su duhovni i svjetovni ljudi bili prisiljeni na druženje i prisnost, te će neki od vitezova i soldata, ranjeni ili na samrti, prigrliti katarsku vjeru, nekolicina će, umjesto ponuđenih olakšica, radije odabrati lomaču, odnosno blaženu desnu božiju stranu...a par „savršenih" će uzeti oružje...i tako izgubiti tu blaženu desnu stranu.

(16)

Kraljeva vojska se, naizgled, uredno rasporedila oko brda, ne uspijevajući ipak sasvim stegnuti krvavi obruč...skrivenim prilazima i odlazima su proticali vijesti i ljudi, te se na brdu, uz biblijsku nadu, moglo kako-tako živjeti...i umirati...

Pola godine se razvuklo u sitnim čarkama i izazivanjima, u međusobnom psovanju ...pod nijemim nebom su vršene mise nad pokretnim oltarima, čistilo se i pokazivalo oružje...po koja strijela bi, slučajno ili zbog nepažnje, pogodila ljudsko meso... Predosjećajući invaziju, opsjednuti su se snabdjeli mesnatom hranom za vojnike i biljnom hranom za „savršene"...u kuli zamka ih je neprodušna cisterna opskrbljivala vodom, ona je trošena za piće i kuhanje, rjeđe za pranje...a u vinu se, na Jugu, nije nikada oskudijevalo...

(17)

Duhovni vođa u zamku bio je Bertrand Marty (...tkalac, bijela brada, djevac...), nasljednik legendarnog Guillhaberta de Castresa koji je 1240. godine preminuo i čija duša je u nebeskim sferama okićena mirom.

Bertrand Marty je bio trezven...njemu je upućena ona kletva Kosmasa Presbitera, kojom se proklinju oni koji su protiv tjelesnog braka, vina i mesa...

Bio je i prorok...znao je šta je njemu i drugima namjenjeno...svakodnevno se posvećivao zagrobnim temama...

Odbranom zamka rukovodio je vitez Pierre Roger de Mirepoix (...stasit, rumen, ljutit...), nije se on opterećivao teološkim raspravama...vjerska suparništva ga nisu zanimala...ali nije on volio sirove sjevernjake i njihovu pohlepu...branio je ono što njemu pripada, branio je i vlastitu kulturu, smatrajući je profinjenijom od one sjevernjačke.

(18)

Opsada bi se i duže otegla da nije neka oštroumna glava u podbrdskom logoru poručila specijaliste za rat u brdima, hladnokrvne baskijske i gaskonjske plaćenike, kojima uspijeva, u mjesecu novembru, savladati predstraže na južnoj padini Montségura, nekoliko stotina koraka udaljene od samog zamka...jedne decembarske noći, grupa Baska se uspela i do samog vrha i zauzela vanjski bedem utvrđenja.

Vodič im je bio preobraćeni katar, znalac vratolomnih kratica.

Kada je svanulo i kada su Baski u jasnoći dana pogledali u tami pređenu uzbrdicu, tu provaliju ispod njih, zatečeni vlastitom hrabrošću, oni su od poslodavaca zatražili poseban bonus za naknadnu jezu.

Ubrzo su tu sklopili i katapult kojim je utvrda ritmički bombardovana išaranim kuglama...u seoskom muzeju su izloženi četrdesetokilogramski primjerci...

To jednostrano gađanje nije dugo trajalo, sredinom januara je jedan prokrijumčareni inženjer napravio u zamku sličnu spravu, te je isto kamenje letjelo od jednog do drugog položaja, neutralno u svojoj naivnosti...

(19)

Ali za branioce je neprijatelj bio preblizu, moglo se već pljunuti u komične šljemove

9

napadača...uz to je voda u cisterni poprimila okus plitke lokve, a nada u mesijanskog spasioca je oslabila...Raimund VII (...još uvijek gospodar južnih pokrajina...) i Friedrich II (...moćni papski gonič...) su se pristojno izvinuli...glavobolja...termini... „Zadnjem simbolu samostalnosti Okcitanije" su istekle ovozemaljske minute.

(20)
Prvog marta su branioci pokušali probiti blokadu, ali bio je to mlak pokušaj, pokupili su ranjenike i povukli se u varljivu pouzdanost utvrđenja...
Pierre Roger de Mirepoix se odlučio za pregovore sa papskim legatom.
Dogovorili su se oko slobodnog prolaza za vojnike i obične vjernike, smiju čak i oružje zadržati, ali se moraju odreći katarske vjere i moraju javno priznati svoju zabludu.
„Savršenima" je garantirana blaga pokora.
Opsjednutima su date dvije sedmice za razmišljanje, istek ultimatuma je 16. mart.
Poznavajući tvrdoglavost katara, glavni i veliki inkvizitor Ferrier naredio je sakupljanje suvog granja za lomače...ili još bolje...vlažnog granja...ono duže gori...

(21)
Od ovog momenta, moramo ljetopise dopuniti inkvizitorskim protokolima kao i neobjavljenim „dokumentom" kojeg je N.N. ponosno nazvao Hronikom...mada bi, za mene, „putopis" bolje odgovarao sadržaju njegovih stranica...
Kakav putopis!...uskliknuo je N.N....putopis piše jedan čovjek, pješak, smrtnik...hroniku pišu mnogi...ona ima početak ali njoj nema kraja...

(22)
Iz Hronike saznajemo kako, u te dane, ni kosmos nije bio naklonjen opkoljenima, zvjezdoznanci među njima su izračunali aspekte planeta...i ma koliko puta računicu ponavljali, njen rezultat je bila nesreća...tačnije...nasilna smrt...mrzili su taj račun.
Na pripremljenim lomačama, po kratkom postupku također dobro pripremljenih inkvizitora, spaljeno je skoro dvije stotine „savršenih"...spaljeni su zajedno sa Ivanovim evanđeljima koje su oni nosili okačene o pojasu, čime je spaljeno i ime Boga u tim evanđeljima...te su ovaj put ljudi i knjige podijelili sudbinu...a sa njima i Božije ime.
Tim činom je brdo, kaže turistički vodič, lišeno svojih „svetih informacija".

(23)
I mada im je data mogućnost izbora...credo ili lomača...nisu se birači dvoumili, bar ne oni, kojih se izbor ticao...plamen pročišćava, on uništava tijelo ali ne i dušu, nju čak oslobađa od balasta mesa i kostiju koji je vuku ka zemlji, ka tom jedinom paklu.
Katarski rečeno: nema ljepše smrti od smrti u vatri.
Za katolike pak sagoreno tijelo ne uskrsava, pa bi se ironično moglo reći...svi smo zadovoljni...mi, koji u plamenu rasplinjujemo, a i mi, koji smo plamen naredili...
(24)
No, jednostavnost je pusta želja, nisu svi savršeni, parfaits, čisti...ili, kako su se oni

međusobno titlovali, „Dobri Ljudi"...pogubljeni, četvorici je bila vatra uskraćena.
Prije nego što su pušteni na slobodu, poslani na neko hodočašće ili u Konstantino-polj da služe u tamošnjim latinskim trupama, prije nego su okovani, ili prije nego što im je propisana neka druga pokora (...inkvizitorski protokoli su ustručavaju od riječi „kazna", čitamo u njima samo „pokoru"...), vitezovi i njihovi paževi, vojnici i njihove žene...laici...morali su se podvrći proceduri nepogrešivog tribunala...
Iz iznuđenih odgovora su ispitivači saznali da su, u noći koja je prethodila predaji, četvorica „savršenih" utekla sa Montségura, odnijevši pri tome i nekakvo „blago".
Inkvizitorski akti i predanje po okolnim selima provelo je njihova imena kroz vije-kove: Amiel Aicard i njegov pratilac Hugo, Poitevin i njegov pratilac Alfaro.
(...i dan danas u tim selima žive njihovi imenjaci...)

(25)
...pratilac Alfaro je paž Hronike, a ona je dama...ona ima svoj ljetopis, ima daljinu koja je sve bliža i bliža pa, završavao je N.N. prvi dio svoga kazivanja, i nas dana-šnje, evo, dotiče...uvlači u sebe...produžuje nas u neprotumačena razdoblja, ka nede-finisanim polovima i predjelima...bez kraja i počinka...

(26)
Pauza u teatru...N.N. mjeri bocu vina, miriše čep...ja mu nudim cigaretu...pijemo i pušimo...malaksala usna i upaljeno uho...
Sjetio sam se opsade iz koje sam se izvukao, bez blaga, bez žaljena, sjetio sam se že-ge i mraza u njoj...pobij sve što se mokri uza zid!
Ugasivši opušak na kamenu, htio sam ga baciti u provaliju, ali N.N. ga je stavio u svoj džep, taj patrljak ne smije oskrnuti svete dubine pod nama.

(27)
Iz života surganlija: Dobri Ljudi, nastavio je N.N., nisu smjeli sami putovati...
Nova skrivališta Amielu i Hugou su pećine Sabarthéza...iz jednog dokumenta do-znajemo da se Amiel u njima istrošio, Huga su pojele uši u carcasonnskom zatvoru ...o sudbini Poitevina i Alfara se samo nagađalo...i tek u Hronici, oni putuju u Lombardiju, gdje Poitevina ubija medicinski nerazjašnjena boljka...Alfaro ide dalje u Bogumiliju, gdje i on, a kako bi i drugačije u tragičnom vremenu, tragično završava.
Hronika je dakle i hronika mnogih smrti, svaki egzil, svaki bijeg u tuđinu i u strano je nepovrat...nema vraćanja u staro i poznato.
Što se navodnog „blaga" tiče, treba reći da su novac i druge dragocjenosti bile pra-vovremeno sklonjene u neko skrovište; stvarno blago su bile knjige koje je po svaku cijenu trebalo spasiti, a koje su do zadnje noći na Montséguru korišćene za liturgij-ske i duhovne namjene.

(28)
Lombardija je bila rezervna otadžbina za južnofrancuske iseljenike...republikanstvo i nezavisnost italijanskih gradova su njih, a i mnogobrojne italijanske istomišljenike,

11

štitili od inkvizicije...dugogodišnje natezanje papa sa stauferskom dinastijom nije papskim službenicima ostavljalo napretek volje, a ni vojne mogućnosti, da se bave hereticima u bližoj okolini...umjesto da ih istrebljuju, oni su rađe o njima pisali traktate...
Zato i nije Poitevinov i Alfarov bijeg u Lombardiju neka izuzetnost...

(29)
Mnogo magičnija je šetnja mladog Alfara u utopiju „ultra mare".
N.N. je opet načinio pauzu, pogledali smo se, između naših pogleda je pala Bosna ...kao topli latinski somun...

(30)
Ispitujući uzroke i korjene katarske herezije na zapadu, neki konzervativni teoretičari su ih našli na Balkanu; po njima je:...zapad i suviše kršćanski za tog izroda, te je Crkva Bosanska rodilja zapadnih dvopolaca, u Bosni živi đavolski manihejski papa, u nju se ide na hodočašće i školovanje, u nju rimski sveštenici zalaze samo sa oružanom pratnjom.
Veze zapada i Crkve Bosanske su dokumentovane, ali Hronika je prvi izvještaj koji nam neposredno prenosi jedan od tih doticaja.

(31)
Ostavši sam, bez Montségura i bez nadzornika Poitevina, Alfaru nije mogla Lombardija nadoknaditi te gubitke, a nije se mogao vratiti u pustinju, trebao mu je vanjski držač za vjeru i život, morao je ići dalje...iz usputnih razgovora, a i od samog Poitevina, saznao je on za apostolsko područje u kojem nesmetano poste neki osobeniji Dobri Ljudi.
Njegov boravak u Bosni je bio kratak ali i dovoljan da novostečenim prijateljima opiše svoju sudbinu, da se usreći i da u njoj umre.

(32)
Iz života surganlija:...prekrižimo nekoliko decenija, zaokružimo grad, rijeku i podneblje...u Tarasconu smo, na rijeci Ariége, u 1296. godini.
Pierre Authie, pisar i lokalni intelektualac, upravo je pročitao odlomak iz neke crne knjige.
Zamišljen, pružio ju je svome mlađem bratu Guillaumeu...veseljaku, rasipniku i zavodniku...
Pierre popi gutljaj vina razblaženog vodom, baci cjepanicu u ognjište, sačeka da brat dovrši čitanje, pogleda ga upitno...čini mi se brate da smo naše duše izgubili...odgovori Guillaume na njegov pogled...onda hajdemo, hajdemo brate za našim izgubljenim dušama...reče Pierre energično.
Rasprodali su imetak i otišli u Lombardiju da postanu pravi kršćani i da steknu moć da drugima ispuštaju duše iz mesa.

(33)

Po nekoj drugoj verziji, njihov odlazak u sjevernu Italiju je bio bijeg od inkvizicije, koja je još neumoljivo lovila, već sasvim prorijeđene, heretike...a opaki ljudi tračaju o dugovima zbog kojih su morali uteći iz rodnog sela.

Tri iseljeničke godine su se braća raspitivala o svojim „izgubljenim dušama", obišli su oni i sjedišta italijanskih dualista na Garda jezeru, u jednom od njih im je predočen originalni tekst Hronike, pisan na nekom od lombardijskih narječja.

Saznali su i kako je spis nastao...šezdesetih godina su dva italijanska patarena zanoćila u Bosni; kao i Alfara i njih je isti poriv doveo do sveučilišta u kojem se produbljuje vjeroispovjest i znanje...tu sreću jednog od onih staraca koji su u svojim mladim danima upoznali Alfara.

(34)

Ti znaš da su bogumili zavejani planinama i šumama, njihove noći su rastegnute i prohladne, u kolibama, u hižama ili u katunima, ogrnuti krznima i mrakom, oni ih skraćuju pripovjetkama ili propovjedima...u jednoj od tih budnih noćiju, anonimni starac je ispričao italijanskim kolegama Alfarovu odiseju, tu mladićevu ekskurziju sa koje se nije vratio.

Dvojica namjernika odlučuju činjenicu preliti u tintu, odlučuju da zapišu uspomenu na zadnje montségurske katare.

Diktiraće Cunradus...a pisar se, kao i onaj pričljivi starac (...zvali su ga izgleda Grubač...piše tu „grupats"...), neće potpisati, kao da su se obadvojica zastidjela svojih riječi.

(35)

Godine 1299. prevode braća taj tekst na provansalski jezik...istovremeno su primljeni u krug „savršenih"...kreću zatim natrag, u zavičaj.

Opremnjeni neosušenim knjigama, među kojima je i prevod Hronike, oni obnavljaju katarska načela...u selima, po obroncima Pirineja, može se čuti „govor sa gore", seljaci i pastiri Langdueoca su slušatelji, sa stadama ovaca se širi radosna vijest... najpobožniji skupljaju hljebove koje su braća Authie blagoslovila...brojne familije primaju postulate svojih djedova.

Za seljake, ima Pierre usta anđela, Guillaume oko djevice, inkvizicija ih optužuje da su đavolovi unuci.

Moraju oni mijenjati boravište, moraju se kriti i krišom propovjedati, kao i Galilejci. Ne zalaze u gradove.

Pierre je isposnik a Guillaume veselo tumači katarizam, rasipa blagoslove i zavodi vjernike.

(36)

9. aprila 1310. godine svršava Pierrre Authie svoju zemaljsku misiju.

Na sumnjičavi upit pastira, kako Dobri Ljudi podnose pečenje na lomači, on im je odgovorio:...lako, oni ne trpe fizički, Bog preuzima njihove bolove na sebe...

13

Prošlo je godinu dana od kako je i njegov brat svoje bolove prepustio Bogu. Obadvojicu ih je izdao njihov nećak.

(37)

I poslije pada Montségura se jedan desetogodišnji balavac razmetao svojim pamćenjem, lukavi inkvizitor Ferrier je sa njim održao posebnu seansu, čiji ishod je bio birokratski spisak prestupnika...a na njemu i imena četvorice bjegunaca.

(38)

Ivanovo evanđelje, koje je Pierre po uzoru na svoje prethodnike okačio za pojas, spaljeno je sa njim.

A i ime Boga u njemu.

Ali oni koje je on obratio, ili neko od njegove preživjele rodbine, paziće i dalje na njegove knjige, pa i na Hroniku, ko zna čitati, čitaće ih naveče, uz vatru, zatim će se o pročitanom koncilski raspravljati.

(...čitaće ih kao bajke, tiho, da ih susjed ne čuje i da djeca mogu zaspati...)

(39)

1328. godine, Jacques Fournier, sin pekara, biskup i inkvizitor iz Pamiera, kasniji Benedikt XII, frigidni opat iz Malahijevih proricanja, onaj koji je kolegijumu koji ga je proglasio papom, sa svom poniznošću rekao da su oni, eto, za papu izabrali jednog magarca... taj magarac Jacques Fournier narediće da se u pećini Lombrives živi zazidaju oni isti katari koji su slušali medene riječi braće Authie.

(40)

Neokatari su mišljenja da je ta pećina do tada imala kultnu funkciju...u njoj su vršene ceremonije i rukopolaganja, u njoj su, oprostivši se od Poitevina i Alfara, i dalje strahovali Amiel Aicard i njegov Hugo...ona je iznajmila vanzemaljnost Montségura...u njoj je te godine utrnula slika pravatre...

(41)

Za igru žmurke je ta špilja bila idealna, mnoštvo prirodnih potkopa u koje nije smio svako ući...kabalistički tuneli, prolazi, galerije i niše...u jezgru gorja opako podzemno jezero u kojem pliva neman...ulaz u pećinu je tada bio moguć samo preko ljestvi.

(42)

Bila je ona možda idealna za sakrivanje, ali ne i za bijeg iz nje.

Ne usudivši se ući u nju, fournierovi bojovnici su nagurali kamenje na ulaz, pećinskim katarima je preostalo samo da se fatalistički posluže endurom, laganom umiranju, mukotrpnom odvajanju duše od tijela, koje je kod zdravijih ljudi trajalo sedmicama.

Dok su oni unutra izdisali, (...histoplamosis...pećinska bolest čiji je uzrok virus iz izmeta šišmiša...) napolju, pred zazidanim ulazom, stražarili su vojnici...pazili su da se ne bi neko iskrao iz tame...dosadu su ublažavali pijući i kockajući se...

Sa zatočenicima je zazidana i Hronika braće Authie...smirivala je duše umrlih koje su okolo tumarale...zazidano je i ime Dobroga Boga u njoj...

(43)

Zašutio je N.N., kao da su i njega zazidali.

Prošetali smo između ostataka kamenih kuća u kojima su „perfecti" obitavali, ljeto se najavljivalo, ugodan uslov za spiritizam i sjećanje, ja nisam znao da li da mu povjerujem ili da ga smutim pitanjima? Držeći se istog prostora, on je žonglirao vremenima, povezivao je godine i vijekove, kao da mi objašnjava vlastito porodično stablo.

Ipak mi se sviđalo njegovo spominjanje moje domaje, te davnašnje veze dva poražena naroda, hvaleći svoje porijeklo on je, namjerno ili nesvjesno, hvalio i moje predake...govorio je o podzemlju koje se ne uči u školama...o nepriznatoj paralelnoj istoriji...

(44)

U donjem selu (...ispod vulkana, ispod ugašenog vulkana...), na terasi jedine kafane u njemu, naručili smo tamno vino i pirinejsku mezu, Montségur nam je otpuhivao vjetrove u leđa, na njemu smo ostavili vrijeme, pa smo mogli njegovu prolaznost opanjkavati.

Ja sam se nepovjerljivo okretao, ali brdo se nije pomicalo, znatiželjnici su uz i niz njega i dalje puzali, imao sam dojam da ih se više uspelo nego što ih je sišlo.

Ispod kafane, naslonjen na metalni krst seoske česme, pirinejski ludak (...škiljav, neočešljan, hrom...) je ushićeno pozdravljao prolaznike, u neko doba je, umoran od pozdrava, zakunjao.

(45)

N.N. je navodio aristokratskog Izaiju:
„zemlja vam opustje
gradove oganj popali,
njive vam naoči haraju tuđinci,
pustoš kô kad propade Sodoma.
Kći sionska ostade kao koliba u vinogradu,
kao pojata u polju krastavaca,
kao grad opsjednut."

(46)

On je podrazumjevao Montségur, ja moj grad, on je kliktao, ja sam slinio...njegova istorija se desila, moja još nije zapisana.

Pey de Cathar

(47)
3131 metar visoki Mont Chaberton, patron okolnih vrhunaca i čuvar alpskog sela i prevoja Mont Genévre, nalik krepalom pauku u bokalu purpurnog vina, ravnodušno je posmatrao kako italijanska kiša (...kojoj naciji pripadaju kiše?...), bezobrazno pucketajući po njemu (...i oko njega...), koči naš autobus.
Vozilo je u svakom slučaju bilo italijanski produkt...možda Fiat...a putnici u njemu ...četrdesetitri...pomno sam ih brojao ne bih li otkrio brojčanu simboliku...pričljiva i nadmena Francuza (...zajedljivi Schopenhauer reče: Azija i Afrika imaju svoje majmune, a Evropa svoje Francuze...)...i jedan šutljivi i nadmeni bjegunac...
Vozač autobusa (...naočale, brkovi, zlatni lančić...) je psovao brdo i vodu...psovao je ono što se ne pomjera i ono što teče...onemoćali upravljač, psovao je fiziku i metafiziku...zakletvu i obećanje, ženu i ljubavnicu, crnu rupu i izrez bludne suknje...
Voda je usporila uspon uz Alpe, pa su moji saputnici nastojali sve dosadniju vožnju osvježiti alkoholom i starozavjetnim pričama...njihove učmale duše, starije od svake njihove izgovorene riječi, moralizovale su...lepršajući sjetno iznad ofucanih i uperutanih sjedišta...
Napola prisluškujući njihovo talmudsko i midraško brbljanje, prouzrokovano valjda visinom na kojoj smo se nalazili, ja sam se zanimao pretkazanjem jedne od bivših, kratkoljubljenih i uvijeknapušenih prijateljica (...povećana jetra, astma, slab apetit...), koja mi je prorekla pogibiju u autobuskom sudaru.

(48)
Ismijavala je moju naviku sjedenja uz prozor...stakla su...ogledala ili prozori...zavisno od oštrine oka i količine osvjetljenja, gledaš u svoje lice ili piljiš kroz njega...oni koji sebe ne vide...ti će uskoro umrijeti...
Vraćali smo se autobusom...sa napornog ljetovanja...ja sam duvao u prljavi prozor i čeznuo za gradom i drugom djevojkom...
Rijetko sam se od tada vozio autobusima, a ako nisam mogao drugačije putovati, onda sam u staklima vozila sujevjerno tražio sebe...pa sam i u toku ovoga putovanja, moleći se nijemo i samosažaljivo, neprestano gledao moje lice u šarama prozora, bradato lice sa torinskog platna, zelenkasto i tupo...o da, predanost u paklu je ozbiljnija od one u raju, izdrži, izdrži još petnaest bezbrižnih minuta!
Satima sam ponavljao tu molitvu (...svake petnaeste minute...) i ona je izgleda djelovala...sporo i strpljivo smo se probijali kroz tuđu kišu...pričalice i šutljivci, ranoranioci i noćobdije...

(49)
Svoju šutnju, nježnu kafansku šutnju samotnika, velikodušno sam sebi dočaravao, kao muk mamurne izbjeglice koja okolne glasove propušta kroz vlastitu prošlost.

(50)

Jedan od tih hagadskih glasova je ipak zastao u meni...molitva bake dok ti češe leđa. Od zadnjih, neizlizanih i neukaljanih sjedala, iz dubine vozila i svijesti...bariton upaljenih krajnika nas je ubjeđivao da su se pod svjetlošću (...„neka bude svjetlost!"...) koju je Bog stvorio u prvom danu, mogle sagledati krajnosti zemlje...popneš se na uzvišenje i pogledaš oko sebe, jačina i prodornost čestica te svjetlosti ti, kao kamilica, pročiste oči...zamislite, šta bi mi pod tom svjetlošću...sada...sa ovih Alpi, mogli vidjeti...

(51)

A po Alpama je lupala kiša (...italijanska, tuđa...zbog takvih kiša se plaća porez na kišnicu...), alegorija potopa, vremena smo imali koliko i kiše, pa smo se potrudili da poslušamo glas, da predočimo sebi tu rasvjetu pod kojom se vide predjeli i dešavanja u njima.

Učestvujući u tom trudu, ja sam odbacio proročanstvo i povezao Pirineje sa ilirskim brdima, ono čemu se nadam sa onim čega se sjećam, povezao sam prošle i buduće daljine, koje bi bilo zaista čudesno odavde spaziti...i preživjeti ovo izdajničko izvlačenje.

(...stajati pod kišom a pričati o suncu...)

...Provansalska Svjetlina u koju ćemo uskoro ući, ostatak je te Prve Svjetlosti...dopunio se bariton (...penzija, udovac, budući srčani udar...) značajno.

(52)

Nas je „osvjetljavala" tek kasnovečernja...ili je to bila ranojutarnja...tama, (...„tako bude večer, pa jutro-dan prvi"...) u kojoj nisam mogao razaznati ni svoga pripitog susjeda (...umašćena košulja, otvoren šlic, bijele čarape...).

On je, nepovezano, pokušavao da započne razgovor sa mnom...njegovi zetovi su ga nečim uvrijedili pa ih je grdio...te masne i lijene pijandure...nisu oni sposobni mojim kćerima ni djecu, moje unuke, napraviti...a moje dvije kćerke su lijepe i umne...imaju ovolike bokove za rađanje i ovolike grudi za dojenje...hvalio ih je on skoro rodoskrvno, pa me je u mome starozavjetnom raspoloženju podsjetio na Lota i na biblijski izvještaj o njemu...putovanja zbližavaju predodžbe...

(53)

U vrijeme moje prve zaljubljenosti (...predratne vijugave djevojke, zbog kojih smo se, u ateističkom društvu, religiozno obrazovali...), ja sam noćima iščitavao Stari Zavjet, kao dio duševne terapije koja mi je trebala pomoći da prebolim neuzvraćenu ljubav, te sam tada i upoznao pravednika, alkoholičara i bludnika Lota.

(54)

Čim sam prežalio jungfersku ljubav, dao sam se na čitanje nešto humanijeg Novog Zavjeta, zaboravio sam vijugave djevojke, a i Lota, ali eto, opet smo se on i ja sreli, na tom nadmorskom metru, pred purpurnom granicom dviju južnih država...on je bio još uvijek pijan, ja mamuran...

(55)
Iz života surgunlija:...utekavši iz Sodome...bez zetova...a ignorišući savjet dvojice anđela (...bježi u brdo...), Lot je potražio utočište u drugom, preglednijem gradu...ja ne mogu pobjeći u brdo, a da me nesreća ne snađe...zakukao je on njima, te su mu oni dozvolili da se nastani u mjestu Soaru.

To će biti jedino naselje u Jordanskoj dolini koje će, zbog Lotove pravednosti, biti pošteđeno od sodomskog sumpora i ognja, da bi u starorimsko doba, zbog Lotovog rodoskrvnuća (...zakašnjelom kaznom...), bilo uništeno zemljotresom.

(56)
Lot je u toj oazi bio nemiran, okolina je vonjala na paljevinu i razaranje, prisjetio se uputa anđela pa je ipak otišao u brda, da na njima, u svojim krasnim kćerima, začne sinove i da ga Biblija potom ne spomene...rađe pećina u brdu od grada u ravnici, mislio je i griješio...kao što i inače izbjeglice griješe...
U muškoj samoći, živeći pećinski, sa dvije kćerke, bez radoznale i posoljene žene (...izbjeglica se ne smije okrenuti...), on nije naslutio da će okončati na lijevoj stranici Svete Knjige.
Bježeći od iskvarenih gradskih ljudi, njega nije ni brdo usrećilo...na njemu su ga kćerke opile i onda spavale sa njim, on nije znao „ni kada su legle a ni kada su ustale", iz te sramotne, ali i nužne veze, proizašli su stanovnici gradova pod planinama.
(...hvalim se...i ja sam spavao sa gradskim Lotovim kćerkama...spavale su Lotove kćerke pored mene...poslije smo se mrzili i izbjegavali...)

(57)
Sa Lotom sam se sreo u pokislom italijanskom prometalu da bi me on podsjetio na moju prvu žalost, ali i na to da sam ja rođen u gradu u čijim se prozorima porodilišta ogledaju brijegovi...a i kuće sa vrtovima, ispod njih...
Nakon porođaja, nose babice socijalističku novorođenčad do prozora da bi ova, već od prvih sati postojanja, često i prije lijeve (...ili desne...) sise, primila u sebe sliku grada i planine, sliku u čijem se ćošku, neoštro i nebitno, naziru pijani i razulareni očevi.
U arhivima se može pročitati da su djeca i ranije, prije porodilišta i socijalizma, nošena na uzvišenja, da bi upoznala vještačko i prirodno, arhitektonsko i bukoličko.

(58)
Ako ti mališani i mališanke odrastu, ako prežive dječije bolesti, državne svečanosti i obaveze, u njima se javi Lotov strah od ravnice (...„ne obaziri se niti se igdje u ravnici zaustavljaj"...), strah da sunce neće zaći, strah od prave linije i prve ljubavi.
(...gradski rabi Samuel Baruh reče:...ko je u tome gradu rođen, ne napušta ga dobrovoljno, u njegovoj kotlini su stanovnici zaštićeni od sjevernog vjetra, zažele li ipak promjenu, onda se popnu na neki od okolnih brijegova i, kroz zastore dima, odmjere dalja brda...)

(59)

Gradska groblja su takođe na uzvisinama, i ona se vide sa prozora porodilišta, te kako se ljudi rađaju tako i umiru, dočeka i isprati ih ista lotovska slika grada pod planinom.

(60)

Kopija te slike će uskrsnuti na manihejskoj strani Pirineja.

Rat, francuski jezik, školski atlas i jedna naivno prevedena knjiga o srednjovjekovnoj inkviziciji su me uputili ka tim padinama, ili...umjesto drhtanja u zazidanom gradu, ja sam odabrao monolog u egzilu, udes pobjegulje...vojnomaslinastu romantiku sam zamijenio iseljeničkom tužbalicom...

(61)

Prelazak Alpi je bila karantena za moj pirinejski egzil, na njima sam ozdravio od „bolesti na smrt", na njima sam zabilježio neizbježnu i sentimentalnu usporednost sa visijama u zavičaju (...kiša pada kao u...porez na kišnicu se plaća kao u...), prizvao sam i onu nedokazanu tvrdnju koja kaže da tradicije na brdima duže opstaju nego u dolini, u ravnici, u pitomini...znate, gorštačko pamćenje je razvijenije od ravničarskog...naročito glede onih doživljenih ili ispripovjedanih napasti...gore se svako novo zlo tovi onim prethodnim...

I dok neki tu „osobinu" objašnjavaju manjkom kiseonika, sporošću gornjih sati ili obimom glave, ona ima meni ukus lijene šljivovice...ili prepečene jagnjetine...

(62)

Od italijanskog do francuskog podnožja Alpi trebalo nam je šest sati, u kojima sam izgovorio sedam nesuvislih riječi, oponašajući, bar brojčano, dobrog izbjeglicu Nazarećanina, čiji se izbjeglički život (...iz života surgunlija...) desio između đavola na jednom i dva bandita na drugom vrhu.

Izračunalo se da je on na križu izdržao šest sati i da je, vrlo jako, viknuo sedam riječi. Da li sam njime htio razblažiti petoknjiški talog oko mene?

Poređenja se nameću...i mene je neko opio, te ne znam ni kada sam zaspao ni kada sam se probudio.

Planina, gorâ, brda, visine...neću se sljedećih mjeseci riješiti, stalnih uzlaženja i silaženja, skokova i padova, tih istih krivulja mojih kretnji na koje se žalim ili ih proklinjem...neće tu biti ni sporta ni razonode, kao Lot ili Nazarećanin, između grijeha i spasa, između sadašnjosti i vječnosti, ja ću se mazati Isusovom, Marham-i-Isa, mašću koja navodno pospješuje uskrsnuće.

(63)

Ošamućen biblijskom atmosferom autobusa kojim sam prešao Alpe, ja sam bio uvjeren da su saputnici bili protjerani Židovi, čiji prtljag su stara kazivanja koje treba zapečatiti da bi se moglo reći...evo, izlazimo iz pustinje, kanaansko obilje je pred nama, murex brandaris...purpurni puževi i obećana plodnost u njemu...

(64)
Šutljiviji od mene je bio samo vozač autobusa (...ne računam njegove psovke...),
kojeg su očito sva ta teološka nadvikivanja nervirala te je on, pojačavši muziku sa
radija, trećom brzinom (...ne on, već autobus...) sjurio niz Alpe, zamijenivši moj
„problem visine" za ravničarsku neugodnost od prebrze vožnje.
Jedno putovanje se završilo, drugo je počelo...udisanjem kiseonika između dva brda.

(65)
U dolini, „zaogrnut" pohabanim očevim šeširom (...u njemu, isparene očeve šeta-
lačke misli...), pokušao sam zaspati...bezuspješno...
Pored mene je Lot zahrkao...glava mu prati ritam okuka, ja krišom motrim balansi-
ranje te kugle i podsmijevam se njenoj nemoći...rat je sam po sebi drama, a i pobjeći
od njega nije baš svakodnevni pokret, ja nisam sličan ostalim putnicima...oni ne bje-
že, oni jednostavno, iz ko zna kakvih nevažnih razloga i niskih pobuda, mijenjaju
boravište te ja, drugačiji, ne mogu između dvije nestalnosti tako spokojno zaspati.

(66)
Iza jedne oštre okuke se njegova glava spustila na moje rame i na njemu se ukočila.
To odmorište mu je prijalo, i da ga ne bih probudio, ja se nisam micao, i moje tijelo
se ukočilo.
Glava mu je mirovala do Avignona u kojem ga je svjetlost razbudila, uzviknuo je,
kao nekada rimski legionari...provincia nostra...naša provincija!
Rekao je zatim, izvinjavajući se utrnulom ramenu...Provansa je predio iza planine
kojeg je Bog, mi domoroci smo u to ubjeđeni, načinio za svoje zadovoljstvo...
Iako je unutrašnjost autobusa smrdila na bivše raspuste, ipak se osjetio miris čem-
presa i levande, miris blagosti i opuštenosti...povjerovao sam njegovom oduševlje-
nju.
Bilo mi je odjednom ugodno se truckati u tom međunarodnom autobusu...namirisan
blagorodnim mirisima...saputnici me nisu opterećivali onim osnovnim, intimnim,
razotkrivajućim i nepristojnim zapitkivanjima...ko sam...odakle sam...kuda idem...?

(67)
Ali sam i znao da me na posljednjoj stanici (...pred mojim Stvoriteljem...) neće niko
dočekati i upitati, je li me put umorio i omekšao?
(...jedi koliko je potrebno da se umor savlada...)

(68)
U Avignonu sam presjeo u drugi proleterski autobus i produžio vožnju po legionar-
skim cestama, od grada do grada, od raskršća do raskršća, od slučajnog do pred-
određenog susreta, od jedne do druge dokone hotelske sobe.
Na svakom friškom jastuku sam nalazio čokoladicu, slatkiš koji simboliše dobrodo-
šlicu, ali i bezličnost gosta...možeš ga pojesti, možeš ga i ostaviti sljedećem namjer-
niku...
Te sobe nisu bile bogate namještajem, kao Van Goghova spavaća soba (...savezni-

čka bomba ju je u ljeto 1944. godine pogodila...) i one su imale samo...dvije stolice koje je paučina rasklimala, sto na kojem se ni mrtvac ne bi mogao oprati, providno ogledalo, tri neuramljena plakata, te zahrđali francuski krevet u koji spavač utone i zaspe provincijskim snom...ujutro, on pojede mršavi doručak i popuši galsku cigaretu...nastavi putešestvije.

Dvije-tri protestantske prostorije su me ugostile i dalje otpratile, u njima nisam, osim vlastitih izlučevina, ništa svoje straćio, štedio sam se za Pirineje.(...nisam mogao u tim sobama ni onanisati...)

(69)
Sjećam se dva sna (...i snovi su neka vrsta izlučevina, izlučevina duše...), dviju scena sanjanih u tim sobama, u jednom snu mi se ukazao moj bogumilski prapraotac kao dugokosi starac koji uživa u raskalašenom kolu mladih žena na poljani, pored ušća tankih rijeka, pijani Lot koji ne zna šta ga očekuje a nada se Dobru, u drugom snu mi je, iz crne limuzine, mahala fina bijela rukavica, rukavica koja me je naizgled dugo štitila od nevremena, rata i kuge...da bi se u tom snu, tim mjesečarskim mahanjem, oprostila od mene.

U oba sna sam ja ukočeno stajao na rubu neke beskonačne trake, stišćući mrve i dlake u džepovima posuđene jakne, naručeni posmatrač, predstavnik mase, statista i gledalac od kojeg se ne zahtijeva razumijevanje spektakla već učešće u njemu.

(70)
Iz života surgunlija:...davno prije mene, još u srednjem vijeku, otprilike tim istim drumom su u krajnje južne francuske oblasti stigli i bogumilski, dualistički, marljivi misionari...pješke, ranjavih nogu, lukavog pogleda.
Ne znaju im se biografije, ne zna se ni koliko ih je bilo...zna se samo da su, po apostolskom uzoru, išli u paru, blizanci duhom, mogli su oni tako lakše paziti i čuvati jedan drugog; na dugom putu je bilo previše iskušenja i previše ravnicâ, a oni su sebe smatrali asketima i nosačima dubokoumne poruke...jedan je bio u zrelim godinama, drugi je bio mladić, stariji je obuzdavao mlađeg pred upaljenim vješticama, a mlađi je starijem pozorno brojao čaše vina.
Obučeni u proste, lanene, ugljenom ofarbane odore, sušičavi i ispijeni, promukli i prehlađeni...svoje jedine dragocjenosti su nosili u nepromočivim kožnim tašnama... dobrokrstjansko evanđelje, šipkov čaj i Luciferovu podmuklost...
Nisu jeli meso, nisu uzalud zazivali Boga, nisu ubijali i nisu u nevolji krstili.
Otpušteni sa učilišta, krenuli su u dobrovoljni egzil da bi drugim ljudima prenijeli drugu spoznaju.
Živjeli su od vlastitih rukotvorina ili od gostoprimstva stranih i znatiželjnih ljudi... sjedeći sa njima, stariji bi pio vino i prenosio im neprovjerenu vijest o višem i nižem bogu, a mlađi je čedno zavirivao pod okolne suknje.

(71)
Sa svojim domaćinima i slušaocima su se sporazumjevali na nekakvom kuhinjskom

21

latinskom jeziku, u kojeg bi ubacivali i po koju neobičnu slavensku riječ (...Lingua Slavica...), zadivljujući njome svoje nove poznanike.

A ovi su u njima prepoznavali božije odrpance koji su se lišili svih ugodnosti, izuzev istine...istina zna biti neugodna...oskudjevamo i u hljebu i u vinu i u ženama...oskudjevamo u svemu, osim u skromnosti...

Toplota i sunce su ih privlačili, ne tumaraju po sjeveru, leda i zime ima i oko njihove rodne bašte, pa ih je onaj snijeg po Pirinejima prisilio da zastanu...pod njim su i zalegli...povremeno zagledajući bijele vrhove...shvatili su ih kao metaforu za Isusa...on je sletio sa neba da nama rastvori prolaz spasenja...on je mlađi Božiji Sin...njegovo poslanstvo je obična fikcija prikazana na kodeksu...

Ili su im ti predjeli odslikali postojbinu te su se, sputani tugom, odrekli daljih tumaranja?

(72)

Kroz njihovo djelovanje se spojio katarski i bogumilski ambijent, Katarska Crkva i Crkva Bosanska...desio se krepki kontakt srodnika u vrijeme kada nije bilo država nego samo crkava, i kada je jedna časna knjiga bila dovoljno za spokoj...nepismeni su se zadovoljavali slušanjem, uz vatru i sa koljena, riječi iz tih knjiga...

Smrt tih izaslanika nije bila laka, izgubili bi se u brdima i onda klonuli pod vrhom.

(73)

Ruta njihove misije je dio onoga toka od istoka prema zapadu kojim su nova učenja i pokreti, nove civilizacije i nove herezije stremile u Evropu da je osunete, njome sam se ja i vozio, neosunećen, ničeg novog nije bilo u meni, nikakve religije, nikakve filozofije, te sam svoje neznanje krio iza tmurnosti, ili iza lažne istočnjačke nadmenosti.

Kaže se, kretanje prema zapadu je sazrijevanje, a kretanje prema istoku je podmlađivanje, ja sam išao zapadno, radostan da nema geometrija fronta i barikada...ali i bojažljiv pred slikom slike.

(74)

Moj cilj je činilo raskršće drijevne rijeke i par svježe asfaltiranih saobraćajnica, topografski pojmovi ucrtani u autokartu...letak rijetkim izbjeglicama i brojnim turistima.

Predio u kojem sam se zaustavio se zove Sabarthéz...u njemu...Tarascon na rijeci Ariége, prastari Tarusco, danas običan gradić opkoljen brdima, pećinama i legendama, jedno od onih učmalih legla koje prošlost održava...nalik izbjeglicama...

(75)

Bilo je to središte keltskih Taruskonaca i njihovih druida protiv kojih se (...gallum bellum...) borio Julije Cezar...evropska vojska je u njegovoj blizini porazila Saracene, kažu uz podršku Crne Bogorodice, sestre one olovske Crne Gospe, i tako je spriječila njihov dalji prodor prema Evropi...misleći da je spašava od svemoćnog Allaha.

Poslije, bilo je to područje čistih katara, bogatih templara i savjesnih inkvizitora, tu se, u nedostupnom zamku, okrepljivao Sveti Gral, po okolini su se zavlačili hugenoti ...rosenkreuzeri su sakupljali spiritualnu energiju, komunisti glasače...

Uoči Drugog svjetskog rata su u izolovanim gudurama otvarani logori u kojima su skapavali španski borci i emigranti iz fašističkih zemalja.

(76)

Ja, svojevoljni gnostičar, sudbinom pacifista i bjegunac, potomak krstjana i umišljeni Zadnji Krstjanin, zakleti dualista...smjestio sam se (...mene su smjestili...) u hotelu „Francal", trospratnoj žućkastoj kućerini (...da je Van Gogh boravio u toj kući, pojeo bi svoje odrezano uho...) koja se mogla samo svojim položajem podičiti...iznad nje je brežuljak, a na njemu Tour du Castella, kula sa satom i velikim standardnim raspećem u njenom pročelju...ispod kule je bosanska rijeka zalutala u južnofrancuski krečnjak, modra rijeka kojoj dadoše ime Ariége, a koja pak dade ime departmanu... kao što se i tvrdi da je rijeka dala ime zemlji Bosni...

Ta vertikala, koja se najbolje zamijeti na fotografiji, ima svoje (...banalno...) značenje...nepomična kula i rijeka koja teče, ali i sat na kuli koji se usaglašava sa vodom, koja pak nigdje ne žuri, propisujući tempo kako građanima Tarascona tako i njegovim posjetiocima...građani su ignorisali žurbu, smrt je sveprisutna (...smrt je ponavljanje...), a posjetioci su bili prinuđeni da se ritmu prilagode, ili da odu tamo gdje su oscilacije brže.

(77)

U tom ružnom hotelu sam otkrio katare, odatle sam odlazio na izlete u okolinu, u njega sam se vraćao razočaran sve uočljivijom činjenicom da oni nisu iza sebe ostavili opipljiva svjedočanstava...ostao je (...„sije se tijelo zemaljsko, uskrsava tijelo duhovno"...) samo njihov corpus spirituale kojeg sam, varajući sebe, svugdje osjećao, pa i u susretima sa učtivim katoličkim sveštenicima...ostala je i priroda, neosjetljiva prema čovječijoj sudbini, ćudljivostima i namjerama.

Prolazio sam kroz kapiju iz 14.vijeka u kojoj je bio smješten zavičajni muzej da, kao i grižnja savjesti, podsjeća na protekla krvava vremena...tako sam morao kroz davnost proći da bih ušao u sadašnjost...ili iz nje izašao...

(78)

Dane bez izleta i turizma provodio sam u jedinoj mjesnoj knjižari...ili u bistrou prekoputa nje...izlozi tih ustanova su bili ogledala u kojima sam vidio sebe...

Knjižara je, sa poetičnim i zagonetnim nazivom „Na uglu vremena", bila neuredna svaštara krcata izdanjima i publikacijama o katarima i njihovom dobu, nudila je prvoručne i drugoručne informacije o onome što se, osim u tim knjigama, može jedino naći u kolektivnom sjećanju planina i gradova.

Od izbjegličke plate sam, da bih sebe obradovao, odvajao nešto franaka i za kulturu; sa novokupljenom knjigom bih zauzeo skroman sto uz neoprani prozor bistroa (...nimalo poetičnog natpisa: Chez Pierre...) i posvetio bih se laganom listanju...i sporom ispijanju blagog crnog vina...

Kada bi me savladala monaška bolest, liječio bi je posmatranjem dešavanja na pločniku ili dremuckanjem između dva egzilska monologa.

(79)

Vlasnik knjižare se zvao N.N., njegovo komplikovano ime sam, da bih smanjio breme izgovaranja i pisanja, pretvorio u inicijale, te su mi ta dva slova i te dvije tačke postale prisne, zadržao sam ih kao njegov nadimak.

N.N. su inače inicijali koji se javljaju u Talmudu, pretpostavlja se da se iza njih krije Isus Nazarećanin, sin naivnog stolara Josipa i neke nedostojne crnopute žene.

Likom je N.N. bio južnofrancuska reinkarnacija vremešnog i bradatog Waltha Whitmena, (...jedan kosmos, sin Manhattana...), ukrašena onom lijepom knjižarskom osobinom...potencijalnog kupca ne uznemiravati dok se šeće među iskrivljenim regalima, puštati ga da čeprka po knjigama, da ih bezbrižno prevrće i onda vraća u pogrešnu policu.

(80)

Najmanje dva puta sedmično sam ulazio u knjižaru, zatičući ga u istom polažaju, iza ogromnog stola čija nepokretnost kao da je i na njega prešla, valjda je on jednom, omaškom, zajedno sa stolom unijet u tu prostoriju i onda u njenoj tišini zaboravljen (...prikucan...)...besposličar, ratni invalid ili izbjeglica...

Nije ustajao od toga stola i nije se trudio oko mušterija, nije se na njih obazirao i tek prilikom plaćanja bi se zabezeknuo pred njihovim novcem.

Nerado im je prodavao izabranu knjigu, kao da je žali, kao da kupcima savjetuje... razmislite još jednom, ona je preskupa i suhoparna...

(81)

Bio bi taj knjižar sporedna epizoda da me nije, jedno predvečerje (...brže od tame...), iznenadio u bistrou, prišavši mome odabranom stoliću...kojeg sam usvojio...bosanski raritet pod Pirinejima...namjeravao sam naručiti još litar najpitkijeg vina... promjenivši podneblje, ja sam promjenio i piće...on se ispriječio preda mnom...širok i neproziran...

(82)

Glavu mu je pokrivao fes (...zamjena beretki...) koji nije pristajao njegovim bijelim rukavicama, oslanjao se na drveni štap (...zvao ga je Marcabru...), obuća su mu bile zelene gumene (...vrtlarske...) čizme, a odjeća potkošulja i trenerka...ličio je na odbjeglog ludaka čijeg se društva stidimo.

Ne znam je li se namjerno tako obukao, je li me htio sablazniti...ili je, zbog tog neukusnog kostima, istjeran sa nekog privatnog karnevala?

Više ga nisam viđao u sličnom ruhu (...bijelih rukavica se nije odrekao...), ali toga dana, on mi je tako nakićen prišao, tibetanski demon...

Obratio mi se...Vas interesuju katari?...bilo je to pitanje, postavka, definicija moje i njegove ličnosti, kao i pozivnica sebi da sjedne za sto, te se on, ne sačekavši moj odgovor, strovalio na mene, istovremeno mahnuvši kelneru...bijela rukavica je zalepršala kao žedna golubica i krezavi kelner joj se milosrdno osmjehnuo.

Katarski i krstjanski „boni christiani" su putovali u tandemu...ja sam tu veče dobio svoga parnjaka i pratioca, stanovnika moje želje, stranca...koji će se zalijepiti za mrežu moga sjećanja ili, bude li nepristojan, kroz nju iscuriti. Katari, ta slučajno nađena hostija, počeli su se oko meni otjelovljavati.

(83)

Čuvši gdje sam rođen, on se trznuo...pamtim još taj grč...samopouzdano ga je obrisao...vaše porijeklo je, kao i porijeklo katara, starije od svake vjere i nacije...oni koji danas rataju po vašim prostorima rado bi to porekli...ali neće uspjeti...sablja zlikovaca je uvijek teško sjekla kosu pravednika...

Sa tih nekoliko rečenica, zbog kojih sam bio spreman kupiti dvije debele knjižurine u njegovoj knjižari, i do pogovora ih pročitati, uspostavio je prisnost među nama, jednaku onoj između idealnog ispovjednika i idealnog grješnika...koji svoje uloge i klupe u ispovjedaonici često mijenjaju...i grijehove zapostavljaju...

A obadvojica smo, hraneći se sjenkama umrlih, nosili i naše kataloge grijehova.

(84)

Ispitivao me je...ja sam bio suzdržan...ne znajući da li biti iskren ili ga obmanuti...te je on odgovarao na vlastita pitanja...ponudio mi je svoj novčanik...možda se nađe i garsonjera...po hotelima borave samo poslovni ljudi i samoubice...naći će se i posao ...socijalni dodatak je milostinja države...

Magribijski krezavi kelner nam je prostirao izazovna vina, ona su mi prijala, nisam morao sam piti, N.N.-ovo lice je sa svakom ispijenom čašom, sve više ličilo biljki koja raste na grobu sveca.

(85)

Ni zapitkivanja o uzrocima i posljedicama rata se nisu mogla izbjeći...i mada nisam htio o njemu govoriti, od njega sam pobjegao, mada nisam htio da budem u pravu, pokušao sam mu, izbjegavajući ratnu svakodnevnicu i pomažući se vinom, (...najduhovnije pričamo o vlastitoj zemlji kada smo pijani...) objasniti rat...

(86)

U jednoj noći bez granata i zvijezda, pročitavši neku zbrkanu zbirku (...gralska medžmua...) svetogralskih mitova, ja sam joj pridodao i svoju primamljivu nadriteoriju...njeno ponavljanje mi je donosilo više uživanja od njene istinitosti...ipak, trošio sam sate nad kartom stećaka, brojeći ih i spajajući ih drvenim bojicama...tražeći alhemijsku mustru gralske poruke...liječeći time moj sindrom izgubljenog raja...

(87)

Iz života surgunlija:...početak rata je bio i početak čežnje za onim što Gral, sveti Gral (...učinilo mi se da se on na taj izraz podrugljivo nasmiješio...a i meni je on, izgovoren, zazvučao neumjesno...) oličava, čežnju za rajskom kafanom iz koje su nas krezavi kelneri izbacili, čežnju za onim čipkastim dobima (...bilo ih je...), koja nas se u

25

miru nisu ticala...bez obzira kakav, mir je mlakost, referat o petogodišnjoj planskoj izgradnji...u njemu se ništa ne dešava osim lakog zarađivanja mjesečne plate i njenog lakomislenog trošenja...

(88)

A moja teza je (...da li se on iznova nasmiješio...zabavljamo druge našim tezama...) da je taj Gral, (...sveta Štafeta...) bludeći kroz istoriju i ka istoku, morao proći i kroz Bosnu, (...odškrinuta Vrata Istoka...izgažena granica istoka i zapada...nerazjašnjeni sudar istoka i zapada...razmeđa kultura i nekultura...), kroz njene žitelje i planine, predočavajući se u različitim formama iza kojih ga neupućeni nisu prepoznali...a oni što su ga prepoznali, zabezeknuti, nisu ni riječ o njemu napisali...nisu su se o njemu preglasno izjasnili...ostavljajući nama današnjim samo nagađanje i prognoze o prošlom.

On se kod nas kratko zadržao, žurilo mu se ka svom izvoru, bukvaru, kovačnici, materici...htio se obnoviti...izglačati bore...

(...boravak u banji...množenje krvnih zrnaca...).

Kasnije je, iz istočnog pravca, iskrsnulo crkvenobosansko učenje, pozdrav od opeglanog Grala, znak da je Bosna jedna od njegovih ljubimica, ljudi u njoj gralski čuvari...čuvari krvi i žuči...započelo je jedno zlatno doba...

(89)

N.N. je na to klimnuo glavom, (...bila mu je glava divna mješavina vina i perja...) i taj nemarni mig me je ohrabrio...Gral je svoj Tour Oriental startao sa Pirineja pa su jednoga dana upućeni i gnostički Bosanci njegovu poruku ovamo vratili...„statična spoznaja zakržljava"...moji predaci nisu bili sebični (...nisam mogao odoliti...), šta su imali to su i drugima dijelili...šta im je nedostajalo tome su se, skrštenih ruku, nadali ...slični narodi, gralski i predodređeni, razmjenjuju dobra i poruke...

(90)

Od gralskih riječi sam ožednio, pa sam posegnuo za vinom, za Isusovom krvlju... nehotično sam prevrnuo čašu, te se krv se prosula po stolu, po pantalonama, po bistrou, po ulici...slijevala se u rijeku...penjala po Pirinejima...otklokotala je do...gusta i nerazvodnjiva krv...zapanjen njome, ja sam zašutio...

N.N. me je opet nešto zapitao...njegov glas me je prenuo, dopustio sam da mi se čaša napuni...nastavio sam...bilo mi je lakše objašnjavati negoli na njegova pitanja odgovarati...

(91)

...u svakom opustošenom kraju nalazimo ruševine tvrđava u kojima se Gral sklanjao od nečistih radnji, osjećao se on prijatno u ograničenim prostorima, obilježavao ih je kriptogramima...ruševine su najčešće na brdu oko kojeg je tamna šuma i kroz koju, do toga brda, vodi tijesna staza, romantični puteljak...u mojoj osušenoj zemlji su te ruševine obrađeni kamenovi, razbacani po nenaseljenim oblastima...uspavani, leže oni okolo, naizgled beskorisno...kao da ih je erupcija kamenoloma pobacala po obroncima...ili ih je izabrani anđeo istresao iz džinovske vreće...ali...kada bi se ti kamenovi, a ima ih na hiljade, spojili linijama...kao u dječijim slikovnicama...dobila bi se formula obnove pustinje...obnove rajskog vrta...

(...Sveti Kalež nema kršćansku naravnost...on služi svima...on štiti i njega treba da štite pošteni i nezlobivi ljudi...crni kamen u Meki je muslimanski Gral...)

(92)
...da bi sasušeni vrt procvjetao treba ga navodnjavati...ali prije svega postaviti pravo pitanje...neko „zašto"...ja sam ga u mome zavičaju propustio, živio sam u miru i nije bilo razloga za pitanje...sada je tamo inferno, vrijednosti su sagorene...ja sam u potrazi za mojim upitnikom...možda je ovdje...možda su me ovamo uputili kamenovi ...upitah na kraju i sebe i N.N.-a, jecajući pijano...željan sažaljenja i milosti a ne njegovog odgovora.

(93)
N.N. se nakašljao, nije prokomentarisao moju teoriju, raspričao se o katarima i srednjem vijeku, o Van Goghu, (...njegovi ubogi tkalci...pripadnici sekte katara...ne mora se slikati vangoghovski, piši vangoghovski...), o kulturi rata, o kulturi vina...i naše sjedenje se odužilo, tek nas je kasno katoličko zvono potjeralo na spavanje.
Razilazeći se, on mi je predložio da sutra posjetimo obližnje katarsko svetište...pristao sam, kao što bih tu veče i na bilo koju njegovu drugu ponudu pristao...
Oteturao sam se do hotela, nije mi se još spavalo, sišao sam do rijeke koja je, nalik babilonskoj, i tu noć odnosila i negdje je ulijevala.

(94)
(...1415. godine na koncilu u Konstanzi je bilo zabranjeno piti vino iz kaleža...Calix je ostao prazan za narod...samo su još sveštenici iz njega lokali...leđima okrenuti prema stadu, koje taj čin nije smjelo vidjeti...ostala je samo hostija...tijelo Isusovo...ne i njegova krv...drugi kažu, da se sam narod, već negdje u 12. ili 13. vijeku, odrekao pijenja iz pehara...bio mu ju dovoljan hljeb...i onako ga nije bilo...
...po uzoru na srednjovjekovne Bošnjake, zahtijevaće Husiti i drugi sakrament...nudi im se samo gregorijanska vodica, kap krvi, zrno soli, šaka pepela...ili kao alternativa, svjetla lomača i izbjeglištvo...kombinacija prvog kamena, primarius lapis i 126.-og psalma, pod svijećom od jeftinog voska...čovjek i hljeb su nastali iz zemlje...vino niko ne spominje...
...traganje za Gralom je apologija individualizma koji se crkvi nije sviđao...naravno, priča o Gralu nije jedino srednjovjekovno djelo koje nije završeno...
...Sveti Gral je simbol ženskog principa koji je izgubljen, ali koji će se ponovo naći i onda poništiti muški princip rata...Vitez traži Sveti Gral...ne žena...ona nema potrebu da traži, ona je nosilac...)

(95)
Sljedećeg dana me je N.N., kao na ekskurziji, odveo na brijeg koji se zvao Montségur, da bi mi u magičnoj atmosferi vjetra, visine i ruina, razotkrio tajnu sre-

dnjovjekovnog rukopisa, katarsko-krstjanskog rukopisa...i predložio da ga podržim u njegovom objavljivanju...o katarima znam sve, o krstjanima vrlo malo...tvoj dolazak nije hir radoznalosti...već djelovanje sila uzajamnosti...gralska isparavanja...paralelni snopovi vremenskih vlakana...centrifugalne snage planina...planete nas privlače ali i planine, samo mi to ne uočavamo...nadovezao se on na moju sinoćnju priču, dogodila se druga, osebujnija materijalizacija katara, predmeti su poprimili dualističke obrise, objašnjenja su se pojednostavila.

Sinoć me je iznenadio svojim izgledom, sada svojom ponudom i ovim „dvorcem", znači, ipak ih ima, tih misterioznih hotelskih katara, te ako njih ima onda ima i bogumila...a i Gral nije odjahao do najistočnije tačke.

(96)

Da bih pojačao dramaturgiju bijega, htio sam iz svoga grada ponijeti osnovne udžbenike...Bibliju, Kuran, izvode iz Talmuda, Komunistički manifest...

Moj odlazak je bio prenagao (...smije li se reći…spontan...), te su te knjige ostale da istrunu ili da ih neko zamijeni za cigarete i rakiju, ostale su tamo da bi ovdje raskrčile prostor za N.N.-ov krasnopis.

(...on je njemu tepao...moja hronikica...).

(97)

Vrativši se sa Montségura, otišao sam u svoj bistro da bih vinom poredao rasturene misli, N.N. je požurio kući da bi, kako je rekao, svojoj ženi...pod koprenom...poklonio, prije nego što uvene (...da li je time mislio na cvijeće ili na svoju ženu...), cvijeće ubrano na obroncima Montségura.

(98)

Pred bistroom, dva stola dalje od moga, sjedila je ona, sama i dugokosa, gospodarica uvojaka.

Misli nisam uspio poredati, osmjelio sam se sa dvije-tri čaše katarskog vina, sačekao još nekoliko minuta, htio sam se uvjeriti neće li se pojaviti neki njen znanac, ljubavnik, obožavalac...mužjaci su se motali okolo ali, hvalabogu, nijedan od njih nije imao, osim žestokih pogleda, nikakve prisnije veze sa njom, te sam joj se budalasto obratio...je li te interesuju katari?...

(99)

Njena ravnodušnost prema katarima je bila jednaka njenoj ravnodušnosti prema krstjanima, ona je bila na odmoru, dobra vila koja dopušta da se u nju svako zaljubi, bar u kafani...i koliko god sam se ja hvalio mojim bogumilskim precima i mojim skromnim podplaninskim porijeklom, nisam mogao odoliti đavolskom iskušenju...a nisam ni želio da zaboravim kako izgleda žena sa kratkog odstojanja...i kako se sa njom razgovara...

(100)

Mada Njemica, u slavenskim crtama njenog lica se naslućivalo neko mutno porijeko

28

kojeg ni ona sama nije bila svjesna...nepoznanica na njoj, strana dalekost pomiješana sa već viđenim, ljepota izmućkanih rasa, ljepota kojoj se nigdje ne žuri i koja se ne boji starosti i tuđe žudnje.

(101)
Raspričali smo se, mužjak i srna, zajednički opisujući nekretnine oko nas, zatim smo se postepeno približili stolu...okolina je izgubila oštrinu i mi smo, kao najlakšu i najpoznatiju temu, postavili sebe na površ...dvije šahovske figure na istom polju.

(102)
Glavna razonoda su joj bile razglednice, ispisivala ih je i preslikavala vodenim bojama...razglednice je slala u svijet a akvarele slagala u sivu mapu, ljetni dnevnik, u kojem sam i ja smio zaviriti...nađoh u njemu i Montségur i pirenejske pejzaže i romaničke crkve...sve bez reda i potpisa...ispunjeni formati...germanski strah pred prazninom...

(103)
Što sam sate više zanemarivao, što je naš govor bio prisniji, sa svakom čašom vina koju sam ispijao, bio sam sigurniji da je moja odluka da odem iz ludnice bila ispravna...da li me je doista, kako je N.N. rekao, „sila uzajamnosti" dovdje privukla... možda i Gral...bosanski bog...ili su me ovamo poslali oni nedruželjubivi stećci?
Sebičnjak, ja sam se sladio njenom prisutnošću, nije bilo rata, nije bilo savjesti, samo njena neusiljena poza u plastičnoj stolici...i umjereno spuštanje i dizanje njenih sitnih grudi.

(104)
Druženje nam je prekinulo ono nametljivo zvono sa tornja, rukovali smo se, njen stisak je zauvijek nestao u mojoj ruci i mi smo se razišli...svako u svoju tamu.
Opet sam se, odgađajući odlazak u krevet, spustio do rijeke, dirnut tim novim ritualom i novim poznanstvom...bježeći čovjek upozna i đavola i anđela...
Ja sam tu veče, N.N.-a svrstao u đavole a tu djevojku u anđele.
Teorija o Gralu se dopunila...potraga za Kaležom je i potraga za Ženom, za prokockanim ženskim principom...za Crnom Madonom.

(105)
Zvala se Martha; jedino to suvišno „h" u njenoj ličnoj karti mi je zasmetalo ali, sa mog gramatičkog stanovišta, ta malecka greška je bila i jedina greška na njoj...tuđe greške moramo na sebi ispravljati.
U sumraku toga dana se zatvorio sedmi krug čistilišta...rat, moj bijeg od njega, N.N., srednjovjekovni spis, katari, Montségur, i u vanjskom krugu...žena, idealna i jedina.

29

Neomanihejci

(106)
Moja „likovna u mjetnica" Martha nije sama sjedila za onim krivim stolom. Iza njenih riječi sam čuo brujanje njenih prijatelja, rođaka, prijašnjih i budućih ljubavnika...nije ih ona bila svjesna...ali...oni su kokodakali, čineći me ljubomornim... smetalo mi je što nas ti nevidljivi mogu prisluškivati i svojom bestjelesnom prisutnošću uticati, ne samo na nju, nego i na mene...zakon isključenja trećeg nema primjene u bistrou...

(107)
Kasnije, pored spore rijeke, u mraku iznad vode, obnavljajući dijalog sa Marthom, odjednom me je dotakla ženska vlas (...kako se osjeća prisustvo žene?...), uzaludno sam se osvrtao i opipavao crnilo oko mene, nije bilo nikoga u mojoj blizini, te me je obuzela neka neugoda pa sam pobjegao u sobu...ni ja, iseljenik, surgunlija...nisam ovamo došao sam.

(108)
A sa svakim danom je oko mene rasla legija duhova.
N.N. se njima razbacivao...oni su se u njemu raširili, natrpali u njegovim genima, razvukli u kičmi i u krvi, osušili mu spermu...avetinjska smjesa ili smjesa avetinja od kojih je najgrlatiji bio njegov otac.
Na Marthine pratioce sam bio ljubomoran jer su oni, mada daleko, još bili živi, ali N.N.-ovi ljubimci su bili van svih mojih mjerljivih kategorija...peckali su me ti uskrsi, žmarci podijeljenih ličnosti, opservanti ili konventualci...mrtvaci, balzamovani začinima, koji čekaju bolje dane za konačnu sahranu...

(109)
Svoga oca je N.N. povampirio tek kada sam mu „opisao" Marthu...kako sam ja otvorio svoj pretinac tako je i on otključao svoj podrum, priznali smo jedan drugom naše slabosti...
Ali dok sam ja svojim priznanjem očekivao sućut, N.N. je svoga pokojnog oca oživio da bi održao Hroniku, da bi joj dalje kljukao utrobu, očitujući njenu nedovršenost...u koju će i Martha iščeznuti, sa svom onom rodbinskom i seksualnom pratnjom u sebi.

(110)
Očev život se, po N.N.-u, zbio u neokataristićkim i neoromantičarskim kružocima koji su u prelamanju dva vijeka nicali i u najmanjim mjestima južne Francuske.
Iz tih bučnih grupica su nastajali klubovi sa gordim nazivima: Branitelji Montségura, Novi Trubaduri, Okcitanijski ljiljani...u njima se, kroz rehabilitaciju katara, obnavljala provansalska trubadurska kultura, ispravljala ili iznova uspostavljala istorija Francuskog Juga.

U tom, ne baš malim procentom, nacionalističkom pokretu su se udruživali pjesnici, istoričari, slikari...učlanjivali su se u njega sveštenici, političari, oficiri...ali i bespolni romantičari, zanesenjaci, teozofi, te kojekakvi nedeljni arheolozi i salonski mističari.

(111)
Premještali su oni prastaro kamenje, rovili su po pećinama i utvrdama, gušili se u arhivima, miješali su muziku i poeziju trubadura sa katarizmom, obamrlim simbolima su davali nejasna značenja...svaki pisani ili drugi dokument sa otiskom ili dahom katara bio je brižljivo uklapan u opštu provansalsku teoriju.
Tako je i Hronika zahtijevala odgovarajuće objašnjenje mada joj, zbog slavenskog ukusa u njoj, nije pridavan neki veći značaj...već 1870. godine je protestantski pastor Napoléon Peyrat, jedan od prvih neomanihejaca, nabrojao katarske pretke...Zapadne Gote, Feničane, Perzijance, Iberce i keltske druide...i tek uzgred je ukazao i na balkanske dvobožnjake.

(112)
Dva mjeseca je Hronika, nezaliječena rana, ležala na radnom stolu N.N.-ovog oca. Iskrsnula je neočekivano...,,veselje udovcu"...neočekivano je i nestala.
Otto Rahn, njen nezvanični pronalazač, uzdanica novooformljene generacije neokatara, predao mu je zagonetnu svesku da njen sadržaj prepjeva na savremeni francuski jezik, N.N.-ov otac je poznavao Rahna a još bolje je poznavao njegovog mentora Antoina Gadala, smatrao ih je obadvojicu šarlatanima...htio je ponudu odbiti, htio je reći...ne...ne...ne...ali njegova desna ruka, njome upravlja kosmički nerv, uzela je tu svesku...
(...tijelo je kukavno...pred čarima zavodnice koja ti se nudi...)
Tu veče se zaljubio u Hroniku, sutradan je tražio tog lakrdijaša Rahna...detalja, daj mi detalja...ali lakrdijaš je nestao u Pirinejima...trčeći za Gralom...trčeći za nordijcima...koji trebaju pobijediti ,,trulu židovsko-kršćansku civilizaciju"...

(113)
Otac je preveo rukopis, napisao je i kraću biografiju tih listova, njegov prijatelj Maurice Magre mu je asistirao, dopisujući svoje pronicljive primjedbe na dnu papira.
Bili su to blagorodni mjeseci, svakodnevno i svakonoćno iščitavajući i prevodeći ga, on se neustrašivo mučio sa zamrljanim i nečitljivim pasažima.
Hronika je bila tako pisana da je svoga istraživača nagonila da je proširuje i razvlači, te se ni N.N.-ov otac nije mogao suzdržati pred upitnicima i tačkama...ipak joj reče: moja si!

(114)
Jednoga jutra je Rahn, nenajavljen, upao u njegovu ćeliju, bez kucanja, jednako nervozan kao i onoga dana kada mu je novost donijeo...samo nešto blijeđi...zahtijevao je Hroniku uz haotična objašnjenja...univerzitetski stručnjaci me propituju...moram im izraditi fotokopije...ja je sada od vas samo posuđujem...vratiću vam je...kod gospodina je ona bezbjedna...

N.N.-ovog oca je nervirao njegov njemački akcenat...nije znao da li da mu udari šamar ili da mu vrati rukopis...posvađali su se...između sebičnosti i povjerenja, ipak mu je dao listove...Otto Rahn je iznova nestao...zauvijek nestao...

(115)
Nije saznao kuda je rukopis iščezao...mora da je odnešen negdje u Njemačku, te se tamo neko drugi, ljubomoran na tuđe tajne, njime bavi a njega, N.N.-ovog oca, jadnog i dalekog „udovca", sa zluradošću proziva i ismijava.

(116)
Za Hronikom je otišao i kućepaziteljni anđeo familije N....njegova majka umire pri porođaju, (...ubila ju je moja velika glava...), otac je tek sad udovac, posvećuje se glavatom i slabašnom djetetu, bdije uz njega, zapostavljajući druge obaveze...zdrave i bolesne godine se smjenjuju, prah lijekova prekriva prevod Hronike i njenu biografiju...i tek u „Drugom Kozmogonijskom Ratu" su otac i sin ojačili...otac se opet posvetio Hronici a sinu su se razotkrili Pirineji.

(117)
Oponašajući svoga poznanika Antoina Gadala koji je rado pario književnost i nauku dobijajući legendu, i N.N.-ov otac je petljao oko svoje legende, formu mu je nametnulo ondašnje iracionalno doba, nerealnost okupacije (...rođenje realnosti koja postoji i van svoga pojavljivanja...) i varljivost časovnika.
Pravdao se Maurice Magreu:...ovo neslavno razdoblje se ne može prevazići naučnim statistikama...

(118)
N.N. se tužio na Novi Zavjet...to je čisti falsifikat...ukraden od heretika Markiona... ali su ga katolici ipak proglasili svojom Svetom Knjigom...mi sa razumnošću i hladnokrvnošću diskutujemo o njenim poglavljima, ali kada smo sami, u svojoj sobi, pod noćnom lampom, mi maštamo nad tim poškropljenim knjigama i divimo im se.

(119)
Pričao mi je, hladeći se neposlanim očevim pismom-lepezom, namjenjenom patničkom Magreu, koji je umirao u nekom sanatorijumu mondene Nice.
Neposlana pisma su, kao i svaka druga nedokrajčena djela, znak lijenosti duha ili malaksalosti ruke...N.N. otac nije uspio ukoričiti svoje pisanje.
Optužili su ga da je podržavao Résistance, osudili su ga i odvezli u najsjeverniji njemački koncentracioni logor...skončao je u tom logoru ili, slomnjenog zdravlja, u vozu ka njemu.
N.N. vjeruje u smrt u nekom istražnom zatvoru SS-a, bez smrtovnice i bez počasti.

(120)
Eto nam sada i Drugog svjetskog rata, pomislio sam, baš nam je još brkati akvarelista nedostajao...
I kao da je znao o čemu razmišljam, N.N. mi je gurnuo okerski list u ruke, na njemu

je stajalo i ovo:

„Bilo bi poželjno porazgovarati sa tim slavenskim katarima.

Ako mi zdravlje dopusti, ako godine uspore, i ako ova ludnica prestane...možda i odem do njih?

Za sada, studiram putopise i stručnu litaraturu o njima...Slaveni iz zapadno-ukrajinskih šuma i močvara su, kako pokazuju skeleti i istočnorimski raporti, bili visoki ljudi izražene duge lobanje, svjetlokosi i plavih očiju...te se pouzdano može reći da su oni mlađa braća Kelta, te uz Germane i nasljednici one evropske prarase...sa formiranjem te tri jupiterske pasmine se vezuje i nastanak homo europauesa.

Većina današnjih Slavena...okrugla glava, pognuto držanje, izražene kosti lica i smeđa kosa...izrodi su te prve Evrope...

Najrasniji nasljednici Slavena žive još i danas u Bosni, gdje se...treba se zadubiti u putopise...sreću uspravni i plećati ljudi, jasnih očiju i prijatnog mirisa.

(...rase i pejzaži...arijevska šuma...semitska pustinja...negroidna savana...rase i mirisi...)

Još jedan primjer srodnosti Kelta, Germana i Slavena je vjerska ozbiljnost i nezavisnost, oni su među zadnjim Evropljanima pokršteni, čime su iskazali svoju genetsku prareligioznost...ili njihova naklonost za osnivanjem sekti...bosanski Slaven je u srednjem vijeku prihvatio dualističko učenje, odbacujući iz njega prejake židovske, katoličke i pravoslavne primjese...

I upravo u instiktivnom otporu prema nalozima iz religioznih centara, najbolje se ogledava organsko jedinstvo Kelta, Germana i Slavena...“

(121)

Ovo je pisano u doba, kada se o rasama i njihovim oznakama dosta nagađalo a manje znalo, teoretičari rasizma su bili dizajneri i krojači, no, svako doba ima svoje omiljene teme, i N.N.-ov otac nije bio imun na modu (...on će ponoviti...bijela rasa je produkt ledenog doba...).

(122)

Ne volim ta mjerenja lubanja i nozdrva (...kod dojenčadi se oblik lubanje može izmjeniti...maramom, mekim ili tvrdim jastukom...), te habsburške donje usne, mladeže po butinama...kolerične i flegmatične seobe Arijevaca...koje kao i seobe ptica i insekata imaju možda iste uzroke...zar je Hronika rasistička knjiga? upitao sam N.N.-a, a on mi je, ignorišući moje pitanje, pokušao razložiti etnički razvoj Slavena ...koji se poklopio sa vremenom u kojem se impuls sa Golgote izobličio...pod uticajem tog strujanja su oni svoja etička shvatanja, preuzeta sa iranskih visoravni, i svoju pobožnost, izvukli iz noćnih plašljivosti i povezali ih za pleme...tvoreći time vjersku netrpeljivost...do tog ružnog procesa, oni su spaljivali svoje mrtvace vraćajući njihove duše u pravatru...od tada ih zakopavaju u glinu ne bi li im ova sačuvala tijela... moj otac je znao da nekropole upravljaju sudbama naroda, zato je i pisao o ishodištima...

(123)

Oca su južnoslavenska Bosna i njeni stanovnici zanimali samo kao subkultura iz koje se Hronika usmeno začela.

Ipak, bilo je lijepo u njegovom pismu naići na riječ „Bosnie"; zapaziti simpatiju i mogućnost zajedništva.

(...mislimo da smo bili na nekom mjestu, ali tu je bio tek neki naš predak...)

(124)

N.N.-ov otac je predvidio da će i on ući u mrtvopis hronike, zato je i sastavio njenu „biografiju" u kojoj je prikazao događaje iz kojih je ona nastala, događaje koji su je izmjenili...zabilježio je promjene na njoj i promjene u njoj, vrijednujući prepis kao produženje knjige...obrađena i uobličena materija je i sirovina za neki drugi oblik.

(125)

„Dok se čovjeku i desi da umre prirodno, piše on u drugom dijelu pomenutog pisma, nestanak knjige je rijetko prirodan (...trebalo bi definisati „prirodni" nestanak knjige...), nju ubija plamen, voda, vulkan, zaborav...ili njena iznutrica...nju čovjek reže makazama, mota u nju duhan...ona tavori u suhom zraku nijeme biblioteke...proglase je mrtvom, načine joj spomenploču a ona uskrsne, vremešna, usahla ili, zbog prolaznosti, ljubičasta...time i vrijednija za ispitivanje njenih stranica i njenog plutanja kroz vrijeme i ljudske ruke..."

(...ali i njena osvetoljubivost...gubitnike koji su zbog nje spreženi, raščerečeni, ušiveni u vreću i bačeni u vodu...krvožednost knjige koju nismo do konca pročitali...)

(126)

Očevim pismom mi se N.N. htio ulizati, htio je istaknuti da smo ja i on slični...jupiterski Slaven i jupiterski Kelt...dajući mi ga, kao što se dragoj poklanja ljubavna pjesma, uspio je N.N. dirnuti neku osjetljivu žilu u meni, pa sam se ja nad njim raznježio i zanemarivao Marthu...da bi joj tek u trećem danu pokorno prišao...bila je u bistrou...krezavi kelner je prijekorno zavrtio glavom...puštaš ljepotu da te čeka...
Ona se tu, neporučena, začudila mojoj pojavi....o, nisi se vratio u klaonicu...dobro, sjedi onda da pričamo...,nedeljom i praznicima nema ništa bolje, nego jedan razgovor o ratu i ratnoj larmi, dok tamo daleko, u Turskoj, narodi jedni druge mrcvare"...
tako nekako piše Goethe u Faustu...
I dok sam razmišljao kojim bosanskim citatom bih odgovorio na njenu ironiju, ona mi se osmjehnula i ja sam je morao poslušati.

(127)

Usrećivši me Hronikom, dokazavši mi očevim pismom vjerodostojnost vlastitih tvrdnji, otišao je N.N. na neki kongres o katarima, misleći da ću se ja u međuvremenu potpuno posvetiti toj neodoljivoj matrici...međutim, ja sam njegovu odsutnost rađe koristio za šarmiranje neodoljive Marthe nego za dumanje o prošlom i nestalom.

(128)

Viđali smo se u hladu Pirineja, uvijek popodne, iza ručka, družeći se onda do kasno u noć, poslije svakog od tih susreta sam morao povraćati u rijeku (...možda i dejstvo vina...) ili bi me pekli podmukli žigovi u grudima (...možda i dejstvo jakih francuskih cigareta...).

Nisam pristajao na njenu nezavisnost, na njenu punoljetnost...nisam prihvatao njene odluke kojima me je držala na tjelesnom odstojanju...naša prisnost se trošila u tom rastojanju, ne u dodirima.

Neostvarljivu težnju dodira, smirivao sam pušenjem i pijenjem, tako da mi ruke nisu mirovale, bile su zauzete pseudoerotičkim pokretima...u lijevoj čaša...u desnoj cigareta...ili obratno...

(129)

Ta nedefinisana (...platonska...) veza je razveseljavala N.N.-a, mada se on nije nikada pokušao otvoreno u nju uplitati, u te naše dijaloge koje nisam sposoban da zapišem jer, što se detalja tiče, pamtim samo ono što joj nisam rekao...pamtim i svoju nemoć...a zapisujem ono što mi se ne događa.

N.N. je prevrtao očima, ili se smijuckao u bradu, zadovoljan što je iznad svih ljudskih odnosa.

Svojoj ženi je redovno poklanjao pirinejsko cvijeće, smatrajući taj čin spolnim aktom, te kao što se površno ophodio prema kupcima u njegovoj knjižari, tako se ophodio i prema dnevnim strastima...živio je izbjegavajući sadašnjost...

(130)

Moje i Marthino zadnje druženje se, a gdje bi drugo, desilo na Montséguru, na toj gomili otpada, na toj jebenoj goloj brdini koju sam sljedećih dana žestoko mrzio.

N.N. nam je preporučio montségurski sunčev zalazak, krenuli smo pravovremeno, držeći se za ruke (...jedini dozvoljeni dodir...), koje su nam se zatim od naprezanja i nelagodnosti jako znojile...znoj naših tijela se slivao u dlanove pa smo ih onda morali sušiti na povjetarcu.

Martha je odbila da je ponovo uzmem za ruku, kao da se zastidjela vlastitih sokova.

(131)

Moj prtljag je bila flaša vina a njen dvije, negdje ukradene, čaše kao i (...sviđa mi se ta pogrešna riječ...) pregršt badema, jednog od znamenja blažene djevice Marije.

Gore, začudo, nismo nikoga zatekli, tek nam je poznato kamenje salutiralo, stijene u samotinji...potencijalni stećci...

Trebala je da ode sutra ka sjeveru...taj termin nas je ušutio...zanesenjački smo buljili u okolinu i u zvijezdu koja je nama zalazila...

Ona nije pokazivala nikakvo žaljenje zbog predstojećeg rastanka, ili nije htjela da ga pokaže...ja sam njenu suzdržanost tumačio kao priznanje moga prisustva...

A htio sam je zagrliti, htio sam je poljubiti, htio sam je silovati...uspio sam samo brže od nje ispiti vino...

Mi smo, bukvalno, odšutjeli tu zadnju veče...i tek kada su se boje oko nas izlizale, zamolila me je ona da je obavezno posjetim...rekla je, pisaću ti...iako ja nemam stalne adrese...sve sam joj obećao a onda smo se, smušeno, oprostili...iza nas se čulo pjevanje vihora...

(132)
Otputovala je ona svojim nesimetričnim autom, bez doručka i bez mahanja (...jutarnji odlasci dragih tijela...ponoćna opraštanja tetoviranih tijela...), istoga dana se N.N. vratio sa katarskog kongresa...kofer mu se naduo od rutavih knjižurina...a on od ponosa zbog istih...našao me je u bistrou (...Chez Pierre...), napili smo se...
(...nije se teško napiti...podsticaj su, ako ništa drugo, bulevarske novine...a novac kaplje sa platana...)

(133)
I kao što je Anka (...o njoj potom...), Alfarova kršna Bosanka, nestala u tatarskoj oluji, tako je i Martha, moja Njemica, utekla u neku drugu kišu i u drugo nevrijeme.

(134)
Martha se rastočila, ne ostavljajući mi ništa svoje, osim onog znojnog stiska ruke, avet koja je otutnjala autom, te sam ja danima sumnjao u njeno postojanje...da li je ona naličje one heretičke grofice Esclarmonde, koje me je u mome pijanstvu zavelo, ili se čak radilo o neobjašnjivoj N.N.-ovoj zamci, možda i šali sa kojom me je htio oraspoložiti ili me trznuti iz obamrlosti...?
N.N. nije Marthu oslovljavao sa prezimenom, bio je na „ti" sa njom, ophodio se prema njoj, kako se to kaže, kao prema starom znancu.
A i ono veče, nakon što je Martha šutnjom opustošila moju okolinu, kao što sam i ja lopovski unakazio grad, to veče u kojem sam se sa N.N.-om zapio i u kojem smo satima razgovarali o njoj, upotrebljavao je on izraze koje sam čuo i sa njenih lijepih (...Orbicularis oris...) usana, kao da su jedno drugo citirali...u mome tadašnjem pijanstvu i ucviljenosti, ja nisam uočio tu povezanost...

(135)
Opet sa N.N.-om, bez popusta sam mu prodao svoju dušu, uvukao sam se u njegovu hroniku i on me je mogao vlastovoljno i samopouzdano udruživati sa katarskim i neokatarskim utvarama, vampirskim i nestvarnim...svaka od njih je bar jednom dodirnula Hroniku.
Počelo je sve sa Njemcem Otto Rahnom, „otkrivačem" te Hronike.

(136)
Sveti Duh djeluje u svim pozicijama, pa je i Martina Luthera nad kloakom u njegovom tornju, u kojem je drhtao, inspirisao da prikuca 95 teza na ulaz wittenbergske crkve...(...u tridesetitrećoj tezi, on ne preporučuje spaljivanje heretika...)...od tada su se zapadni protestanti i zapadni katolici mogli složiti samo oko jedne činjenice:
...srednjovjekovni raskolnici su njegovi prethodnici i srodnici...

Izučavanje katarizma će se preinačiti u dičan hobi njemačkih teologa i istoričara.

(137)

Otto Rahn, protestantsko dijete, upoznaće katare na teološkim predavanjima humanističke gimnazije u Giessenu i preuzeće njihovu sudbinu.

Za njega, koji jutrom mašta o onome što je noću sanjao, kako ga je profesor teologije okarakterisao, biće katari „andere Welt"...plavi i visoki, germanski heroji...omiljena lektira mu je bio epos „Albigensi" od Nikolausa Lenaua, u njemu su katari prikazani kao prvoborci političke i duhovne slobode spram „trule židovsko-kršćanske diktature"...

Mada poraženi i istrebljeni, oni će za njega u svojim idejama i dalje sadržavati mogućnost boljeg poretka, mogućnost koja će se, kratko i tragično, ostvariti u nacionalsocijalističkom sistemu.

(138)

Sticajem okolnosti ili sticajem gore naglašene sudbine, bezvoljno studirajući pravne nauke u Heildebergu, on će se sprijateljiti sa Paul Ladameom čija hugenotska familija potiče iz Geneve, a čiji preci su bili protjerani (...muhadžiri...) južnofrancuski katari...

Prekinuvši studije, Rahn će se 1928. godine preseliti u Genevu, u blizini te familije će uspjeti uozbiljiti svoja mladalaćka htijenja...i ucviliti roditelje.

Bez roditeljske potpore, morao je calvinski opstajati u tom calvinskom gradu, u potkrovlju bez grijanja i svjetla...hranio se otpacima, oblačio se neuredno...ali se nije žalio, kao da je uživao u odricanju, u boemštini...ili je, radeći nekakve slaboplaćene poslove, štedio novac za hodočašće...

(139)

Od njegovih hugenotskih domaćina dobio je preporuku za Maurica Magrea, tada popularnog francuskog pisca, te je uzdrhtalog srca, u jesen 1928. godine, desnom nogom zakoračio u južnu Francusku.

Magre mu je dao postelju i kašiku ali, zamoren njegovim zapitkivanjima i nelogičnim razmišljanjima, trpio ga je samo mjesec dana proslijedivši ga zatim Antoinu Gadalu, hobi istoričaru i pokrajinskom čudaku, te ga je ovaj uzeo u svoj novicijat u kojem će se Rahn upoznati i sa drugim osobenjacima i prosvjetiteljima novokatarske obnove.

(140)

Ostaće Rahn četiri godine uz Gadala, prilagodljiv i pokoran, prijemčiv za svaku voćku i svako lizalo.

Njih dvojica...Gadal, elegantan, besprijekorni karirani sako, leptir-mašna i lakirane cipele...Rahn, blijed, rastrzan i raščupan, zaodjenut šinjelom...za te četiri godine će svojim arheološkim nalazima zatrpati tarasconski muzej, a svojim okultističkim teorijama zaluditi N.N.-ovog oca i Magrea.

(141)
Po povratku u Njemačku, pridružiće se Rahn nacistima, 1936. godine će stupiti u SS
(...Schuztstafel...), u taj hiperborejski red, iznajmljivač katarske bistrine...pirinejski
pejzaž će zamijeniti za kasarnu, okcitanijski medaljon za mrtvačku glavu...

(142)
Njegov duhovni razvoj je tipičan za one kojima treba majstor, dirigent, ličnost od
koje se očekuje uvođenje u hermetiku...razvoj mu je započeo u gimnazijskoj klupi
sa reformatorskom teologijom, nastavio se po istorijskim i pseudoistorijskim mje-
stima južne Francuske, pod patronatom Gadala, prošao je kroz izglačanu uniformu
Himmlerovih četa...presječen je na planini, u snijegu i hladnoći, smrću čiji uzrok
neće biti razjašnjen.

(143)
Provodeći odmor po brdima oko Kufsteina, skijajući i planinareći, on je zalutao i po-
srnuo...„iznemoglost u snježnoj oluji", zvanična je verzija njegove smrti...kao da-
tum smrti zapisan je 13.mart 1939...Montségur je pao 16.marta...
Nađen je smrznut, sklupčan na kamenu koji je označavao kilometre (...da li je baš
zalutao...), sa grimasom na licu koja je očevice ponukala da kažu...on se smiješio...
vjerovatno mu je mraz iskrivio usne, ali nekome je bila potrebna legenda pa je Otto
Rahn umro kako legenda propisuje (...u isusovskoj tridesetitrećoj godini...).
Trud i muka Otta Rahna su založeni u svom zatišju...misteriozno će izjaviti Gadal i
pokopaće ga u sebi.

(144)
U ljeto su se Rahn i kćerka njegovog francuskog učitelja trebali vjenčati...poziv da
prisustvuje vjenčanju uputio je i svome rasističkom vođi Himmleru...mada se ona
prvotna srdačnost među njima izlizala...vrhovni SS-ovac je izričito naredio da se
Rahn posveti vojnim a ne književnim lakrdijama...naređenje je naređenje, subordi-
nacija, odozgo prema dolje, vodopad pod kojim umiru zalutali lososi...

(145)
1938. godine je akvarelista Hitler osudio ezoteričke i okultističke studije...ograđujući
se od njih, posredno je priznao da se i on njima bavio...ili se još bavi...skretanje še-
fovog kursa je bila propast onima koji su otvoreno njegovali nadnaravno i pod-
zemno...
Pod dejstvom Hitlerove osude, piše Rahn kratkovidnom Himmleru, umoljava ga da
bude otpušten iz SS-jedinice...ushićenje je splasnulo...plavokosi dječaci su brutalni...
disciplina je brutalna...naročito na njegovom radnom mjestu...koncentracionom lo-
goru Buchenwald, koji je te godine brojao 20122-a zatvorenika.

(146)
Buchenwaldska godina je za njega godina kriza i duševnih tegoba.
Katari su ga zvali, htio se on još jednom uspeti do svoga Montségura...na kojem

svjetlo guta tamu...Gadal mu je javio da se francuska policija raspituje o njemu, neko ga je oklevetao da je njemački uhoda...ostani gdje jesi...

U to zloslutno vrijeme, piše on svojoj nesuđenoj ženi...,,dva dana u Münchenu...u kojem se priča o jurišu, o oružju, o osvajanju...po ulicama galame uniforme...obavezno zamaći u brda, tamo je moja otadžbina, ne ovdje gdje se velikodušnost i tolerantnost ne propovjeda...“

(147)
Rahn je, u prekidima svojih potucanja po gradovima i brdima, napisao i izdao dvije neobične knjige o katarima...poslije piše u svom dnevniku o novim saznanjima i novim razmišljanjima....sasvim drugačije bi ih napisao...te polarne knjige...

(148)
Nedoumice nakon što se groblje napusti...možda su ,,nova saznanja“ naš katarsko-krstjanski rukopis...možda se upitao, je su li katari stvarno samostalni iskaz...izvorni zapadnoevropski fenomen...izdanak hiperborejske rase...rabota polaraca...možda ga je Hronika pokolebala?...
Iz Bosne se oglašava ,,vesela vijest“, ko se njoj ne raduje, taj je ne priznaje...

(149)
Prva knjiga je bila namjenjena francuskim kolegama, kulturnoj čitalačkoj publici, napućenih usana, špicastih stomaka začepljenim sirevima...druga, njegovim kamaradima, ideološkim istomišljenicima, požutjelim od pive i ponoćnog sunca...kritičar će reći da antisemitizam u njoj nije slučajan...taj antisemitizam je zaključak...pisan po nalogu, ali i iz namjere...njegovi dnevnici, podlošci tih knjiga, nisu izmjenjeni, vodio ih je i prilikom prve posjete Francuskoj...

(150)
Genevski prijatelj Paul Ladame tvrdi suprotno...manuskript, kojeg sam ja 1936. godine u Berlinu imao u rukama, kasnije je prerađen, poglavljima su dodani antisemitski pasaži koje nije mogao Otto napisati...

(151)
Poslije rata će pisac sa pseudonimom Saint-Loup, a radi se o nacionalističkom piscu Paulu Philipu, jednom od onih koji su u martu 1944 godine ,,ugledali“ keltski krst iznad Montségura, tvrditi da se Rahn ubio cijankalijem (...djeca koja su njegovo truplo našla, našla su pored njega i dvije medicinske flašice...jedna je bila prazna, druga poluprazna...).
Uzrok...političko-mistična osnova...biće govora i o ritualnom samoubistvu, po uzoru na katarsku enduru...
Ja mislim da je on, ispitujući Himmlerov rodoslov (...njegov prvi vojni zadatak kao pripadnik SS-a...), izdvojio kapljicu židovske krvi iz njega...i time zaslužio smrt... kapljicama i mrazom.

(152)

Otto Rahn, boraveći na jugu, stalno se osvrtao prema ponoćnom suncu...upao je u okolnosti iz kojih je jedini izlaz bila smrt i ostavljanje zagonetke. Tijelo mu je tek poslije godinu dana prenešeno u Darmstadt. Taj smrznuti Otto, smotuljak bezbožnog podneblja...htio je napisati i treću knjigu... ali hladnoća ga je prestigla, SS ga je prestigao...uvijek je neko brži...snajperski metak ...ugrušak u arteriji... (...čitajući proturječne biografske bilješke o Rahnu...bio je Otto alkoholičar i homo-seksualac...ošureni i oguljeni peder...uzdignut u raj Ultima Thule...miljenik Nove Desnice...)

(153)

Namećue se srodnosti između neokatara Rahna i katara Alfara. Fizička sličnost...lice umazano kredom, vrani pigmenti očiju prošireni na kosu, jak nos precrtan sa vangoghovskog autoportreta, tananost tijela koje paše u pentagram pećine Betlehem...psihička sličnost...naklonost alkoholičarskoj melanholiji i roman-tici, tragika duše i osjećaj samoće i strašljivosti u osornoj sredini, nagon za odlaskom u nepoznato, težnja za zaklanjanjem iza autoriteta...kao i način na koji su obadvo-jica stradali.

(154)

Je li Alfaro bio Rahnovo čedo...ili su obadvojica Gadalovi dječaci uškopljeni legen-dama i nadom?

(155)

U Gadalovoj fantaziji „Na putu ka Svetom Gralu" je prikazano saputništvo autora i Rahna, inicijacija razrađena u toj knjizi je uvođenje Rahna u gornje sfere...Alfarova inicijacija u Bosni je balkanska verzija istog uvođenja...dio paralelnog snopa u kojem se i ja pojavljujem, N.N.-ov učenik, zadužen za preštampavanje i kopiranje, zadužen za dalji opstanak Hronike koja se sve više i više postajala svetinja našeg odnosa...
U te nesazrele veze Rahna, N.N.-ovog oca, Gadala, Magrea te i samog N.N.-a, trebalo je ubaciti još neko zabludjelo nedonošče (...zrnu...), koje će, uz postojeće ličnosti Hronike, zasladiti već bljutavi fišek objašnjenja i mistifikacija.

(156)

Skoro dragovoljno sam zaigrao ulogu bosanskog siročeta, zasjeo sam uz svjetlo-noše i dao se, kao i Rahn pod uticajem Gadala, na pisanje i opisivanje, posuđujući po vašarima i samostanima. Rahn i Gadal su tako tvorili jedan par, jedan duet otkrivača, kojem su se N.N.-ov otac i Magre, kao obrađivači, suprostavljali...da bi N.N. izabrao mene za svoga part-nera, treću mogućnost, produžetak spirale...možda, samo jedno možda, i svršetak...

(157)
N.N. je tako meni izlagao i predstavljao mrtvace...jedina živa osoba, Martha, nije bila tu...okružen strvinama i ja sam tuknuo kao strvina...samo me je još vino održavalo...jutarnji mamurluk mi je govorio da me još ima.

(158)
Jedan moj poznanik (...pred rat...strpljiv, odgojen i otmjen...) je u opsadi prestao iščitavati cijele knjige, zadovoljavajući se naznakama sa omota koje sadrže:
...površnu biografiju pisca, izvod iz knjige ili kritičarevu bilješku...ili sve to troje sjedinjeno u nekoliko opštih rečenica...
Stalno granatiranje ga je sprečavalo da se skoncentriše na kompletnu knjigu, pažnja mu je bila dostatna tek za njene korice...za neke knjige dovoljno...za druge ponižavajuće...

(159)
Na koricama drugog izdanja jedne od Magreovih knjiga pročitao bi sljedeći tekst:
„Maurice Magre, poeta čudesnog, rođen je 1877. godine u Toulusu.
Sa svojim romanima, pjesmama, esejima i pozorišnim komadima slavio je uspjehe u Parisu dvadesetih godina.
Njegova zadnja djela su „potraga za mudrošću".
Ogromnu biblioteku, svjedočanstvo njegovog temeljnog obrazovanja, višijevska vlada je zaplijenila, unikatni manihejski spisi iz nje su bez traga su nestali.
Umro je 1941. godine, u sanatorijumu, u Nici.
Njegov opus spaja, u romanesku alhemiju, duh i srce."
Taj pisac, danas rijetkočitan, bio je naš sljedeći mrtvac...

(160)
Apropo (...á propos...) mrtvac...Isus je umro pompezno...vrh brda, tri krsta, vojska, žene, narod oko njega...zatim tmina, zemljotres...odsuće Boga-Oca...ali zamisli da je on umro u nekoj tamnici...vlažnoj, bez prozora, punoj miševa i žohara, na postelji od dvije daske...od kojih bi se mogao napraviti krst...da je umro od trovanja krvi...bez svjedoka, nijemo, sam...utamničeni katar ili krstjanin...tada bi mu se javio njegov Otac...što se mene tiče, reče N.N., dovoljno mi je da je Isus jednom postojao, on ne mora ponovo doći...

(161)
N.N. mi je, kao daljne „dokazno gradivo", pružio Magreova zadnja bolesnička pisma.(...nanovo pisma...), volio je on vaditi kojekakve papire iz šljama svog kofera, nije skidao bijele rukavice, bojao se golim rukama pipnuti te krhke stranice, te životvorne mošti koje se ne smiju onečistiti...gurao mi ih je pod nos, sladeći se mojim regrutskim pogledom.

(162)
Pateći svoje zadnje dane u sanatorijumu, Maurice Magre je iz te izolacije pratio

pobjede Nijemaca i vodio prepisku sa prijateljima, uporno ih zaklinjući da se brinu o njegovoj zapuštenoj bibilioteci.

Uprkos tim njegovim molbama, ona je iščezla...

(163)

Bolovao je on od paralize donjih udova, koja se u zadnjem stadiju proširila i na ruke. Pisma iz prvih mjeseci njegovog boravka u sanatorijumu su se nekako mogla i razabrati, ali ona sljedeća su bila vraćanje u predškolsko doba...riječi su se rastakale u stenografskim zabilješkama, kao kod malog dijeteta kome je data istrošena olovka da se njome igra...pisaljka mu nije slušala ruku, a ruka mu nije slušala glavu, nastojao je ispisati konturu slova, ali grč je zabadao pero u papir i preko cijele strane se izvijala nekakva imaginarna, nadrealistička crta, milimetarski kanjon u kojeg su se survavale čežnje.

Desetine pisama strahovito svjedoče o naporu Magrea da svojim razmišljanjima dadne odgovarajuću formu...u čemu su ga sputavale vlastite ruke.

(164)

Nije imao djece pa je N.N.-ovom ocu pisao:

...moji manuskripti i knjige su moja djeca, moja siročad...već kao četrnaestogodišnjak sam napisao prvi stih i kupio prvu knjigu i tih dviju radnji, pisanja i sakupljanja, ni danas se...smrt me već miluje...ne lišavam...šta će biti sa mojom bibliotekom ...ko će se o njoj pobrinuti...hoće li se naći iskreni i pošteni knjigoljubac za nju?...

(165)

Svoju zbirku je, zbog lopova i znatiželjnika, zaključavao u izrezbarene ormare od perastog jasena (...omoti omota...), opasne knjiške crve i manje opasne knjiške škorpije je trovao isjeckanim zmijskim kožicama, brižljivo ih je mrvio po koricama ...nabavio ih je u Indiji gdje je izučio budizam i doveo ga u vezu sa katarizmom...

(166)

...volio bih da me sahrane pod mojim knjigama, u glatkom sarkofagu koji će služiti kao pult za čitanje...tako ću moći i dalje paziti na moju biblioteku i naslađivati se mrmljanjem listova koje će biti zamjena za svirku anđela...

(167)

Smrt u sanatorijumu je smrt samca, opora smrt među profesionalnim bolesnicima, smrt nezadovoljnika koji nije dotaknuo mudrost, uprkos ,,duhu i srcu", i čiji trag u svijetu je dubok koliko i otisak njegove glave na pokojničkom dušeku.

(168)

Tih zadnjih dana mu se, ,,u suton njegovih muka", redovito prikazivao blijedi i lijepi mladić sa knjižicom za pojasom...on mu se uoči svakog bitnog događaja obznanjivao, ali nikada tako upečatljivo kao u te dane.

(169)

Sudbina je gluhonijemi pratilac...nije pokopan pod svojim knjigama...one su prodate da bi se namirili troškovi njegove patnje u lječilištu, kao i izdaci za njegov pogreb... (...tek jedan kamen nad jeftinim daskama...)

Druga, za neokatare zanimljivija i prihvatljivija varijanta...Gestapo je zaplijenio njegovu biblioteku zbog „manihejskih spisa" u njoj, kojima su se mogle potvrditi neke arijevske teorije... (...Vede opisuju Arijevce kao šaljivdžije, seljake i stočare koji vole muziku i ples, uživaju oni u alkoholu i ženskoj ljepoti...i ne brinu se o teorijama...)

Spisi i knjige su u nepovrat zagubljeni u nacističkim arhivima, možda su ocijenjeni kao nevrijedni, možda su ih i saveznčke bombe zatrle ili su, nakon poraza, udavljene u vlažnim staljinističkim katakombama...

(170)

Magre i N.N.-ov otac su išli u iste škole, čitali iste knjige, voljeli iste djevojke, zajednčki su planinarili po Pirinejima, u svojim zrelim godinama su skupa dokazivali duhovnu samostalnost Okcitanije...Magre će biti prvi predsjednik „Društva branitelja Montségura", a N.N.-ov otac prvi sekretar.

U njihovoj prisnosti je rukovanje ili grljenje bilo izlišno, čak ako su i danima bili rastavljeni, njihov ponovni susret se nastavljao tamo gdje je zadnji bio prekinut ...zaljepljene filmske vrpce...

(171)

Na Montséguru, ispod južnih vrata, utonuo je u klizište spomenik Mauricu Magreu, pored njega se mora proći, kao pored carinika, da bi se došlo do cilja...u septembru 1942. godine, zavjetovalo mu je društvo taj obelisk, ukazujući na Magreovu vezanost za te ruševine.

(172)

N.N. ga je opisao kao čovjeka, koji jutrom, umjesto agresivne crne kafe, rađe pije blagi zeleni čaj...ulazio je smotreno u zijevajući dan...tako ga je i napuštao...njegovi katari nisu bili eterska bića već prostodušna braća, sa kojima se može popiti taj čaj... može se sa njima i posvađati...zaplakati...može ih se osuditi...Montségur mu je bio svetište, ali i prijatni kutak natopljen proteklošću...na njemu se može napisati ljubavna pjesma, ali i popuniti lutrijski listić...

(173)

Moj otac se, rekao je N.N., znojio za pisaćim stolom...pisao je dosta, opterećujući ladice a ne izdavače...i Magre je neprestano pisao, publikujući tuce svojih knjiga...sa uspjehom...nije im smetalo što jedan slaže slova za sanduk, a drugi je na pozornici, priznat i hvaljen...možda su se dopunjavali?

(174)

Upitao sam ga zašto on nije posthumno izdao neke od očevih radova?

Zašto?Da bi ih u mojoj knjižari prodavao sektašima i nacionalistima...?

Moj otac, kao biološka jedinica, ne egzistira, čak ni u meni...isprepletanost nervnih ćelija i molekula se rastvorila u opšte atome...svake sedme godine se živ čovjek obnovlja...mrtvac se raspada...

Ali njegovi ameni, njegova katarska srž, otisci prstiju...ne biološki, duhovno...!

Da je htio ukoričenu knjigu, sa pečatom i rednim brojem, on bi se oko nje potrudio ...njegova predstava o sreći: cijeli život čitati i pisati i nikome to ne pokazati...ja ću njegove rukopise pokloniti arhivu u Carcassonni, pa ako oni hoće da šta odštampaju...molim lijepo...ako neće, neka onda oni skončaju među drugim uzaludnicima ...papir je skup...i knjige Magrea, nekad tako popularne, danas malo ko čita...

Ali morao je tvoj otac imati neki povod...naprimjer Hroniku...?

Ja je dalje pišem...i ti je pišeš...možda smo mi povod...bar što se tiče njegovog rada na Hronici...on je pisao da bi mi dopisivali...Magre je pisao da bude čitan...neko drugi piše zbog novca, treći iz očaja, četvrti zato što mora...škrabamo kao što drugi tamburaju ili kake po platnu...ali nečim se moramo baviti...čekati srčani udar, rat, ženu, egzil...bolje je pisati Hroniku...pretjeravao je N.N., mašući rukama i mislima...

(175)

„Parfaits" sa Montségura su uredno zapepeljeni, njihove smrtne jauke su gavrani raznijeli po brdima, pepeo se ohladio ali ne i prijeteće prororačanstvo...nakon sedamstotina godina, procvjetaće lovor iz pepela mučenika...doslovno uzeto, ono se trebalo ostvariti 1944. godine.

(176)

Antoin Gadal je vjerovao u predskazanja...rat i upad Njemaca u Francusku je on pojmio kao predznak buđenja Juga...Germani, polarci...saveznici su Kelta...oni će omogućiti nezavisnost Okcitanije od Parisa i pariške politike, koja je južnjake tjerala u hereziju...ili iz nje...herezije ne nestaju same od sebe...

Što se ta godina bližila, Gadal je bio nemirniji, opominjao je ljude po bistroima da će se objava ispuniti...svastika će poraziti ljiljane da bi keltski krst mogao vladati...nama je dato ispunjenje...

(177)

N.N.-ovom ocu su takva razmišljanja bila mučna, ne mogavši da urazumi Gadala, a ni da se pomiri sa okupacijom, on se malodušno zavukao u nijemost, dopuštajući sebi samo dopisivanje sa Magreom, koji je pak svoju usamljenost dijelio sa invalidskim kolicima.

Njihova prepiska je rezignacija i nepokretljivost...oni su, kao i „cathari", bili priučeni miroljupci...njima su nacisti otjelovljeni krstaši, sjevernija forma krvopijaca...

Maurice Magre je, zgrčen i sitan, izdahnuo pod lovorom, a N.N.-ov otac je počeo doturati namirnice maquisardima...uhapsila ga je Petainova policija i isporučila Gestapou.

N.N. se morao preseliti kod svog ujaka (...lula, novine, povučenost...), sačuvao je očeve rukopise, pisma, prepjev Hronike...očuvao je te staklene krhotine na kojima se skorila krv očevih tabana i ruku...

(178)
Gadal, „posljednji hroničar", rađe se od tada bavio „politikom" nego „naučnim radom"...tvrdio je...moja istraživanja po pirinejskim pećinama i zamkovima sam obustavio iz protesta protiv njemačke okupacije...
Poznanici naglašavaju njegovu bojazan pred policijom...kolaborateri bi mogli posumnjati da se i on, na svojim „istraživanjima", sastaje sa partizanima...

(179)
16.marta 1944. godine, sedamstotina godina od smaknuća montségurskih katara, Gadal će sa grupom istomišljenika posjetiti slavne ruine...zakitiće oni cvijećem i spomenik Magrea, ne primjetivši „blijedog i lijepog mladića sa knjižicom za pojasom", koji je iza njih stajao.
U podne je jedan njemački avion, doletjevši iz ničega, preletio Montségur ispuštajući bijeli dim koji se onda na nebu razložio u nešto što je nalikovalo krstu.
Dok je nekim sudionicima očito to bila optička varka, Gadal je, sa nekolicinom drugih idealista, prepoznao keltski krst...njemu će taj let biti odavanje počasti katarskim mučenicima...a i njima samima.
Tarasconske novine će pisati da je avionom krmanio lično Alfred Rosenberg, jedan od glavonja i ideologa nacional-socijalističke partije.

(180)
U svom konfuznom i ubiboжedosadnom „Mitu 20. vijeka" (...Hitler nije mogao tu fantazmagoriju svariti...), hugenot Rosenberg (...nije pročitao Hitlerovu knjigu...) je katare svrstao u prethodnike nacističke ideologije...,,istorija albigenza, valdenza, katara...nam dočarava uzvišenu sliku borbe za karakterne vrijednosti tj duševnoduhovne preduslove, bez čijeg sprovođenja, ne bi bilo ni zapadnoevropskih narodnosti"...tako nekako bi ga se prevelo...
Tu veče je Gadal dozvolio sebi bezbroj čaša vina...častio je i cijelu grupu...pili su do policijskog sata...pili su do svršetka rata...Okcitanija je ostala francuska...a Gadal se imenovao patrijarhom bratstva rosenkreuzera koje sebe, i dan danas, smatra nastavljačem katarske tradicije.
Izvuči će se on tako iz legende u misticizam germansko-keltske sekte.

(181)
Iza njega će ostati smušene knjige (...svoju prvu knjigu o katarima, rekao je zlobno, štampao sam na papiru koji je bio predviđen za treći tom istorije katoličke crkve...), a i zavičajni muzej u Tarasconu.
Njegovi neobjavljeni rukopisi su završili pod krevetom senilne kćerke koja se nije udala...Otto Rahn joj je bio prva i jedina ljubav...a nakon njegove smrti, njen otac je jedini muškarac čiju nazočnost ona duže podnosi.
Očuvala je katarsku nevinost i očeve spise...pohranjeni su, rekla je znatiželjnom ro-

senkreuzeru, ispod mojih snova...tu su tajne za koje javnost još nije spremna. Možda je pod njenim nepospremnjenim ležajem i rješenje zagonetke Hronike?

(182)

N.N. je, krajem pedesetih godina, posjetio Gadala i njegovu kćerku, živjeli su njih dvoje povučeno, katarski...kćerka je preuzela Rahnov status...kratkoošišana, u širokim pantalonama, sa cigarom u ustima, ravnih grudi...potiskivala je ženstvenost na sebi...otac joj je bio jedina briga...sređivala je njegovu poštu, pisala u njegovo ime rosenkreuzerima, hranila ga je i prala...a gospodin Gadal je postigao budistički vakuum za kojim je težio...nije imao ni čulnih ni duhovnih želja...automat koji naporno udiše i još napornije izdiše...izgubio je pamćenje i racionalno razmišljanje da bi umro kao nevino dijete...

N.N. se oprezno raspitivao o Hronici, o Rahnu, o svom ocu...pitanja, normalna pitanja...na koja njegovi gostoprimci nisu odgovarali...ta pitanja su se gušila u zadimljenoj sobi...bez odgovora i pitanja su zamukla...N.N. se oprostio od starca i djevice... toga dana je započeo pisanje svoje hronike...

(183)

Rahn je Hroniku „pronašao" u ljeto 1932. godine...u jesen iste godine je otputovao... sa njom ili bez nje...u Njemačku.

N.N. mi nije mogao detaljnije opisati okolnosti pronalaska, ali je bio siguran da je i Gadal učestvovao u njenom „otkriću".

(184)

N.N. mi je objašnjavao, valjda braneći ih...Gadal i Rahn nisu sa predumišljajem lagali ili krivotvorili svoje nalaze...oni su objelodanili ono za čim su kanili, slijedeći princip...pronađi-postavi tezu-rovi dalje...nisu marili za dokaze...prepuštali su ih drugima...oni su bili trčkarala, nervozne pčele zastrašene vlastitim zujanjem...uvijek u pokretu ka dugi...Hronika je njima bila tek dnevni plod...

(185)

I ja ne vjerujem da su je oni izmislili ili napisali...ja vjerujem, nadčulno i vanvremenski (...rečeno je da su osjećaji sujetniji od razuma...), da je ona sama sebe stvorila, sama sebe oplodila, dijeljenjem svojih dualističkih ćelija...ja bih je rado pročistio od tuđih uticaja...

Onaj spis kojim je Rahn na kraju unesrećio N.N.-ovog oca, bio je izvornik braće Authie, nepodoban za njegovu...njihovu...,,tezu"...ako su Gadal i Rahn tvorci Hronike, onda oni njome sami sebi osporavaju (...Rahn, u nedoumici, piše o „novim saznanjima"...), a ako je oni nisu napisali, onda je ona...ili sveti original...ili nedovršena krivotvorina N.N.-ovog oca...ili samozvano remek-djelo N.N-a.

(186)

Njih dvojicu je Bosna tek uštinula...pogledajte me, i ja sam tu...priznati da su krstjani bili katarski učitelji, znači sve one Kelte, druide, gralove, trubadure, princeze, savrše-

ne i nesavršene negirati kao začetnike provansalske kulture...rizična tvrdnja koju bi patriota N.N. osudio kao hereziju...
(...njima su Sloveni bili istočni Germani...)

(187)
Rekao mi je da ne vjeruje u „bosansku teoriju"...mada je ovaj rat u Bogumiliji ponavljanje one albigenške vojne...bogumilstvo i dalje, pritajeno, egzistira u sadašnjem bosanskom čovjeku...svojim trpljenjem on oplemenjuje Hroniku...njime rukovodi to trpljenje...njemu je Luciferov pad sa neba još aktuelan...
Da li je iza ovakvih izjava krio svoje mišljenje...ili je kroz njih slao mene „u dan gospodnji"...na razvlačenje te sebične nadrihronike pod njegovim krevetom...koju on razmaženo tetoši?

(188)
Kao što ja nisam znao šta on piše, tako ni on nije imao uvida u moje kose redove, te smo sa našim važnim nepoznanicama, svaku veče, zavjerenički ispijali naša važna vina, raspravljali ili šutjeli...strepeći od katoličkih zvona (...šejtanske trompete...), koja će nas heretike poslati u perje.
(...penzioneri koji okopavaju osušenu baštu...)

(189)
Dvije sedmice nakon Marthinog odlaska:...ja i N.N. smo sjedili u našoj samici, sa istim rasporedom stolica, pili smo istu sortu vina, razglabali o istim mesalijancima, pavlićanima i kutugerima.
To veče u bistrou (...Chez Pierre...) bi bilo bespolno kao i mnoga prethodna da mi on nije svečano pružio nebeskoplavo pismo...bilo je adresirano na njega ali u zagradi, iza njegovog prezimena, prepoznao sam, nehajno naškraban, moj nadimak.
Izvadio je tu plavost iz svog kofera, meni poznatim zamasima...igrao se rado poštara koji donosi dobru vijest, nadmoćan u raspodjeli lijekova i nade.

(190)
Napisala ga je Martha.
Pokušao sam njen krasnopis uporediti sa sjećanjem na njene „Fatimine ruke", ali sam zaboravio kako joj izgledaju prsti i nokti.
Oklijevao sam sa otvaranjem koverte, N.N. se, kao da je nešto zaboravio, uputio za tim nepostojećim u svoju knjižaru.
Zadržao se dvije čaše vina, vratio se nepromjenjen i našao me promjenjenog, nije me upitao za sadržaj pisma...ili ga nije interesovao ili ga je već znao.
A sadržaj je bio oskudan i milostiv...pozivnica.
Martha me poziva da dođem na sjever...odakle Rahn potiče i kuda je Hronika iščezla...bojeći se drskog odgovora, nisam se upitao čemu ta pozivnica...
(...moje drugo nepostavljeno „zašto"...)

(191)
...vrijeme je da se rastanemo, reče on melanholično, nije lako pisati o katarima i bon-gimilima (...zvali su ih stotinama imena...) u katarskoj ili bogumilskoj zemlji, treba se iseliti u treću, treba se odmaći od platna...ti znaš kako se ja ovdje mučim sa mojim spisom...vidio si ove krajolike gdje su katari posustali, dolaziš iz Bogumilije, zaputi se tamo gdje ni jednih ni drugih nije nikada bilo i napiši o njima najmanje pet stotina nezapečaćenih stranica...opiši ih kao da ih još ima...

(192)
Nestalu montségursku riznicu su mnogi tražili i još je traže po mjestima gdje je nema.

Rahn je pretpostavljao da je ona u kanjonu Les Gorges de la Frau, nedaleko od Montségura...Nijemci su, u predzadnjoj godini rata, taj kanjon zabarikadirali da bi ga mogli neometano pretražiti...bez rezultata...

Gadal je ubjeđivao moga oca da je zlato zakopano u temeljima zamka Montreal de Sos...danas temelja nema...samo tri kamena stegnuta rogozom.

Drugi ga naslućuju u utvrdi Usson u dolini rijeke Aude, utvrdi zaraslu u korov i tra-vuljine...ili u pećini Lombrive, gdje je i naša Hronika tavorila...i u ko zna koliko još skrovišta u ovoj blagoslovljenoj okolini.

Ako je to blago postojalo, onda ono nije ovdje, ono je možda čak u tvojoj Bosni ili u Njemačkoj, tamo na horizontu gdje se, opet možda, i Hronika zagubila...

Znao je da sam dobio pozivnicu (...unaprijed potpisani ček...), turio sam je u njedra i pošao spavati sa nadom da neću po njoj povratiti.

Moje uporište pored riječne vode me je sačekalo, na njemu sam odlučio da odem za Marthom, kao gnostički pas za sofijskom kujom.

(193)
Sljedeći dan smo skoknuli do Montségura (...utrenirani, sve smo brži i brži...), po-novili smo liturgiju, još jednom smo sa visine odmjerili daljine, potom smo sišli u selo da ručamo.

...kao što su trubaduri svoju kuknjavu zbog frigidnosti žene pravdali hvalospjevima Mariji Bogorodici, tako će se i tvoje divljenje koje iskazuješ Marthi ispariti u psal-mima za Crnu Gospu, reče N.N. dok smo nazdravljali, da bi onda tiho i samoiro-nično zaključio...to je bolje nego da ovdje, uz mene, istruneš...

(194)
Bilo je u njegovom glasu i prizvuka razočarenja, sažalio sam se nad njim, kao nad nejakim bratom, htio sam mu nešto zahvalno i ljubazno reći...ali vlasnik restorana (...kuhar, tirjaćija, kosat...), isto tako neokatar, čuven po svojoj šarolikoj zbirci dija-pozitiva o katarskim zamkovima, nam se pridružio, pa smo se sva trojica, sa pove-ćalima, dali na analiziranje grudobrana, puškarnica, tornjeva...

(195)
Družeći se sa ljudima i gradovima, mi ne razmišljamo o rastanku, pa se i ne pripre-

mimo za njega...iz gradova bježimo...ljudi nas napuštaju...rastanak nas uvijek iznenadi...rastuži ili obraduje...džepove nam nabubri ključevima, zaboravimo kojim bravama i katancima oni služe...

(196)
Te smo tako i naš zadnji susret profano proćerdali, bez velikih gesti i bez žala, i tako se izgleda završavaju moji „zadnji susreti", dokono i jalovo, prozaična umnožavanja hljebova, jedino što se između njih događa, može ući u nekakvu ličnu kartoteku.

(197)
Kult Crne Madone i kult Grala su blizanci, a i katari su iz iste kolijevke...u njihovoj povezanosti se ogleda moja iskidanost...tek po koji obris me povezuje sa nečim... obris ženskih oblina, nepolizanog sladoleda, obris mlina za kafu, ibrika (...statue grčkih boginja istih lica, različitih oblika tijela...)...razdrobljenost kultova i mitova...

(198)
N.N. mi je dao „cijeli" tekst Hronike, odnosno neobrađeni prevod njegovog oca, svoju hroniku je zadržao.
Ponudio sam mu još jednu čašu vina, našta mi je on bogomoljački odgovorio:...na tvoje milosrđe ne mogu ničim uzvratiti, osim da ga prihvatim...pijući, ja učim da primam...u mom Očenašu, ja zahtijevam vino a ne hljeb...u mojoj istoriji su gubitnici uvijek u pravu...
Iskapili smo piće, on me je poljubio u usta, ukus Gauloisesa sa njegove brade zagorčao je moje usne, strpao sam papire u plastičnu kesu i nestao iz pirinejske sjenke.

(199)
Poslije sam prevodio prevod, križao slavenske kvake po njemu, iskuhavao ga u svojoj hronici...nisam uspio...odviše stranog me je u njoj dojmilo...jedino sam uspio u nju ubaciti sebe i neke pridjeve siromaha pod sahat-kulom...i tako potvrditi N.N.-a...

Mogući putevi dualizma

(200)

U devetom vijeku se mačem, knjigom i vodom pokrštavaju paganski Slaveni na Balkanskom poluostrvu...tom polusvijetu...

Misionari pristižu iz Makedonije, iz Dalmacije...pribrani i požrtvovani...dolaze iz sunčevih izlazaka i dolaze iz sunčevih zalazaka...Riječ je jedna, ali je oni izgovaraju svojim glasovima i tumače na svoj način, promovišući dvije crkve...između kojih će se ušunjati treća, dualistička...

Bosanski susjedi se dvoume...zapadna ili istočna varijanta iste Riječi...a sami Bosanci prihvataju njihov spoj kojem, kao kvasac, pridodaju posuđeni i urođeni manihejizam...najčistije slojeve svoje slavenske duše oni miješaju sa apokrifima i govore ...plači nad dušom koja od mesa zavisi, ali i plači nad mesom koje od duše zavisi...

(201)

Od tada raste Crkva Bosanska....prokleta od istočne, izopаćena od zapadne crkve, ona je usamnjena Crkva Bosanska, ecclesia bosnensis ili ecclesia bosoniensis...jedna od sekti koje smetaju...

(202)

Južnofrancuski katarizam se, oponašajući evanđelje, pojavio u gradovima da bi odatle prešao na planine.

U oskudnosti gradskih naseobina, prve glasonoše Crkve Bosanske su bili kamenoresci i sakupljači ljekovitih biljki...nasljednici onih duhovnjaka iz Crnih Šatora...mada vezani za tlo, oni su bili „šetači" u punini vremena...bogaze su bile poravnate... svjetlost prvoga dana ih je osvjetljavala...planinski povjetarac ih je čistio...

Nema po tim bogazama dječijih kolona koje maršíraju ka Jeruzalemu, nema velikih propovjedi koje masu zaluđuju, nema histerije ni spontanih buna koje hoće crkvu i vlast da poreknu...po tim bogazama ne šetaju posrednici između Boga i čovjeka, to je promenada za maloljetne i neukaljane krstjane...

(203)

Proteći će još par neodgovornih vijekova...i tek pod realistom banom Kulinom će Bosanac razviti svijest o svojoj posebnosti i o opravdanosti nepromišljene odluke da se osnuje Crkva Bosanska...zapisano je u Hronici da je ban, kasnije Veliki Ban Kulin, rekao svojim podanicima:...doći će čas kada će svaki koji vas ubije, misliti da time služi Bogu...ne znajući da popušta Sotoni...

Crkva Bosanska i njeno dvospolno umjereno učenje će krstjanina približiti zapadu i istoku...prići će im kao heretik, kao drugačiji...

(204)

Samokritični crkveni pisac ocjenjuje deseti vijek kao epohu veselog rimskog kuplerája...Kristus je zadrijemao u brodu njegove bogomolje te dvije metrese, Theo-

dora i njena kćerka Marozia, imenuju i smjenjuju pontifexe.
I baš iz tih orgijskih nevremena potiče prvi pismeni izvor koji pominje djevičansku hereziju u Bosni...sažeta poslanica Ivana X upućena nadbiskupu i sveštenicima Splita.
(...taj pornokratski papa je zanemarivao crkvene poslove, rađe se bavio ljubavnim i mačevalačkim vještinama...njegova pastorka Marozia ga je ugušila svilenim jastukom...)

(205)
Od tada, a naročito od dvanaestog i trinaestog vijeka, „masovno" se izvještava o krivovjerstvu na tim prostorima...i u sljedećim vijekovima se piskara o „mrskim Bosancima"...na koncilima i po manastirima se o njima diskutuje, njih psuju i prijete im najmaštovitijim kaznama iz papskih bula i anatema...posvađaju li se dva biskupa, izmiruje ih mržnja prema izopaćenicima...

(206)
...inkvizitor Anselmo iz Alessandrie, istraživač ranog katarizma, piše u svome traktatu da se ta herezija začela u Bosni i da se iz nje, kao ospice, raširila po Lombardiji i južnoj Francuskoj...miscellanea theologica nekog zagrebačkog arhivara govori o zabludama bosanskih krstjana...vikar Bartol šalje upite o tim zabludama u Avignon, a avignonska kurija mu vraća oštri odgovor...ne pokušavati preobratiti, oni žive u griješnom tijelu...spali i zakolji...grijeh je jednak i petkom i nedeljom...pune se patarenski grobovi...

(207)
Nema popisa stanovništva, ali zna se da je heretika sve manje i manje...nepriznata rasa koja izumire...mamuti...dinosaurusi...na njih se primjenjuje još neotkriveni darvinski zakon...spuštaju se tjemena da bi se produžio zamah maču...kvase se ogrtači da bi se duže izdržalo u vatri...

(208)
Pitam N.N.-a...ko je danas još bogumil...ili katar...ko razlučuje dobro od zla...ko zna šta je dole i gore...mislim na ono jednostavno i naivno poznavanje crnog i bijelog... vanpartijsko, bezvjersko, nadnacionalno...?
N.N. se smije mojim pitanjima...naručuje novu litru vina...tješi me...jedan narod će nestati tek kada njegovi neprijatelji promjene ime...tebi trebaju ljudi koji će tvoje dobre i zle bolove iza tebe nositi...oh, to dostojanstvo poraza...njuškaš po sektama, a možda si ti sasvim obični inkvizitor...
(...znaš, reče on, današnji Grci bili bi onim starim Helenima tek barbari, današnji Italijani su tek izradirana slika rimskih legija...pitam se, imaju li tvoji današnji Bosanci išta zajedničko sa bogumilima...gdje su njihovi geni završili...u kojoj smjesi religija i vremena...?)

Im Norden

(209)
Sa pozivnicom u njedrima, opet na stranputici i opet sam, krenuo sam za Alfarovim i Poitevinovim mirisima...
(...osluškujem nečije korake...)

(210)
Krenuo sam hodom gnostičkog psa, tim, sada ga zovem, katarskim drumom...prošetao sam durrellovskim Avignonom, ponovo sam prešao Alpe...istom rutom kao i ona dobra dvojica...prošao sam sjevernom Italijom...i zastao pokraj mora, na čarobnoj litici, na kojoj se „vjetrovi sukobljavaju sa vodama"...mokro razmeđe pred kojim sam ustuknuo...ono je razdvajalo mir od rata...nisam ukvasio noge, oholo sam se pomokrio u njega...

(211)
Moj exsilium je počeo kao bijeg, a razvio se u traženje, po onoj definiciji da je:.. traženje istovremeno put i opasnost, metamorfoza duše kroz iskustvo...ali i oproštaj od svega znanog što se u vremenu nakupilo, oproštaj koji se lako može pretvoriti u povratak...rizikujemo da tamo gdje idemo, ne nađemo ništa vrijednije od onoga što smo zapostavili...

(212)
Pa ipak mi je ovaj egzilski ciklus bio jasniji od onog prethodnog, bar sam tako u ono vrijeme mislio, „zadaci" su bili konkretni:...pronaći Hroniku i iskopati blago...zaspati i probuditi se uz Marthu...obračunati se sa N.N.-ovom „podzemnom istorijom"...napisati moju hroniku i moju podzemnu istoriju...neurađeni školski zadaci zbog kojih smo se stidjeli pred učiteljima i roditeljima...danas se tih zadaća ne sjećamo, stid je, prikriven, ostao...

(213)
U prometnoj Italiji sam posjetio mjesta gdje su se (...po Hronici...) Alfaro i Poitevin zadržavali, jedini iznimak sam učinio zabasavši u Rim, ne zbog pape, već zbog njegove crkve u kojoj stoluje, navodno, posljednja bosanska kraljica Katarina. (igra riječi...katar...katari...katari-na...čisti i čista...).
Umrla je kraljica u izbjeglištvu, te sam se htio oplemeniti privatnim hodočašćem.
(...izbjeglice imaju vremena i za hodočašće...ali hodočasnici rijetko postaju sveci...)

(214)
Nakon svih onih stranih i kompliciranih imena i inicijala, iskrsavaju evo domaća, bar zvukom domaća imena, mada i ona pripadaju osobama u čije bivstvovanje sumnjam...tuđe prošlosti su tako nejasne da kroz njih i moju vlastitu ne raspoznajem...sjene ne ustaju da bi me hvalile, molitva mi se ne vraća u krilo, mrak mi je je-

dini zamak...sakupljač sam onoga što je oteto...

(215)

Iz života surgunlija:...priča o kraljici i njenom propalom kraljevstvu bi, kao i svaka bosanska priča o propasti, mogla biti brzo ispričana...mada je ne treba mjeriti brojem sujetnih riječi...članci, rasprave, zbirke i kolokviji o njoj...u svakom javljanju je po nešto izostavljeno (...ili dodano...), tek toliko da se vlastita teorija potvrdi...priča o kraljici je tipična priča o raznovrsnosti bosanske kuhinje...ispričajmo je još jednom... dodajmo i oduzmimo...

(216)

Ona nije bila zadnja kraljica, nju je preživjela Mara, žena Stjepana Tomaševića, „kraljica Lazareva kćerka", ona koja je Mlečanima prodala mošti sv. Luke, nju je možda preživjela i Vojača, prva supruga predzadnjeg kralja Stjepana Tomaša (...i majka Stjepana Tomaševića...), koju je on otjerao jer je bila preniskog roda da bi mu bila dovoljno dobra...sveti otac Eugen IV je kralja razriješio zavjeta datog neplemkinji i tako izbacio Vojaču iz istorije...

(217)

Dok se o Katarini pisalo najljepše a o Mari najgore, o Vojači nije ništa napisano, mada je ona bila jedina punokrva Bosanka, i mada su njenog sina grdili kao posljednjeg bosanskog kralja.
Ni Marin a ni grob Vojače (...gdje li je ona ukopana?...) se ne zna i samo je Katarina dostojno upokojena, te je njena grobnica masovna raka svih bosanskih kraljica... valjda je zato i proglašena „zadnjom kraljicom"...

(218)

Bila je ona kćerka Stjepana Kosače, suvonjavog humskog vojvode, kojeg su istoričari, pošto je bio dobar krstjanin, obilježili kao gramzivog i bezobzirnog.
Udala se u kasnim godinama (...imala ih je 22, po tadašnjim mjerilima prezrela udavača i djevica...), njen otac je odbijao prosce i udvarače, dostojan za nju je bio tek kralj, predzadnji kralj.
Je li Stjepan Tomaš prije bio pripadnik Crkve Bosanske ili ne, po vjenčanju se kraljevski par javno odrekao djedovskog vjerovanja...smjerni franjevci, već udomaćeni po dvorovima, pazili su da se odricanje i sprovede.
Takve metarmofoze su inače češća pojava u Bosni, ljudi zadovoljno ležu kao svjetski komunisti, a bude se zadovoljno kao seoski nacionalisti...niko se zbog toga ne uzbuđuje...preobraženja su dobrodošla, postojanost umrtvljuje...

(219)

Kralj Stjepan Tomaš je pravovremeno umro (...1461. godine...), te je bio pošteđen da bude očevidac nestajanja kraljevstva.
Kažu da ga je ubio Vojačin sin, rukama svoga ujaka krstjanina, te je kraljomorac sin osvetio odbačenu majku, a kraljomorac ujak odbačenu vjeru.

Zna se i da je Stjepana Tomaša liječio neki dubrovački travar, liječio ga je do smrti ...predaja bilježi i nekog bricu koji ga je navodno zaklao... Savjetnik novopečenog kralja Stjepana Tomaševića je njegov ujak...Katarina, ne Vojača, priznata je kao kraljica majka.

(220)

U proljeće 1463. godine Mehmed II Osvajač zauzima Bosnu...po tadašnjim običajima, on rastjeruje ili pogubljuje nesložno plemstvo, siječe glavu Stjepanu Tomaševiću...Katarininu djecu, sa drugim robljem, odvodi u Carigrad...što bi se reklo, da se nagledaju svijeta...

Katarina je upravo vezla posmrtnu odeždu, kada su joj dojavili da je sultan osvojio kraljevski Bobovac, nedovršivši odeždu, ona je sa svojom pratnjom, na našminkanim konjima koji su bili naopako potkovani, utekla u Dubrovnik. (...bježalo se iz te zemlje naopako potkovanim konjima, ne samo da bi se progonioci zavarali, nego i da bi se moglo kazati...ovim stopama ću se...možda...vratiti...)

(221)

Krivac se u Bosni lako nađe, pa je Katarina optužena da je pozvala Osmanlije ne bi li osvetila muževljevu smrt...te ju je Bog kaznio da ostane muža, bez djece, bez domovine...i bez duševnog mira...ali pošto njena krivnja nije dokazana, onda bi se u skladu sa dualističkim proviđenjem moglo reći, da je njena zlopatnja obogatila Bosnu za još jednu vjeru, za još jednu kulturu...manihejsko učenje kaže da nema spasa bez žrtve...„Kate kraljica" je izgubila svoje najdraže, trampivši ih za islam...

(222)

Iz Dubrovnika je otišla u Rim da bi se brinula o oslobođenju kraljevstva i svoje djece...ili po drugim izvorima...da bi izmolila pokoru.

(223)

Papa Pio II je nagovarao kršćanske vladare Evrope da se zajednički suprostave Osmanlijama, nudeći istovremeno sultanu pregovore...uz besmisleni uslov da ovaj pređe na kršćanstvo...

Pijov franjevački ispovjednik mu je predlagao da iz svakog franjevačkog domicila uzme po jednog malog brata i tako sakupi brojnu i nepobjedivu vojsku.

Papa se zacerekao na prijedlog svoga ispovjednika, sultan se zacerekao na papinu ponudu...evropski kraljevi su odugovlačili sa dogovorom i odgovorom...novi papa je ustupio na mjesto starog...sultanovo je ostalo sultansko...

(224)

(...druge kraljevine su je iznevjerile, a od koristi u nevolji nisu joj bili ni njeni prvaci ...plemstvo se klalo uzajamno, klalo se oko imanja i utvrda, klalo se zbog šume i stoke, klalo se radi vjere...klalo je seljake i nadničare...umjesto da se ujedini, ako ne pod kraljem, onda bar pod narodnom vjerom, ono je rađe pozvalo osmanske britve da ubrzaju klanje, te su ove odmah zaklali koljače, „elitu zemlje"...

54

Puk ih je, sit klanja, dočekao kao spasioce...bolje jedno megaklanje od bezbroj manjih...bolje kriva ali oštra sablja od ravnog ali tupog mača...bolje turban nego papska tijara...)

(225)

U Rimu je papa sitnišom umirivao kraljicu (...novac i savjest se lagodno, kao oblik i boja, podupiru...), te ako i nije živjela onako kako njenoj kraljevskoj časti priliči, mogla je ona ipak izdržavati svoje dvorske dame i dvorjanike, čije su, uzgred rečeno, loknave plave kose očaravale rimske aristokratkinje.

Sakupljala je otkupninu za svoju djecu, pisala je očajne molbe italijanskim knezovima, htjela je otići i do turske granice...ali kao što poražena Bosna (...heretički brlog...) nije ometala san papama i knezovima, tako im i sudbina kraljičine djece, Šišmana i Katice, nije izazivala noćne more...čula je da ih odgajaju po islamskim načelima...

Tješila se vjerom...ušla je u Treći red sv. Franje...u samostanu male braće Aracoeli (...nebeski oltar...) izdiktirala je, u oktobru 1478. godine, svoj testament...

(226)

Poznato je da se papa Sikst IV ovjekovječio u Sikstinskoj kapeli, manje se zna da je on unaprijedio dominikanskog redovnika Torquemadu u Velikog Inkvizitora, još manje se zna da je taj papa bio biseksualac i „velikodušni dobrotvor rimskih kurvi", „pustio je u pogon" bordel za obadva spola...porezom koje su mu kurve plaćale htio je finansirati rat protiv Turaka...šest svojih „nećaka" je proglasio kardinalima...sasvim je zaboravljeno da je Katarina njega i njegove nasljednike imenovala baštinicima kraljevstva, zamolila ga je da okruni njenog sina Sigismunda, (...sjetili se on svoga krštenja...) ili (...pod istim kršćanskim uvjetom...) njenu kćerku Katarinu...ako bi oboje ustrajali u muslimanskoj vjeri da onda Sveta Stolica, do Sudnjeg Dana, zadrži baštinu.

(227)

Napisavši oporuku, kraljica je bolovala još pet dana, u šestom je umrla, u svojoj 54. godini, željna dobrih novosti.

Sahranjena je u franjevačkoj crkvi, grob joj je postavljen prema glavnom oltaru, poviše glava vjernika.

Nadgrobna ploča je bila urešena reljefnim likom kraljice u naravnoj veličini (...na osnovu reljefa je ta bosanska majka bila visoka 178 cm...) sa krunom na tjemenu, iznad nje je neki od njenih dvorjana zalijepio natpis pisan bosančicom...uz lijevo i desno uho je bio urezan po jedan grb, kraljevski i grb obitelji Kosača iz koje je Katarina potekla.

(228)

Popravljajući oltar, franjevci su premjestili Katarininu grobnicu, nerazumljiva ploča je zamjenjena latinskom, kraljičine kosti su se zagubile...iz groba je izvučena spomenica.

Tako je i ona, sa Marom i Vojačom, potvrdila dualističku postavku o duhu koji uskrštava...tijelo je samo navlaka koja se odbacuje...i zagubljuje...

(229)

Kod kuće, a i u izbjeglištvu, bila je ona obučena u crno...u katunima se i danas pripovjeda o odbačenom i zagubljenom tijelu Crne Kraljice.

(230)

Sin Sigismund, vjeran islamu kao i sestra mu Katarina, krivotvorio je rodni list, kao Ishak Kral Ogli (...Kraljević...) je begovao u Maloj Aziji...Katarina se prvo skućila u pašinom haremu, a onda pod skopskim nišanom u Makedoniji.

Zemne otpatke kraljevske porodice je dah Svevišnjeg rasuo po pejzažima, ukopani su uz različite obrede, oplakali su ih tuđinci...i samo ih Njegova Milost može opet sjediniti.

(231)

Trebala su mi dva dana i tri gradska plana da bih našao uzdignuti hram čiji je stanar i naša crna kraljica.

Ta, izvana neugledna, crkva je podignuta na brežuljku na kojem se u starom Rimu nalazila Arx Capitolina...što je preneseno značilo...trijumf kršćanstva nad paganstvom.

Da bi se kosina savladala mora posjetilac preći 124 stepenice, bezlične u odnosu na susjedne Mikelanđelove, te skaline su podignute iz zahvalnosti što je kuga mimoišla okolnu četvrt...pred crkvenim vratima nema prosjaka, previše je stepenica za sakate i uboge...

U potrazi za onim što je od Katarine i od kraljevstva preostalo, ja sam se, zadihan, pobožno ušunjao među ukradene antičke stupove...uz njih dograđene oltare, kapelice i grobove...

(232)

Vidio sam čudotvornu skulpturu bucmastog Isusa, Gesu Bambino (...namignuo mi je...), izrezbarenu od maslinovog drveta koje je raslo u Getsemanskom vrtu...vidio sam ikonu bijele Marije...kupio sam crkveni katalog pisan na pet jezika u kojem se naša kraljica spominje jednom rečenicom, u njoj je ona...Caterina di Bosnia...Chaterine de Bosnie...Catherine of Bosnia...Catherina von Bosnien...Catalina de Bosnia... Razgledajući je, lutao sam po crkvi kao po nepoznatom gradu...njen pod je bio ispunjen nevidljivim mrtvacima sakrivenim iza kamenih ploča...hoda se po izglancanim grobnicama...

Iznad evanđeoske propovjedaonice sam zamijetio Katarinin reljef.

Ko zna koliko je gluvih kola njen duh otplesao i koliko je propovjedi ona saslušala, čekajući moju posjetu?

Stajao sam pod njenim likom, ne znajući kuda bih sa rukama i mislima...između Kulina Bana i te kraljevske maćehe se desio bosanski srednji vijek...između stećka i latinskog reljefa.

(233)

N.N. me je noćima uvjeravao da nama nijedna religija i nijedan sistem nisu donijeli trajnu blagodat, ne zato što bi religije ili sistemi bili po sebi loši, nego zato što ih mi nismo mogli shvatiti...

Sa ohološću stranca koji nije bio u Bosni, govorio je N.N...isprobali ste sve moguće vjere i pravce...dopustili ste da vama (...sami, u jarku ceste...) rukovode i svjetovnjaci i klerikalci...da vas novi rukovodioci kažnjavaju jer ste starima pljeskali....da bi ste se izbavili, morali ste ulaziti u najtamnije pećine i morali ste se pokrivati najfinijom prašinom...štiteći se tako od razornog sjaja onih što trenutno vladaju...

(234)

Vi ste bili, naglasio je N.N., a i danas ste, izvan tuđih vremena i tuđih prostora iz kojih su te religije i ti sistemi iskoračili...vaša sveobuhvatna (...podzemna...) istorija nije još sastavljena...slušao sam ga mršteći se...uopštavanja izazivaju mržnju i rat...

(235)

...a mrštio sam se i posmatrajući lik kraljice...nju je prisvojila latinska ploča, kraljevstvo je, bar testamentom, preuzeo papa, onaj isti koji je vijekovima tjerao vojske da po kraljevstvu (...i banovini...) pustoše i ubijaju...

(...kraljičin ukočeni pogled završava na turskim sabljama i štitovima, suvenirima bitke kod Lepanta...)

(236)

...bosanske brošure koje su nedokučivim putanjama dospjele u Rim, Veneciju, Petrograd...birokratske centre katoličanstva i pravoslavlja...ili u manastire iz kojih su slane anateme na Bosnu...

(237)

Prvog februara 1994. godine glavna vijest u rimskim novinama je Rimljanima zagorčala jutarnji espresso...Bambino je ukraden...kapelica je prazna...franjevac koji je to prvi primjetio se onesvjestio...uzbuna u gradu...Rimljani još žešće gestikuliraju... turisti misle da su makaroni poskupili ili da su se skladišta ispraznila...karabinjeri osnivaju posebnu komisiju...aristokrati nude otkupninu...zatvorenici rimskog zatvora Regina Coeli pišu „nepoznatom kolegi"...vrati figuru...po crkvama se pale svijeće i moli se za povratak Bambina...uzalud...kraljica se osmjehuje...kao da je raduje nestanak toga klinca...franjevci nalaze zamjenu...

Rastajući se od kraljice i crkve, i ja sam se osmjehnuo...jebenog kraljevstva nema ali ostao je lik žene, možda čak i lijepe žene, ostao je skuckani lik pobjeguše...

(238)

U Rimu se samotnik može baviti samo jednom temom...prošlost.

One iste godine kada je krunisan zadnji kralj Stjepan Tomašević, dovode trojicu svezanih raskolnika, nevjernika i Bošnjanja, zaraženih manihejskim bludom, dovode ih na obale Tibra da poreknu obmane i da se uvježbaju u rimskoj dogmi...ili da ih ona kazni...odričemo se...viču sva trojica dobrovoljno uglas, jedan glasniji od drugog...

(239)
Sikstinski Torquemada, Veliki Inkvizitor a sićušan čovjek, u godinama i isprženog tijela, nejake krvničke volje, preslušao ih je i poslao u neku stvar...napisao je traktat o njima (...traktat o hereticima mu je bio vrijedniji od samih heretika...)...koža im je od kreča, odijela su im hrapava, oni su krotki i ćutljivi, svoja učenja šire oprezno, gotoveći kupku antihristu...nas osuđuju i nipodoštavaju...zato mu je i najčešća presuda bila: „Te relinguimus Curiae saeculari"...preuzvišeni inkvizitor nije zadovoljan vama, predajemo vas svjetovnom sudu...

(240)
Postupak je bio tajan, Bog je Adama i Evu također osudio u tajnom procesu...ali osuda i izvršenje su bjelodani i milosrdni, nema prolijevanja krvi, nikome se ne siječe glava, heretik se klinički zapali, pa mještani trče da ne bi propustili doživljaj isparavanja čovjekove krvi...
Procesira se iza zaključanih vrata...pali se otvoreno...plamen je kritički imperativ, mašina za pranje prljavih duša...

(241)
Nije se sačuvala nijedna njegova slika, nije imao djece da ih urame...(...djeca su potencijalni heretici...zbog prestupa djedova i baka trebaju se unuci kažnjavati...oženjen čovjek ne veže tajne, dakle, ne može biti invizitor...samoća je propuh uviklanim mislima...)
Život mu je bio actus fidei, svečanost vjere...sakupljao je priznanja pokornika i mukove tvrdokožaca...jutrom je sa pokornom pažnjom izučavao slike svetaca koje su ga upozoravale na iznenadnu pogibelj...heretici se rađaju radi svetaca...da bi ih ovi iskorjenili...

(242)
Stotinjak godina poslije njegove smrti, Torquemadovi ostaci su prenešeni (...ah, ta seljenja zemnih ostataka...) u drugu kapelu, iz kovčega se raširio sladak miomiris, čime je dokazano da on nije kažnjavao griješnike, štitio je njihove duše.

(243)
Čudi me, da je uprkos njegovoj strogosti prema sebi i drugima, on Bosance, kao naružene đake, poslao kući!?
Šta je uticalo na Torquemadu da ih otpusti bez pokore?
Možda je predvidio raspad njihovog vjerskog svijeta, možda su mu zbog traktata o njima, trebali šaptači...ili ga je omekšala staračka blagost...vi, koji ste od mene razriješeni, bićete spašeni, jedino sam ja proklet, jer nema nikoga koji bi mogao mene razriješiti...

(244)
Oni su se kukavički derali: odričemo se, odričemo se...pa se Torquemada, prezapo-

slen, njih odrekao...dvojica iz te trojke su utrnula kao katolici, jedan je prevario Velikog Inkvizitora...

(...kasnije saznadoh svoju pionirsku zabludu...sa Bošnjacima je razgovarao ujak Velikog Inkvizitora, stari i bolešljivi kardinal Ivan Torquemada, čiko koji oprašta zablude...šta bi rekao o mojoj?)

(245)
Doživjela su ta trojica dolazak Osmanlija, pad kraljevine (...tih dana se neprestano pričalo o Božijoj volji i Sataninom djelovanju...) i olakšanje da ne moraju bilo šta lažno obećavati, ili se zaklinjati...nisu doživjeli odlazak osvajača...a ovi su otišli, zavještavajući nam islam ili, kako bi N.N. rekao...džamije, mostove i nišane kao dopunu stećcima.

(246)
Religije su same po sebi pozitivne, one se prilagođavaju ljudima...kao kafana u koju zalazimo...ljudi se prilagođavaju religijama...pravi vjernik je uvijek u tamnici, a ona je samo dio jedne veće...

(247)
Piše u časnom Kuranu: „A da je Allah htio, on bi vas sljedbenicima jedne vjere učinio, ali, On hoće da vas iskuša u onome što vam propisuje, zato se natjecite ko će više dobra učiniti; Allahu ćete se svi vratiti, pa će vas On o onome u čemu ste se razilazili obavijestiti."

(248)
Pod najnovijim uređenjem se djedovska crkva preselila u neprolazne vijekove, prestala se veseliti starim Bogom.
(...1455. godine je zasijala kometa, gorka zvijezda, najavljujući neki slom...prevelik je broj udesa, te se pokoji od njih lako poklopi sa prirodnim fenomenom...)

(249)
Crkva Bosanska je izbrisana ali ne i njeni Dobri Ljudi...nekolicina starih pravovjernika se stisla oko franjevaca, koji su od tada, pod smeđim suknom, nehotice ili nesmotreno, krili ceremonijalne štake i procvjetale štapove...došli su oni zbog heretika, a ovi su ih zarazili dobrotom...mala bratija je taj praistorijski žar, tu dobrotu, očuvala...
Neki drugi su, pod islamom, postali evlije, sveti ljudi, „dobri", oni koji se ponašaju shodno vjerskim zapovjestima i koje vjernici, iako ne bi smjeli, prozivaju u fatihama da ih štite i savjetuju.
A treći su zašutjeli, stidljivo se jadajući onom jučerašnjem Bogu...ti treći, nevidljivi i neodređeni, biće moji preci...
(...nestankom Bosanske Crkve neće iščeznuti herezije, one će se iznova rasprostirati, te slavenske bune...franjevci spiritualci, hurufijski derviši, jevrejski mesijanci, turbekulozni komunisti i turbekulozni antikomunisti...nosači unutarnje nauke i podzemne

istorije, odjeci one daleke srednjovjekovne heterodoksije...)

(250)
Većina stanovnika je navukla semitska ruha i dala sebi semitska imena, (...Abdulah...), naučili su abdest i klanjanje, plahi miris derviškog opijuma je pokrio Bosnu.

(251)
I još jednom...u Rimu se samotnik može baviti samo jednom temom...prošlost.
Skoro dva vijeka prije Katarine i prije one trojice Torquemadinih, čikinih Bosanaca, boravio je u Rimu i izvjesni krstjanin Divin.
(...izgleda da se po rimskim brežuljcima uvijek moglo naići na griješne Bosance...)
Uz papine bijele čarape se trebao odreći sumnjive vjere i otkupiti oprost od nakupljenih prekršaja.

(252)
U stvari, nije mu se papa udostojio, kao zatvorenik, (...stavljen je u zatvor i svezan lancima, samo njegovi neprijatelji su ga smjeli posjećivati...) morao je tavoriti po nekakvim upaučenim samostanima, gdje su ga obilazili iskićeni kardinali i sekretari, papini izaslanici, rugajući se njegovoj nošnji, dugoj kosi i šaljivom govoru.
Odričem se...vikao je on njima u bubuljičava lica, zatim je savjesno deklamovao njihove kanonske formule, uvjeravajući ih u svoju naivnost i pomućenost...ne smijemo se kleti ali smijemo lagati, lažna prisega nije prisega, naročito kada je dajemo dušmaninu koji nam prijeti progonom i pogibijom...
Najviše su ga razvedravale slabokrvne princeze koje su njemu i drugim zatvorenicima prale noge, čineći time pokoru da ne bi zaglavile, nedajbože, u paklu.
Nisu ni slutile da je on okorjeli heretik, koji je u Rimu upoznavao protivnika.

(253)
Nadgledao ga je jedan ostarjeli monah (...ćosav, grbav, dobar čovjek...).
Nemajući šta drugo raditi, njih dvojica su vodili beskrajne debate u kojima ga je Divin, smicalicama i zagonetkama, uvodio u ispravnost učenja Crkve Bosanske.
Blagi tamničar i prepredeni krivovjernik su se sprijateljili.
Monah mu je poklonio neku slavensku, nerazmrsivu knjigu.

(254)
...čuvao sam jednog nevjernika, pričao je monah, koji nije bio tako pokoran kao ti, dugo smo ga ubjeđivali da se okane svoga učenja, ali on je u tvrdokornosti preminuo, u ovoj ćeliji...ovu knjigu sam našao pod njegovom košuljom, neka mi Bog oprosti; ja ne znam šta u njoj piše, ali ti ćeš je pročitati, pa ako ona valja zadrži je, a ako je kao i onaj nevjernik, onda je baci u more...u vatru...u nužnik...
Divin je nije odbacio, kod kuće je tvrdio da mu je papa poklonio tu knjigu i da su je njih dvojica zajedno polagali na rimske oltare.
Od tih dana, on je, kao neobjašnjivu pokoru, pio samo iz drvene čaše, ne dotičući staklene.

Hvalio se da je taj drveni kalež kupio na vašaru u Kapernaumu.

Pribrano je prešao isto more pred kojim sam i ja stajao i u sebi vikao:...odričem se...

(255)

Rimski intermeco je ugodan za sjećanje...oživio sam Starobošnjake...nagledao sam se rasnih vespi i rasnih Rimljankih, okićenih crkava i uglačanih stepenica...zasitio se tjesteninom i espressom...zanijela me je neka dobrota koje se nisam mogao osloboditi...lažno sam zavikao...i požurio ka sjeveru.

Putuje onaj koji mora, putovanjem se prenose bolesti ali se i jača imunitet tijela i duše.

(256)

...sa sjevera se spušta kužni dim i zlo se saljeva na gradove...sa sjevera teku strujanja koja stvaraju fizičku materiju...sjeverni vjetar je suparnik sunca, pod njegovim utjecajem će nečista žena roditi nečistog sina kao Antikrista i Isusovog protivnika... prema sjeveru se čita Evanđelje kao brana pakosti...sa sjevera nadiru neprijateljske vojske...sa nekog sjevera je zlo opet dohvatilo Bosnu...

(...u srednjovjekovnim skaskama južnih Slavena je njihova pradomovina negdje na sjeveru...)

(257)

Iz života surgunlija:...na sjeveru viđam Marthu (...izvijene obrve, mliječni proizvodi, francuske šansone...).

Rijetko je viđam, ako se ipak sretnemo onda pijemo katarsko vino.

Ona je skratila svoju kosu, ali je osmijeh proširila.

Na sjevernom zidu njenoga stana je okačena kubistička reprodukcija Montséguta, mi je analiziramo...naš odnos je neodređen...na Dalekom Istoku se neodređenost smatra vrlinom, ta vrlina je ovdje propust koji se plaća omaložavanjem.

(258)

Stanuje ona tri tramvajske stanice dalje od mene, u nekim gradovima su to nesavladivi kilometri.

Kada me ipak posjeti, umišljam sebi njenu radost što me je zatekla kod kuće.

(...a uvijek sam u stanu...)

Uz Marthu preživljavam, ona mi posuđuje novac i dopušta mi da je volim.

Prema katarima i krstjanima je ravnodušnija nego prema kutiji šibica, te se upitam šta će joj ona slika Montséguta u njenom dnevnom boravku, kao što se i upitam...šta ću ja pod ovim nebom i zašto sam u Marthu zaljubljen?

Na krovu njene kuće pjeva mala crna bosanska ptica i tješi me.

(259)

U mome poštanskom sandučetu su tri pisma načinila pravilni trokut.

U prvom, ženskom pismu, N.N.-ova supruga mi javlja da je on obolio...ozbiljno i opako, nema lijeka...ide na neka zračenja pa mu je kosa otpala, a i njegova isposnička brada...moli ona da mu češće pišem...

Ta me vijest ne dira, valjda sam previše sobom zabavljen, svojim neizlječivim bole-
štinama.

U drugom pismu mi N.N. sentimentalno šalje tri suha podpirinejska ljiljana čiji miris
trebam sebi predočiti.

Piše mi o svome ocu i o tome da se najbolja djela sastavljaju u vrijeme bolesti, rata
ili kuge...ukazuje mi na onu očevu čežnju da ode do Bosne i da napiše o njoj knjigu,
maštajući o neznanom ili što bi derviši rekli „obuhvatajući milost"...o sreći koja ne-
kad zapadne čovjeka pri ocjeni ljudi, čak i u daljinama, kod drugog naroda, gdje bi
se reklo da su i ljudi drugačiji.

(260)

N.N. zanemaruje svoju onemoćalost pišući o drugima.

„Braća Authie su zajedno prevodila Hroniku, ali ju je samo jedan od njih pisao, na
pergamentu italijanskog porijekla. (...koliko je krava zbog nje oguljeno?...)

Kvalitet pergamenta je osrednji, ljubičasti karcinom (...možda aluzija na njegovu
bolest...) je nečitljivošću zarazio srednje stranice, te tekst nije potpun.

Poneke riječi su prekrižene, mjestimično je pergament ostrugan, kao da su braća u
biranju tačnog izraza mijenjala mišljenje.

Pergament je uprljan...možda tragovi vina, jela, znoja, slijeposti...rubovi su izjedeni,
pohabani od prestrasnog čitanja.

Pisan je tamnozelenom tintom, danas je ona skoro crna, rukopis je nemaran, kao da
je bez volje pisan, linije za markiranje nisu izvučene pa su redovi kosi...pokošene
livade...

Na marginama su primjedbe, crteži, znakovi....pisao i crtao ih je isti pisac...a i neki
drugi prsti...

Ti prirupci glavnom tekstu su pisani u svim smjerovima...vodoravno, poprečno,
naopako...tako da čitalac mora da preokreće i vrti spis, da takoreći pleše sa njim...

Uplivom fizike i alhemije, kao najčitljiviji su preostali njegov početak i kraj.

Knjige su u srednjem vijeku slagane horizontalno, što je dovodilo, ukoliko nisu bile
dobro ukoričene, do oštećenja prvih ili zadnjih listova...srž se očuvavala ali se kora
gubila...no, ovaj rukopis kao da je lebdio...

Zašto mi ovo nije ispričao dok sam bio u južnoj Francuskoj?

Možda je htio nešto za sebe sačuvati, a sada, bolestan i očerupan, on rasipa blago?

Ili hoće da me podsjeti, da opravda ovo pismo?

(261)

Prepisano i ukradeno, na drugom listu iste pošiljke:

„Zabilješke i crteži na marginama, pisane različitim tintama i različitim rukama:

na osmom listu: Pomozi Bože putnicima!

na jedanaestom listu: Okusih pero!

na četrnaestom listu: Zadrijemah!

na osamnaestom listu: nacrtana ruka i sunce

na dvadeseti petom listu: Hrom tijelom i dušom.

na dvadesetiosmom listu: Mutan um ne može čista slova čitati.

na dvadetidevetom listu je nacrtan stilizovani ljiljan kao uprošćeno drvo života

na tridesetišestom listu su tri nečitke riječi

na četrdesetidrugom listu: Vama je dano da otpečatite nedostupnosti kraljevstva nebeskog, a njima nije dano.

na četrdeseti trećem listu, istim slovima: Jer premda ih je dosta zvano, ipak ih se malo javilo.

na pedesetom listu: Ovo čita dobri Silvan.

na pedesetipetom listu: keltski krst

na pedesetiosmom listu: parovi ljudskih figura

na šezdesetidrugom listu: crne ptice

na šezdesetitrecem listu: Mnoge knjige pročitah, oprosti mi Bože što ovu čitam!

na sedamdesetom listu: Zakopaše nas sotonine sluge, ali naše mjere su i u ovoj tami zametljive.

na zadnjem, nezaraženom, listu: crtež svastike"

(262)
Ko je bio „dobri Silvan" sa pedesetog lista?

Možda je on bio emigrant, izbjeglica, koji je tu knjigu u tuđini pročitao a onda, potresen, skapao...ili je bio neki od bosanskih misionara i surgunlija koji su se skitali po Evropi i hvalili se...nas preporučuje dugotrpnost kreposnih djedova...

(263)
Kao post scriptum piše N.N. sljedeće:

„Nabavljam literaturu o Bosni.Upoznajem je onako kako sam i tebe upoznao, ne kao junaka već kao siroče.

Pokušavam se čak i u tvom jeziku, ali mi riječi izdišu na ustima, kao one na stećcima, izgovaram ih brkajući padeže.

Nadam se da ti ja, tuđinac, mogu tvoje porijeklo razjasniti, nekada stranci šire obilježavaju zemlju od onih koji u njoj žive.

Sam si rekao da su strani istoričari objektivnije pisali vašu istoriju."

(264)
Iako nagrizen bolešću, on me i dalje poučava, vaspitava i pametuje mi...o mostovima i stećcima, o njihovoj „kamenoj suštini", čija trajnost zavisi od procenta zla u tkivu svijeta...most je prelaz sa jedne strane na drugu, on nas veže sa živim ljudima ...a stećak sa mrtvacima...u temelju mosta su uzidani isti ljudi koji su i pod stećkom... Njegova žena mi je opisivala njegove snebivanje pred mostovima, posebno pred onima bez ograde...taj most ne bi prešao, rađe bi gazao po vodi...tu fobiju nije on mogao ni njoj a ni sebi objasniti...njome se dičio...u pismu on ne pita za Marthu, kao da je nema, kao da ne zna da sam ja ovdje zbog nje...

(265)
Treće pismo me je obradovalo, rijetki stećak zalutao na sjever!
Iz moga grada...je li još moj?
Od Osmana (...bojama umrljani slikar, svjetle oči, čaša u ruci...).
Jedan od onih stanovnika grada zbog kojih je trebalo ostati opkoljen.
Kako li je pronašao moju adresu?
Na omotnici je rimski pečat...a uvjeren sam da je on još u gradu...ranjen ili pokopan
u tuđem grobu...moja adresa, pravilno napisana njegovom školskom uspravnom
abecedom.

(266)
Pisma su, eto, jedina moguća veza sa ljudima iz okruženja i polusrušenosti, zbijena
javljanja koja stižu zaobilaznim poštama, poslana iz zaborava, te kada ih čitamo mi
ne znamo je li ih pošiljalac nadživio.
Sadržaj je telegramski :
„...ne pitaj se odakle mi tvoja adresa i kako sam...stop...priznajem samo da sam živ i
to je za uvod dovoljno...stop...opkoljeni grad je kao mlada koja se nikome ne da...
stop...okolo su neoprani krstaši, nepozvani gosti za trpezom koja nije njihova...stop
...ili više nije njihova...stop...svakom od nas je umetnut dinar (...masna njemačka
marka...) u usta...stop...kao srednjovjekovnom oklopniku...stop....pa i čitava atmosfe-
ra je srednjovjekovna...stop...okružio nas je zadah četničkih kazana...stop..."

(267)
Prošlost me sustiže i plazi mi jezik.
Oni za koje sam mislio da ih nema, ti još dišu, a oni živi se raspadaju.
I kao što N.N. ne spominje svoj rak, tako ni Osman ne spominje moju ostavljenu že-
nu (...učiteljica, prevodilac, Mona Lisa...), pozna njenu gordost i moju niskost.
Čak mi piše...neka si napustio grad...građani su postali seljaci...ne treba ih kriviti...
niko i ništa nije ostalo isto, a to je u ratu valjan pokret...stop...

(268)
Tri poštanske marke se nisu ni ohladile, a stigla je N.N.-ova smrtovnica.
Hitro je obolio i još je hitrije umro, sablast o kojoj se može bez uzdržavanja pisati.
Ušao je u Hroniku.
Možda je znao svoj datum pa je meni prepustio ono što je njegov otac njemu na-
mjenio.
Nema ga, nestao je u onom momentu kada sam se ja od njega odmaknuo.

(269)
Samo je Martha još tu, negdje u mojim osjećajima.
Kosa joj raste, a ja teško odoljevam opisivanju njenog lika.
Ponekad dozvoli da je ovlaš poljubim...ne reaguje na moj poljubac.
Izmotavamo se, ja se zastidim pa joj se onda izvještačeno izvinjavam, ona ne zna
zbog čega.

Nasmije se.

Neće da objavi „dan priprave", neće ni da ga od mene čuje.

Moje magle i njeno lijepo vrijeme ne zavise od klime oko nas.

Ja glumim pravednost, ona milosrđe.

(270)

Prebacuje mi što ne pišem o ratu, nego muljam po nekakvim prohujalim krstjanima i katarima...ja joj kažem da o ratu mnogi pišu, on je odlična tema, toliko dešavanja, toliko skapavanja...ja sam izdajnik, heretik...i nemam pravo krasti nakit žrtvama. Moja oholost je ljuti, trudim se smiriti je tvrdnjom da je Isus otkazao Nazaretu da bi se nastanio u Kapernaumu.Prvo mjesto je prisvojila katolička, drugo bogumilska crkva.Nju i ta tvrdnja ljuti.

(...Martha je katolkinja...iz dobre, kako sama nestašno kaže, katoličke familije...nedeljom izučava katehizam...sluša petominutne propovjedi sa televizije...za mrtvog N.N.-a je zapalila svijeću u protestantskoj crkvi...)

Onda se ja raspričam o našem boravku u južnoj Francuskoj, ali ona neće da ga oživi, neće da ugrozi sadašnjost.

(271)

Znam da se od Marthe neću oprostiti...od nje ću uteći.

Zamišljam tu filmsku scenu...vodimo ljubav, konačno je ljubim onako kako bih htio, ona ne sluti da je to naša zadnja noć, uživa u orgazmu...u zoru, dok ona spava, ja je napuštam, ostavljam joj spermije i četkicu za zube.

Time joj se svetim, jer i dalje vjerujem u nekakav špionski sporazum između nje i, sada mrtvoga, N.N.-a, vjerujem da ju je N.N. zadužio da nadgleda moje pisanje i da me sokoli ženstvenošću.

Zahvalnost i čežnja me tako smute, Marthu činim znamenjem Bosne, krijući tako da više patim zbog neostvarene ljubavi nego zbog izgubljene domovine...kakvo je zadovoljstvo voljeti nekoga koji tebe voli?

(272)

Pisma su se iscrpila, iscrpio se i rat.

Preobrazivši se, Bosna je opet preživjela, slijedeći zakon reinkarnacije, oponašajući unutarnje usporedno učenje...poznavati prolazno znači poznavati tamu i svjetlo...

Martha me je nazvala da mi kaže:...rat je svršen!

(...ona ne zna kako balkanski ratovi sporo završavaju...)

Njen glas me je više obradovao od te vijesti.

(273)

Uspio sam je nagovoriti da se sretnemo, predložila mi je šetnju ulicom u kojoj sam stanovao.

A po njoj su stanari bacali stare stvari, ono nepotrebno i prašnjavo, Martha i ja smo balansirali među tim starudijama, oko nas su se nacije dovikivale, pokušavajući, u polusvjetlu, dati novu vrijednost odbačenim stvarima.

Iza naših leđa su se dvojica svađala oko izgazanog ćilima, čula se i južnoslavenska psovka.

Zastali smo kod hrpe papira...dječije slikovnice, školski udžbenici i turistički prospekti, jedan o južnoj Francuskoj, bez korica i bez ex librisa...ta pustolovina se davno dogodila, farbe su izblijedile, utonule u crno-bijele slike pređašnjeg...

Ja sam strpao tu knjižnicu u džep...Martha je razgledala slikovnice...

(274)

Dok nas je ulica vukla ka svom kraju, Martha je trošila moje strpljenje pričajući o svom studiju, o profesorima i kolegicama...pozvao sam je na čaj, ali ona je odbila... mora na neki sastanak...mora i učiti...uskoro su ispiti...

Rastali smo se i ona je bibilijski nestala, „kao knjiga koja se smota", ja sam ušao u kafanu.

Napiti se da se ne bi prazan vraćao kući.

(275)

Za šankom, izvadio sam onu knjižicu iz džepa i prelistao je...slika Montségura u njoj ...podvučeni telefonski brojevi...zaokruženi datumi festivala...

Bacio sam je u sagorene lampe i isanjane jorgane...sjeti se odakle si pao!

(276)

Sutradan sam, iza prljavog prozora, motrio kako kamioni, trudne zmije, gutaju ono što u noći nije odneseno sa ulice...smetljari su kljukali njenu čeljust, mehanizam ugrađen u kamionu je mljeo ono što ni najmanji nisu htjeli...

Toga jutra nisam imao razloga da ustanem, samo me je ta buka napolju, buka mašine koja mrvi proteklost, pokrenula.

Obuzeo me onaj nagon koji mi se u prijašnjim pubertetskim krizama javljao, nagon da negdje odem i da me nema, ali samo da bih se jednoga dana vratio i onda, možda, nekoga usrećio.

(277)

Rat je svršen, tuđe nesreće su se u meni prelomile i tako razgolitile moju zbrku, moj umor...i moje nezadovoljstvo...ne sa onim što sam učinio, već onim neurađenim.

(278)

Taj rat je zamarširao u aprilu, mjesecu ljubavi, mjesecu banskih odricanja...po još uvijek modernom pjesniku...,,najsurovijem mjesecu koji gaji jorgovan iz mrtvog tla"...

(279)

Počeo je kao što ratovi najčešće i počinju (...ratovi i rijeke nalaze svoj put...), sa dva-tri pucnja, sa par ranjenih i par mrtvih, kao saobraćajni udes ili kao novinarski prilog o njemu...možda komšijska svađa, jednaka onoj svađi od prije ko-zna-koliko-godina u nekom daljem komšiluku...ljudi se posvađaju ali se i pomire...počeo je rat sa lakim naoružanjem, skoro bezazleno u odnosu na kasniju artiljerijsku katastrofu.

A sedmicu poslije, nije se govorilo o komšijskim razmiricama ili saobraćajnoj nez-godi, govorilo se o smaku svih vrijednosti.

Novi Zavjet je zamjenjen Starim...od vrata do vrata, pa neka ubije tko svoga brata, tko svoga prijatelja, tko svoga susjeda...

Opominjan da se ne dijeli, narod se sasvim korektno razdijelio, po ko zna koji put se ušlo u istu rijeku, oni koji imaju proljev revno su zapucali po onima koji pate od za-čepljenja, reklo bi se da su jedni za rižu, a drugi za šljive.

Te haotične dane sam doživio na ulicama, nisam bio ni za rižu a ni za šljive, htio sam rat zaustaviti, ali nisam uspio.

Utekao sam onda sa ulice, sakrio sam se u najmanjem mesdžidu grada, sklupčao sam se pod najtamnijim gradskim ćilimom...

U skrovištima, u prizemljima, u sebi...tražio sam Boga u kojeg nisam vjerovao.

(280)

Tražio sam ga dvije godine...dvije ratne godine...jorgovan nije nicao ni iz mrtvog tla ...neprimjetljivog bosanskog Boga nisam nalazio...

Drug mi je rekao da ga „džaba tražim", nema ga ni u nama, ni oko nas ga nema, čim se zapucalo, on se okanio ovih prostora, ostavljajući pravednike i fanatike u njima... pravednici skončaše kao šehidi, fanatici kao četnici...

Nisam pripadao ni jednima ni drugima...i ta „nepripadnost" me je ljuštila...oljuštila do instikta...

(281)

Moj drug (...besposličar, šetač, kafedžija...) je znao za božiji odlazak, ali nije znao da je njegovu fotelju zaposjeo neki šegrt, demijurg, koji se tako osilio da je raspamaće-nim vođama dao zemlju da od nje rade šta hoće...da je rasparčavaju, lože i ruše...sa-mozvani proroci su nagovarali prostodušne da ubijaju i rastjeruju...Bog nam je okre-nuo leđa, ili, dualistički rečeno...on nam je uperio stražnjicu...kada baš tako hoćete, koljite se međusobno, ja odoh...

Bog je emigrirao, pa sam se i ja, u istom „surovom mjesecu", zaputio za njim.

(282)

Iz života surgunlija:...ne znam kako sam izašao iz Grada, ne sjećam se svih jeza i koraka, mada su one još negdje u meni.

Znam da sam podozrivo popio nekoliko skupih piva pa sam tako polupijan krenuo, ne opraštajući se ni od koga...i kasnije sam, u svakoj prilici, naljevao u sebe tu teč-nost, pa me je moje pijanstvo dopratilo do ispod Alpi, gdje sam, sit pijanstva, uvri-jeđen njime, zaspao.

Pijući, potiskivao sam strah...ili sam ga se rješavao misleći na kasnije prikaze toga straha.

Tek na Alpama sam shvatio da sam uspio pobjeći od rata, tek kada je Noin autobus uronuo u purpurno nebo, znao sam da sam probio nemoć.

Pod bombama i mecima sam naučio da „biti gore" ili „biti iznad", isto je što i gospodariti i odlučivati.

Odlučio sam da pređem na vino.

(283)

U čarobnom poštanskom sandučetu, zadnja pošiljka iz Tarascona...N.N.-ovo opraštanje, mogući testament, kojeg mi je njegova žena u njegovo ime poslala...bilo je presavijeno na bosanski način:

„O tvom mitu:

(...aukcija mitova?...moji, tvoji, naši, njihovi...skupi, jeftini, orginalni i lažni...)

Medijevalno bosansko kamenje nije gralska mustra (...aluzija na moju „gralsku teoriju", podjebavanje...), već ilustrovana dogma Crkve Bosanske.

Jelen koji pije vodu iz rijeke Bosne je srodnik onom jelenu koji je srče iz rijeke Jordana, u kojoj je Isus upravo kršten.

(...jeleni u Palestini?...je li ih tamo ikada bilo?...)

Ono što je naizgled vakuumski ambis je...ponor napunjen milom tradicijom, treba se u njega lagano spuštati, kao niz Montségur.

(...spuštanje niz Montségur je spuštanje u pakao, spuštanje u niski vazdušni pritisak, u kojem ne prskaju kapilari nego predodžbe o visinama...)

A spustiš li se u te dubine, primjetićeš dole kako nas je neko obmanjivao objašnjavajući nam prošlost (...čemu onda Hronika?...), kao što nam i danas prevejano trube o vremenu u kojem jesmo (...zar ga ono zanima...?).

Ali što je od svega najgore...oni nam obećavaju i raskošnu budućnost.

(...zar ga ona zanima?...)

Spuštajući se, spoznaćeš da su banovi bdjeli nad djevičanstvom Bosne, a kada su se oni proglasili kraljevima, ona je silovana."

(...bez komentara...)

(284)

Na istoj stranici, jedna od njegovih „hodočasničkih" pjesama, bez naslova i bez posvete, ali sa naznakom u kojem je bistrou i kada pisana:

„Južnom pustinjom probio sam se do krajnjeg sjevera,

predugo mi je duša obitovala

sa mrziteljima mira,

predugo su mi noge trnule pred gradskim bedemima,

išao sam plačući i noseći sjeme,

ustajao sam brže od zore,

uzalud,

samo u snu

On daje svojim miljenicima.

Južnom pustinjom probio sam se do krajnjeg sjevera,

zavapio sam i On me je uslišao,

i kao da neko

od sada i dovijeka

zasipa moj izlazak i moj povratak,
vraćam se, evo, sa pjesmom i snopovima."

(285)
Pisao ju je onoga dana kada smo ja i Martha bili u Carcasonni.

Tapkali smo nas dvoje po skamenjenom gradu, bilo je vruće i bilo je previše debelih zidina i debelih turista koji su ih opsjedali...nisam znao šta da radim i kako da se ponašam...Martha je neprestano fotografisala okolinu, nervirajući me tom glupošću... pokušavao sam se u nju ne umiješati.

(286)
Bio je to jedan od onih dana u kojem, da bi od njega štogod primio, moraš biti usredsređen na detalje u njemu.
A N.N. je sastavljao strofe koristeći riječi iz Biblije...osjećao sam se kao slučajna duša koja se slučajno sjedinila sa slučajnim tijelom, trunka koja se tek u sunčevoj zraci spazi...
Nasmijao sam se njegovom poređenju, ne sluteći da mu je to zadnji pjesnički pokušaj.

(287)
Mi smo se predveče vratili u Tarascon.
Ona je otišla u svoju hotelsku sobu (...nisam nikada u nju ušao...), a ja sam se, olakšan, uputio ka svom bistrou gdje me je N.N., kao zabrinuta majka, čekao.
Tu veče sam se začudio njegovoj samoći...poznanici su ga uljudno pozdravljali ali nisu sjedali za njegov sto...oni su njemu bili samo mogući kupci katarskih knjiga, a on njima tek predmet pozdrava.
(...začudio sam se i njegovim podočnjacima, ne znajući tada da su oni znak bolesti...)

(288)
Zamijetio sam u njegovim očima tugu nepokrivene crkve...ali ugledavši me, on se usplahirio i živnuo...Marija majka je živjela u vrućem podneblju, imala je tamnu kožu, takvu ju je i doktor Luka naslikao...zvaničnici crkve su tamnoću njenog lika na slici opravdali dimom svijeća i hemijskim reakcijama...ali prvi stih Salomonove „Pjesme nad pjesmama" glasi:...crna sam ali lijepa...no, Bogorodica nije mogla, ne samo iz rasnih pobuda, biti crna, te je njena tama posuta po licu Marije Magdalene, Crne Gospe...ona je milošću trebala sprečavati Božiju ruku da pravednošću kažnjava...Isusova krv je iskapala u njen kalež...sakrila ga je od Marije Bogorodice...

(289)
Rekao mi je to bez pozdrava, njegove aluzije su me umarale, te sam ga i ja samo pozdravio, popio sam svoje vino (...znak radosti...) i ne sačekavši naša zvona, produžio N.N.-ovu samoću...nisam je samo uočio nego sam je i potvrdio...ostavio sam ga samog...stvoriti nešto iznova je teže nego stvoriti ono što je već bilo...

Prvi list Hronike

(290)
Na njemu piše:

...u jednom od svojih prijašnjih života, (...bio sam orfički sveštenik u Grčkoj, nijemi Zaratustrin kuhar, Markionov ljubavnik, Mani se opuštao uz moju svirku na liri, pod generalom pavlikanaca Karbeasom sam klao Vizantijce...), u srednjem vijeku sam bio po zanimanju jezerski pisar, zarađujući tim poslom dvije plate...jednu dnevnu, zapisujući ono što bi mi neškolovani poštenjaci, škiljavih očiju i odsječenih prstiju, diktirali u besramno pero...drugu plaću sam zasluživao noću, prepisujući zabranjene riječi.
Zarađivao sam te dvije kese novaca dvoreći i Đavola i Boga...obadvojica su bili mojim poslom zadovoljni, a i ja pod njima.
Nisam se brinuo zbog premalo spavanja, nadoknadiću ga u sljedećim inkarnacijama...biću brodolomac na golom ostrvu...saracenski doživotni zatvorenik...vodonoša u haremu...a onda opet pisar, pod sahat-kulom...

(291)
Heretičke i satanine spise koje sam pod svijećom prepisivao, nabavljao je moj brat, čuvar inkvizitorskih tamnica, pokvarenjak kome je zlatnik bio draži od vlastite djece, za koju i nije bio siguran da li im je on otac.
Nije me interesovalo kome ih je on dalje prodavao...kao što me nisu ni dnevne mušterije interesovale.

(292)
Jednolične dane sam trošio u pisanju pisama, testamenata, trgovačkih ugovora i sličnih usputnosti, uživajući samo u onome što bih svojevoljno nakalemio na tuđe riječi...nisam htio da budem puki prepisivač koji drugima guli kožu.
I u noćne, zabranjene, spise umetao sam svoje misli..moj rad nije provjeravan...niko nije upoređivao original sa mojim prepisom...moje pero je bilo slobodno...

(293)
Prvu heretičku knjigu koju sam prepisao dao mi je moj pokojni hranilac i učitelj, strogi i ćudljivi Cunradus.
Po potrebi, bio je on ćaknut ili uman, te je i mene vaspitao da noću budem heretik a danju katolik, koji ljubi biskupovo prstenje.
On je imao teoriju o Poslanju što postaje slovo, i tu teoriju je potvrđivao knjigama... svojim knjigama.

(294)
U mom prvom trudu je zapisano ono što su jedni „savršeni" prenijeli mom učitelju, a što su drugi „savršeni" doživjeli.

Prepisao sam tada i rečenicu u kojoj stoji, da učenika treba prvo odvesti na vrh brda, a zatim u pećinu...pa je i mene Cunradus otpravio na obližnji brijeg, a potom u pećinu iznad jezerskog zaljeva.

Prostro mi je divotu i pustio me da se u polutami mučim.

U pećini je bilo tako tiho da sam mogao čuti šuljanje jezerske vode, svjetlosti je bilo tek toliko da sam mogao raspoznati prste na ruci, te su se, Božijom milošću ili Sataninom voljom, ta svjetlost i ta tišina, ujedinjeni sa tamom, pretvarali u bogomdana, satanomdana slova...

(295)
Ove kurzivnosti su predgovor zaostavštine N.N.-ovog oca kojima, vjerovatno, on sebe drugima predstavlja, sjedeljka još nije počela, to je tek „razgovor ispred kuće", još se ne ulazi u drage prostorije.

Za N.N.-a, „učitelj" je Magre, strog i uman, ćudljiv i ćaknut, „brat" je Gadal, negativac, onaj koji trguje idejama, koji „jeftino kupuje a skupo prodaje", iza „pisara" se prikriva njegov otac.

(296)
Na drugoj strani lista ulazimo u „drage prostorije":

...u nevelikoj sobi, sto zastrt bijelim lanenim stolnjakom, na njemu knjiga umrljanih korica i vezeni peškir...jedna jedina svjetiljka osvjetljava dekor i stajače oko stola...
Na pročelju, Bertrand Marty, starješina katarske zajednice, lijevo i desno od njega dvojica najstarijih Dobrih Ljudi, a na drugoj strani stola Alfaro, budući Dobri Čovjek.
Iza njih, u drugom isprekidanom krugu, popadali anđeli, bivši anđeli, meso do mesa, grijeh do grijeha...a krug iza njih...zidovi bez ukrasa i boje...
„Obećaj...da od danas nećeš jesti ni meso ni jaja ni sir ni maslo, da ćeš se samo vodom i drvetom hraniti.
Obećaj...da nećeš lagati niti se zaklinjati.
Obećaj...da tvoje tijelo neće za slašću žuditi, da nećeš sam putovati i da se nećeš pred vodom, vatrom i mačem odreći svoje vjere...

Alfaro drhti, što od hladnoće, što od strahopoštovanja, što od nerazumjevanja.

...reci još: za počinjene grijehove, molim Vas prisutne, našu Crkvu i nespoznajućeg Boga za oproštaj...
Neka Otac, Sin i Duh zajamče da ono što iz tvojih usta izađe bude krepost!...

U prostoriji je hladno i Sveti Duh raznosi paru iz usta po okolnim siluetama...

(297)
Alfaro posrće pred prisutnima, pred Crkvom i pred Bogom:

...Obećavam...da ću se samo Bogu i Evanđelju posvetiti, da neću lagati, niti se zaklinjati.

71

Obećavam...da neću ženu dotaći, ni čovjeka ni životinju ubiti, neću meso, jaja, niti jela pripremljena od mlijeka jesti, nego samo biljke i ribe.
Obećavam...da neću putovati, noćiti niti jesti bez druga...ako me neprijatelj uhiti da ću se najmanje tri dana uzdržavati od jela i da neću izdati moju vjeru, bez obzira na vrstu smrti koja mi prijeti...
Obećavam...da neću ništa bez molitve poduzeti, molitve Jedinom.

Bertrand Marty mu blago i usporeno polaže umrljanu knjigu na tjeme:

Oče, upusti tvog slugu u tvoju Uzvišenost i prožmi ga Tvojom Milošću i Tvojim Duhom!

(298)
Ne zna se u kojoj sobi je Alfaro posvećen, da li u samom montségurskom zamku ili u jednoj od kamenih kuća oko njega, zna se tek toliko da se knjiga koja je okrznula Alfarovu glavu otvarala riječima:
„U početku bijaše Riječ,
i Riječ bijaše kod Boga
i Riječ bijaše Bog."
Prikazani katarski obred je očito drugo Alfarovo rođenje, pristup u društvo Dobrih, pionirska zakletva (...da ću cijeniti sve ljude svijeta koji žele slobodu i mir...)
...Hronika započinje upućivanjem, započinje bez podataka o začeću i rađanju.

(299)
Dugo smo ja i N.N. naučnički (...stručno znanje je samo po sebi ravnodušno, tek u odnosu sa drugim postiže ono svoj puni značaj...) proučavali taj prvi list...počev od neobičnog uvoda pa do Alfarovih zaricanja od kojih on nijedno nije ispunio.

(300)
Mojim sumnjama je N.N. suprostavljao alegoričnost, kao da se radilo o biblijskom tekstu...ili kao da ga je on napisao, pa ga je mogao meni tečno objašnjavati, ubjeđujući me da Hronika nije mogla drugačije početi...ramovi biografija su rođenje i smrt ...ali datumi su zamjenjivi...važnije je sjećanje na atmosferu noći u kojoj smo začeli dijete...da li je to bilo nekog parnog ili neparnog datuma...neka se o tome brinu učitelji matematike...bitno je da se to desilo u bujnom julu...ili, u Alfarovom slučaju, u proljećnim mjesecima...u svađi hladnih i toplih strujanja...
Ja bih se možda sa njim i složio, da on nije bio „matematičar" koji se rado zaklinjao (...ne smije se zaklinjati...) u astralna svojstva brojeva.

Bijeg iz opsjednutog mjesta

(301)

Katari su znali da se kroz studiranje planetnog sistema razaznaje ljudska duša...odgonetanje gibanja planeta je i odgonetanje kretanja vlastitog „ja"...te se i N.N. „loši matematičar", bavio astrologijom, izračunao je da je gradnja Montségura počela 12. marta 1204. godine, u danu kada su planete, uključujući i sunce, bile sakupljene u znaku ribe.

Moć i plodnost riba je toga dana bila izrazito djelotvorna, graditelji su izabrali taj datum za postavljanje temeljca.

Izračunao je i dan bijega četvorke sa Montségura: ponedeljak, 14. marta 1244. godine.

(302)

Navodim Hroniku toga dana:

Zemlja je bila pusta i prazna, tama se prostirala nad bezdanom.
Duh Božiji lebdio je nad visinama, ali, u dubljim sferama, lebdio je i duh Satanin.
Redoslijed nebeskih tijela je predskazivao smrt, ali i uskrsnuće.
U cisterni su plutali naduveni pacovi, vodonošci se nisu trudili da ih odatle izvade.
Neka izdajica je dovela Baske pod same utvrde, odakle ih ni srčanost Pierre Roger de Mirepauexa i njegovih, preumornih, ratnika nije mogla protjerati.
Zlo se smjestilo pod zidinama, zlo je ušlo i među zidine, među okružene i okužene.
Njih četvorica su se pred njim povlačili u katakombe, u kojima ih je dobri Bertrand Marty pripremao za bijeg, objašnjavajući im zadnja rješenja koja trebaju olakšati svaku promjenu.

(303)

Iako o tome nisu otvoreno pričali, okupirani su znali da je vrijeme za predaju, svaki od njih je spremao svoje krpice da bi sa sređenom dušom zauvijek napustio Montségur.

U podzemnom hodniku, kojeg orahovo ulje u lampi sebično osvjetljava, večeraju oni mladu ribu...duše lebde samo zrakom, te se riba, vodeno biće, smije jesti.
Iznad njih, u dvorištu, bonshommes postom treniraju svoja tijela za vatru koja će ih pročistiti, pri tome se hrabre himnama koje tako glasno pjevaju da ih i Satanine trupe, na proplanku, mogu čuti.
Uz cvrkutanje zloslutničkih ptica, pakuju te trupe svoju opremu i sakupljaju drva na mjesta vidljiva sa utvrđenja, proričući tako pjevačima budućnost.
Bog je sušta ljubav, ona je njegov pokretač, čak će se i Lucifer, privučen tom ljubavlju, vratiti Bogu...uvjerava ih Bertrand Marty, dok oni jedu bezdušna bića.
Onda ih on pojedinačno odvodi u ugao podruma, kazuje im otkrovljenja koje prosta duša mora sama podnijeti.

Mimika je dostojanstvena, otkrovljenja prepuna moćnih izraza...glave se dodiruju iznad smrada koji se nakupio u ćošku.

(304)
Opsada traje skoro godinu dana, svaki kutak u zamku je natopljen mokraćom i govnima, da zadah ne bi bio još veći, tijela poginulih ratnika su pobacana u provalije, gdje se u miru raspadaju, ili su ukusan pir noćnim strvinama...jedina mirišljava staza koja vodi nadole je zarasla korovom, njome moraju poraženi sići do poljane... na kojoj im se već cerekaju suci, dželati i hroničari.

(305)
Mudrac bi morao vladati svojim strastima, ali Bertrand Marty je uzbuđeno istrčao iz donjih odaja...obred oprosta mu je bio poznatiji od obreda rastanka...
Iza njega je ušla rodbina, zemaljska rodbina, da se od njih rastavi.
Amiel i njegova žena, dobra kršćanka, povukli su se u ugao, gutač oštrine i nečistoće ...držeći se za ruke (...fizički dodir ne smeta njihovoj savršenosti...) oni se mucavim Očenašima opraštaju (...šesnaest u jednom lančiću...), rastanak je teži od opsade...
Hugo se rastavlja od svojih roditelja, hrane za lomaču...razmjenjuju strepnju i nadu, mucaju savjete...on je mlad i boji se smrti, oni su stari i isto tako se boje smrti.
Poitevin i njegov brat, branitelj izgubljenog bedema, šuteći razmjenjuju cipele...putnik navlači jaku obuću...nemaju šta jedan drugom reći, savjeti su preživani, spaja ih krvna prisnost i kvalitet obuće.

(306)
Alfaro je sam.Crn, vitak i neodlučan.
Njegovom jedinom rođaku je kamen cjelovito smrskao lice...i dah na usnama...
Bertrand Marty mu je dodijelio skraćeni consolamentum i tako mu uštedio novo rođenje.
Alfarovim roditeljima je kob bila druga vatra.
Kao predjelo toj vatri, zgnječili su im prste i vodom naduvali trbuhe, (...mučenje je gimnastička vježba...), onijemivši od bolova, oni nisu zanijekali svoju vjeru i nisu izdali noćne posjetioce koji su ih u tu vjeru uveli.
Proklevši i njih i sprave za mučenje, inkvizitori su poručili doktora da im izliječi rane...samo zdravi heretici se smiju pogubiti...svjetovni sudac im je u zavezane ruke stavio zelene svijeće i gurnuo ih ka lomači.

(307)
Alfaro se rodio u brdima, u kolibi božićnih pastira, u kojoj su se njegovi roditelji, inače građani Toulouza, sklonili od progona...rodio se one iste godine kada je umro Inoćentije III, onaj koji je lomače poškropio svetom vodicom, a najrevnijem inkvizitoru poklonio Isusovu suzu.
Noć prije papinog pogreba, lopovi su, misleći da je zlatan, skinuli plašt sa mrtvaca te je ujutro golo truplo osvanulo na oltaru, Inoćentijeva duša se zatvorila u šarenom psu koji se vrzmao oko crkve, pokušavajući ući u nju...psa su otjerali batinom, papinu

golotinju su zavili u najprimitivnije plahte i takvog ga položili u sarkofag...kratka i zavodljiva je slava ovoga svijeta...
A na daljem meridijanu, Alfarova glava je nevoljno provirila između oznojenih majčinih butina.
(...otac mu je stavio zlatnik u usta, a on ga je ispljunuo...biće ovo dijete jednoga dana dobar parfait...)

(308)
Ne imavši se od koga oprostiti, Alfaro je izašao u dvorište gdje se još pjevalo i hvalilo prozirnog Boga.
U tom horu mu je bilo prijatnije nego u onom smrdljivom podrumu, pirinejska noć je svojom svježinom podržavala grla oko njega, njemu samom su krajnici bili otečeni...slutnja mu je stegla žice i žile...pjevaj u sebi i kukaj u sebi...šaputao je psalme... Odmolio je još šesnaest Očenaša i pošao na počinak...snaga se najbolje prikuplja molitvom i spavanjem.

(309)
Probudili su ga u istoj noći...Alfaro se tek razbudio viseći u međuprostoru gornje i donje tame...umotan u nekakve pastirske prnje i trulu slamu...visio je u praznini...

Ne znajući da li mu je strah dopušten, ipak se prepao, pokušao je da se umiri Očenašem, ali se nije mogao sjetiti svih riječi, a ni njihovog redoslijeda...oče koji jesi... daj nam naš...duhovni hljeb...spuštanje niz stijenu je bilo brže od tog niza riječi koje on i onako nije mogao poredati...da ga je neki sveštenik mogao čuti, proglasio bi ga đavolom...davo ne može izgovoriti Očenaš bez greške...
Tama je razvezala Alfarov duh, te se on zastidio svjetlosti koje te noći nije bilo.

(310)
Dole, u tami, sačekali su ih vodič i konji čija su kopita bila obložena platnom...
Poitevin nije mogao a da ne pomisli na relikvije koje katolici vrlo predano sabiraju ...ove konjske krpe, konopi i slama...naše mošti?...Hugo je pomogao Amielu da se ispetlja iz tih mošti...
Natovariše prtljagu na konje, vodič ih povuče u tamnom pravcu...a oni, savršeni, pođoše za životinjama.

(311)
N.N. mi je pokazao greben sa kojeg su, navodno, bjegunci spušteni u provaliju (...tunel ispod aerodromske piste...), i on je u mladosti, sa seoskim mangupima imitirao taj čin, noću su se otisnuli u tamu, urlajući od groze i zadovoljstva...avanturiste su očevi izbatinali...jedino je njemu otac zamrsio kosu...moja krv...!

(312)
Sabarthéz, oblast u kojoj se Montségur nalazi, nazvana je po staroj kapeli Notre-Dame de Sabart koju je Karlo Veliki, u čast Crne Madone, utemeljio i ukrasio.
U kasnom srednjem vijeku će pirinejski seljaci to područje smatrati svetim, naročito

kroz dolinu rijeke Ariége će silovito puhati Sveti Duh.

Iz te doline, pune vrelih izvora i ledenih pećina, polazili su katarski perfecti da propovjedaju, u nju su se vraćali da izdahnu...u jednoj od tih špilja su bjegunci sa Montségura trebali dočekati zoru.

Stotinama godina je ona služila kao životinjsko i ljudsko stanište u kojem su se parili medvjedi i slijepi miševi, gdje su noćivale izbjeglice, razbojnici i hugenoti, iscrtavajući joj zidove i taložeći svoje kosti kao humus za legende i mitomanije.

(313)

Višesatno bauljanje po mraku, u kojem su se brdski konji snalazili bolje od ljudi, dovelo je malu povorku u vlažno gostoprimstvo pećine.

Amiel Aicard se u hodu spoticao o kamenje i granje, mrmljajući..Paraklet, pomozi, pomozi...!

Najstariji, on je bio određen za budućeg katarskog vođu, Bertrand Marty mu je naredio da pobjegne sa Montségura, zajednica nije smjela ostati bez svoga starješine.

Njegov lakoumni pratilac Hugo mu je bio učenik i sluga, spasila ga je Bertrandova mržnja prema ženama...naročito su mu trudnice bile mrske...Amielova supruga je ostala na brdu...pod brdom...

Poitevin i njegov pratilac Alfaro su dobili dubiozan zadatak da odnesu poročne knjige u Lombardiju i tako ih sačuvaju...kao da je knjiga sigurnija u konjskim bisagama ...kao da je vrijednija od supruge, brata, roditelja i lomače...?

(314)

Spodobe pod kapuljačama kleknuše pred Amielom...dadoše im hljeba i vode kao skromnu nagradu zbog uspjelog bijega...i odvedoše ih do posteljâ...

Alfaro se htio nekome isplakati ali nije znao kome...suze su se preobrazile u misli koje su ga držale budnim...u njemu su se miješali strah i ponos...strah, jer mu vjera još nije bila jaka...ponos, jer mu je vjera ovim bjegstvom jačala...

(315)

Poitevin ga je zovnuo, on je odmah (...ta visokopovučena poslušnost...) pošao prema glasu i svjetlosti, u dan koji počinje.

Vidio je da je dobro.

U toj dobroj zori, svjetlopisci Poitevin i Alfaro su zagrizli u sporost putovanja.

(...njihova planirana tura bi danas bila hit svake putničke agencije...)

(316)

Amiel ih je blagoslovio:

Zemljoradnici mole za kišu, putnici mole da kiša ne pada...ne obazirite se na molitvu zemljoradnika, vi ste sada, i ubuduće, putnici...ako vas zemljoradnici mrze, znajte da su i mene mrzili.

Mislite na našu dobru braću koju sada napuštate, mislite i na onu koja će vas dočekati u Lombardiji...knjige koje im nosite će ih ohrabriti, a ako oni te knjige i proči-

taju, obradovaće nas koji ovdje ostajemo.

Jašite oprezno, knez ovoga svijeta žudi za vašim pravoljubljem (...lopov ne dolazi osim da ukrade, zakolje, uništi...), duša praoca Pavla je tek iz trinaestog tijela otpuštena.

Čuvajte se žena koje trepću i antikristovih pasa koji laju na prolaznike...kada ste sami razgovarajte...sa nepoznatima šutite...bodrite braću...samrtnicima pružajte consolamentum...
Sada idite...vratite se kada se vrijeme ispuni!

Na to su se izljubili, Alfaro je od Amiela dobio Ivanovo evanđelje pisano na njihovom jeziku, kao moralnu potporu i uvijekprisutni životni i onostrani savjetnik.

Poitevin je usnama samo ovlaš pritisnuo Amielov obraz, nije on volio toga ulizicu koji podržao tuđu odluku da ne bi svoju stražnjicu opržio...mada bi Amiel to isto mogao i za njega reći...

Amiel i Hugo će ostati u pećini da bi je pomazali izmišljenim misterijama.

(317)

N.N. je smatrao da se taj prizor zbio u hladnjači Lombrives, čiji glavni ulaz nadzire okamenjeni mamut, centralna dvorana je visoka skoro devedeset metara i zovu je Katedrala.

Ispod jednog njenog stalagmita miruje ostavljena i raskomadana Pirena.

U Katedrali su otkopani ljudski skeleti poredani u kosturni krug, karbonskim analizama je utvrđeno da oni potiču iz trinaestog vijeka.

(318)

N.N. se jednom ispružio u pećini, raširio je ruke i noge, htio mi je dočarati prečnik kruga, pjegave Engleskinje su se okolo kikotale, N.N. je, ne obazirući se na njih, uperio svoj trbuh prema stropu, pećinski vjetar mu je hladio maljavi pupak.

(319)
Jašući iza Poitevina, Alfaro je konačno zaplakao...da bi se utješio rasklopio je Evanđelje...vi ste od ovoga svijeta, ja sam od neba...vi ste ovosvjetski, ja nisam ovosvjetski...

Htio je dalje čitati, ali ga je Poitevin ljuto pogledao...čemu sad plakanje i čitanje...
valjalo je žuriti jer je okolina, iako prisna i prepoznatljiva, bila preopasna za njih...
trupe francuskog kralja, što tuknu na lomače i tamjan, motale su se po njoj, vojnici praćeni sivim mantijama, nakaradni grbovi na njihovim štitovima, barbarski jezik kojim su se dovikivali, neotesana lica i pakost koju je bilo bolje izbjegavati...njih dvojica su birali stranputice i krijumčarske staze...
Niti su koga vidjeli niti je njih iko vidio, začarani ko zna kakvim praškom, oni su bili nevidljivi za okolinu...granje se sklapalo iza njih, trava pod kopitima njihovih konja se nije savijala.

(320)
Samo jednom je konje zakočila nebeska uzda, u onoj minuti kada je ispod Mont-ségura, na „Prat des Cramas", Travnjaku spaljenih, naložena lomača.
Kasnije, zbog uzbuđenja izazvanim mirisom ispečenih tijela ili zbog nerastezljivosti mokraćnog mjehura, inkvizitor će zaustaviti auto dafé, morao se pod zastrašenom brezom popišati.
Sredinom 19.-og vijeka, prilikom proljećnog oranja, otkriće seljaci na toj livadi sloj lojnog pepela...njihov paroh će tvrditi da Bog može žrtve inkvizicije, ako su one bile nevine, izdići na poziciju svetaca.

(321)
Blagi Guilhubert des Castres je učio da Dobri Ljudi treba da noće kod poznanika, ako su prinuđeni negdje drugo prenoćiti, neka onda biraju ili pustare ili prepuna ko-načišta.
Prvu noć su proveli u pustari, u napuštenoj pastirskoj kućici, bilo ih je mnogo u oko-lini...to su okrugle građevine od naslaganih kamenih ploča, bez maltera i bez vlasni-ka...ipak dostatna zaštita za one koji nikakvu nemaju.
Tek kada vazduh i tlo otople, doći će pastiri sa svojim stadima da bi u njima ljetovali i obnovili zimska prepričavanja.

(322)
Alfaro još nije naučio razmišljati o jučerašnjem, o onome što nije neposredno utica-lo na njegovu sadašnjost...Poitevin je posjedovao tu sposobnost, Alfaro se morao brinuti o grijanju i spremanju jela...ali naučiće on vještinu baratanja prošlim, vješti-nu da osavremeni i ono što se događalo prvog dana Postanja.
Založio je malu vatru, tek toliku da im se ruke ugriju i tama oko njih rastoči...
Poitevine, koliko je naših danas....jedan okrutni plamičak mu liznu ruku i on ne dovrši pitanje...spaljeno?...previše, brate Alfaro, previše...i jedan jedini...suviše je...

(323)
One noći kada je zaključeno da Amiel Aicard i Poitevin pronesu učenje i predanje, izabrao je Poitevin Alfara za svoga pratioca.
Bertrand Marty je njegov izbor popratio dizanjem obrve iznad oteklog oka, ne zna-jući da se radi o Poitevinovoj viziji, katoličkoj viziji koju bi svaki opat poželio...nešto kao „pod ovim znakom ćeš pobijediti"...viđenju kojeg će Poitevin u sebi zadržati, ni-je on vjerovao u čuda, a pogotovo nije o njima pričao.
Ipak ga je ta slika, neobjašnjiva i prijeteća, tako dojmila da je uzeo Alfara za ruku.
I Alfaro je dizao obrve.
Poitevina je poznavao kao šutljivog djelioca consolamentuma, zaduženog za smrt, ne za život.

(324)
Na samrti, u bunilu zadnjih minuta, Poitevina će opet obuzeti slične slike, slična mahnitost u kojoj Alfaro zapisuje crna slova na bijeli pergament, koji se uvija pod

perom što ga bode i tetovira...ptičiji otisci po koži...prekrivši pergament slovima, le-gao je Alfaro na drveni krst, koji se onda zajedno sa njim podigao do vertikale, ispod koje grozničavi Poitevin kleči sklopljenih dlanova...oko greda lete male crne ptice, slijeću na Poitevinova ramena, piju mu znoj sa čela...Alfaro je već na ulicama Venecije, puže ka moru, ka mističnoj zemlji iza mora...bježi iznova.

(325)
Opsjednuti grad i bijeg iz njega: tema koja je bila N.N.-ov specijalitet...Kain mu je bio kum, ne Kain bratoubica, nego Kain osnivač pragrada Henokije...nedeljom je N.N. ispijao čašu vina u čast tog građanina! Rekao je da je Lotov bijeg iz Sodome prvi bijeg iz opsjednutog grada. Ja sam pomislio na moj prelaz preko Alpi, njime sam Marthu zadivio, odakle zna N.N. za moju starozavjetnu fazu?

(326)
Lotov bijeg je bilo spašavanje vlastite kože...njemu je Sodoma bila mrtvačnica...moj bijeg je bila izdaja, ili uz najhrabrije objašnjenje: predaja...Alfarov bijeg sa Mont-ségura nije bio čin volje, bila je to nametnuta misija... Primjeri (...vino, sir i maslina...) nakon kojih će mi N.N. u sljedećem poglavlju, poglavlju o Avignonu, predočiti optužnicu protiv onih koji poriču vlastiti grad.

Avignon

(327)
Preskočivši stranice zamrljane violetnim gljivicama, srećemo Alfara i Poitevina u Avignonu, tada dvoličnom katarskom gradu, a od 1309. do 1377. godine, katoličkom pupku svijeta...ruži svijeta... Kao što u ljudima stoluju i smjenjuju se dobro i zlo, tako se i u svakom gradu smjenjuju heretici i pravovjernici.

(328)
Gubiti se u istorijskim knjigama, biti u potrazi za imenima...Avignon će se pročuti po sedam izabranika:...Raimond Bertrand de Goth, Jacques Duze, Jacques Fournier, Pierre Roger de Beaufort, Etienne Aubert, Guillaume de Grimord i Pierre Roger de Beaufort (...nećak svoga imenjaka...)...ili poznatijim kao:...Clemens V, Cornelis XXII, Benedikt XII, Clemens VI, Inozenz VI, Urban V, i Gregor XI...papski orkestar babilonskog izgnanstva...gdje je papa tamo je i Rim...

(329)
Clemens V će 1309. godine svoju rezidenciju preseliti u Avignon, u kome su njegovi prethodnici još odavno imali posjede...on će ukinuti red templara, njihovog Majstora zapaliti, da bi mjesec dana nakon njegove smrti i sam učestvovao u prognozi koju mu je Majstor iz vatre obećao...njega će Dante neumoljivo smjestiti u pakao, ocrtavajući ga kao...pastira bez zakona koji stiže sa zapada...goreg od svoga prethodnika...

Johann XII, sin obućara, kao devedesetogodišnjak će unaprijediti Tomu Akvinskog u sveca, tijaru će izdužiti trećim obručem...

Benedikta XII smo spomenuli...ismijavali su ga zbog njegove debljine...on je izgradio ogromni papski zamak (...bez kontrolne rupe u postolju...), koji najvjerodostojnije odslikava stanje Svete Stolice toga vremena...katedrala je, u odnosu na zamak, sitna i beznačajna...

U čast Klemensa VI treba istaći pomoć koju je on pružao progonjenim Jevrejima u Francuskoj i Njemačkoj, pomoć koju je od njih dobro naplatio...

Inozenz VI je prvi pokušao raščistiti smetljište na svome dvoru i obuzdati razuzdanu kuriju...šamarao je prelate dok ga ruke nisu zaboljele...umro je od tromboze...

Urban V se okuražio i svratio do Vatikana, ali je iz meteža u njemu opet utekao u Avignon...proglašen je svecem, što ne mora ništa značiti.

Konačno će Katarina Sijenska (...bez žene nema ni promjene...) ubijediti Gregora XI da mu je mjesto u Vječnom Gradu, on će se 13. septembra 1377. godine ukrcati na brod, koji će ga kroz sredozemne oluje dovesti u Italiju...papska proročanstva sv.Malahija ga zovu „Novi od Hrabre Djevice".

(...bračni prsten Hrabre Djevice je bila kožica penisa osunećenog Isusa...dijagnoza njene bolesti...anorexia nervosa...)

(330)
Sa ovom sedmoricom Francuza ne rasipamo vrijeme i prostor, ukazujemo na činjenicu da seljenje ne mijenja ćud institucija, ma kako istoričari vrijednovali ličnosti koje te institucije predstavljaju...

(331)
Moj uzor, Lawrens Durrell će u „Avignonskom kvintetu" pisati o tom gradu:...prošlost ga je balzamovala, a sadašnjost ga nije mogla izmjeniti...
Jedan drugi Englez i pisac, Henry James, posvetiće mu kratak odlomak svoga francuskog putopisa, ukazujući na njegovu zapuštenost i prljavštinu...i tim opisom će se približiti našem Avignonu u kojem pape još nisu noćivale, u kojem nije bilo njihove palače-kasarne i u kojem se štedilo na lojanim svijećama i svilenim crkvenim zastavama.
Helmut Domke, skromni njemački cestopisac, složiće se sa Durrellom i napisaće još:...utješnjen divotnim ali i tmurnim zidova gotike, stenje Avignon i danas u srednjovjekovnoj stješnjenosti...

(332)
Posjetio sam Avignon krajem mjeseca marta, otprilike u one dane kada su u njemu, sedam i po vijekova ranije, boravili Alfaro i Poitevin.
Iako nije bilo mistrala, vjetra koji grad drži zdravim, bilo je hladno i kišilo je, vlaga je tjerala prolaznike sa pločnika.
Ja...preuranjeni turista...bazao sam po tim mokrim pločnicama, u potrazi za „kršćanima i začinima"...ušao sam u katedralu, ušao sam i u papsku palast...sa hridine na kojoj je ona sagrađena pogledao sam Rhônu i most Saint-Benezet, koji se neodlučno, kao uplašen mogućnošću da će dotaći drugu obalu...ili uplašen poplavom koja ga je već ranila...zaustavio na trećini riječnoga toka.

(333)
U petoj deceniji trinaestog vijeka još se proklinjala 1226. godina u kojoj je kralj Ludwig VIII tri mjeseca opsjedao grad, tek ga je glađu natjerao na predaju.
Da je Avignon izdržao još nekoliko dana, spasio bi ga visoki vodostaj rijeke Durance, te suparnice Rhône.
Razrušeno je tada preko tri stotine utvrđenih kuća...a i most Saint-Benezet...most će biti obnavljan, ali rijeka i ljudi će ga i dalje rušiti, od prvobitna dvadesetdva ostala su samo četiri luka, pod njima se gnijezde albigenske lastavice.
Ludwig VIII, otac Svetoga Ludwiga, obući će pokornički ogrtač sa kapuljačom koja je imala tek dvije rupe za oči, i kao predvodnik drugih pokornika, ući će u osvojeni grad...jedna ruka će im stezati bič, druga krst...i od tada će Avignon biti preplavljen bratstvima čijim će članovima jedino zanimanje biti da se vuku ulicama, udarajući se raspletenim bičevima po leđima, ispod pazuha i između nogu...biće to pokornički odgovor na katarsku hereziju u njemu.
Kao komuna proživjeće on još par decenija, poslije smrti Fridricha II pretvoriće se u

tipični provincijski gradić sa nekoliko hiljada oklijevala.

(334)

Možda je svoj najsužniji trenutak Avignon doživio 6. aprila 1327. godine, kada se poeta i planinar (...lagao je on o svojim planinarskim poduhvatima...) Francesco Petrarca, u crkvi sv. Klare, zaljubio u Lauru de Noves, svoju Lauru, možda je zbog te scene taj grad pošteđen većih razaranja...ili je on prebrodio vijekove zbog Nostrodamusovog (...neki tvrde da je on bio prikriveni katar...) brončanog četverostiha:...iza Velike Bitke, uskrsnuće Veliki Monarh i iz Avignona će zagospodariti, iz toga grada katara i papa, iz toga grada nad kojim Crna Madona vlada...

(335)

Alfaro i Poitevin će zateći uske, zavijene i bučne sokake i čikme, ograničene prizemnim kućama čiji su se niski krovovi skoro doticali (...mačke su skakale sa jednog krova na drugi...), ulice su bile polumračne, stranci nisu razaznavali lokve, mulj i đubrivo...koje ni šljunak iz Rhône, kojim su se ulice nasipale, nije mogao odstraniti, kretanje je otežavala i raznovrsna roba koja se izlagala direktno ispred kuća.

Nenaviknut na gradsku vrevu, sudaraće se Alfaro sa prolaznicima i izvinjavati im se, ovi će ga psovati, nazivajući ga seljakom i sjevernjakom...kao i konji, koje je on iza sebe vukao, biće on nervozan i plahovit...

Poitevin, ispred njega, koračaće krepko i pravolinijski...

(336)

Konačište su našli kod dobrog čovjeka Arpea, izvornog Avignonca koji nije nikada izašao iz svoga grada...upražnjavajući obućarski zanat, on je uzgred, među cipelama i čizmama, čitao zabranjene knjige ili se družio sa blijedim ljudima, zanoseći se izrazima koji se pred ženom, djecom ili radoznalim komšijom ne spominju...Arpe je od onih koji svoj vijek provode u zavičaju, prkoseći novotarijama i uvredama...on je pravednik koji svoju pravednost ne spoznaje, a čija dobrota održava ravnotežu između pozitivnih i negativnih gradskih sila.

(337)

U mome gradu sam poznavao čovjeka (...šepao je...) sa sličnim osobinama; ponekad smo zajedno ispijali crnogorske rakije u tihim kafanama, kukajući nad skupoćom crnogorske pive; ili smo se mimoilazili u gradskoj biblioteci, svaki sa svojom jedinstvenom knjigom pod rukom.(...voljeli smo tu biblioteku zbog knjiga i odvojenosti, ali i zbog krasnih djevojaka koje su se po njoj šetkale...)

Jedina mana mu je bila krađa knjiga koje je, pročitavši ih, poklanjao ljepuškastim studenticama filozofskog fakulteta.

Nije bio uhvaćen u prijestupu, čudeći se svojoj smjelosti i svojoj sreći, ne shvatajući da ta njegova bibliotekarska pakost nije bila njegov grijeh, nego vrlina onih studentica.

(338)

Noć u Avignonu, Arpova žena i djeca spavaju, on pripovjeda:

...juče su spaljena trojica Dobrih Ljudi sa kojima sam godinama lovio ribu i pio vino...lomača im je potpaljena oltarskom svijećom koju je prinjela bogobojažljiva starica...

(...o sancta simplicitas, zaječaće Jan Hus...)

Danas su spalili njihovih dvanaest knjiga, dobrih dvanaest svitaka koje sam i ja pročitao.

Na poljani, iza grada, okupilo se manje znatiželjnika nego prethodnog dana...bio sam i ja sa njima, doveden drugom tugom.

Ljudski pepeo je bio raznesen, preostala crnina je označavala komad zemlje gdje su se ona trojica dobrodušnika raspukla kao prepečene kobasice.

Ovdašnji katolici spaljuju nepodobna pisanja u smokvinom drvetu, ono sadrži supstancu koja ih pročišćava od štetočina...bar tako oni kažu...

Notar je razglasio presudu, vojnik je zatim jednu po jednu knjigu bacio u vatru, ne sluteći da sa svakom knjigom sagorjevaju i božiji pridjevi u njoj...sveštenik je njegovu radnju pratio latinskim molitvama.

Nagorene stranice su lakomisleno okolo lepršale, djeca su ih hvatala, a odrasli opet umakali u vrelinu.

(339)

Jedan rabin mi je objašnjavao da se jevrejske heretičke knjige, ako se u njima javljaju božija imena, smiju spaliti ili pocijepati samo ako se ona iz njih izrežu...čak i iz krivovjernih svezaka, rekao je on, djeluje ime Boga...izrezani papirići se onda odlože u potkrovlje sinagoge, a knjige zakopaju dublje od svake rake.

A po jednom franjevcu, spisi u kojima je napisano ime Boga se ne spaljuju, oni se bacaju u vodu tekućicu koja ih onda ispire i raznosi.

(340)

Sjećao sam se tih recepata dok je vojnik knjigama održavao vatru, uskoro je i zadnja izgorjela, razočarana svjetina se razišla...čime je u birtiji pohvaliti?...i samom svešteniku je spaljivanje ljudi pričinjavalo veće zadovoljstvo...plamteća slova ne tuknu i ne jauču, ona se ne brane i ne opiru, ona su hladnokrva i popustljiva...a ja, kao što ne sretoh dva ista čovjeka, tako i ne pročitah dvije iste knjige...

Vatra pročišćava duše ljudi, ona pročišćava i knjige...latinci nisu u pravu kada njihovim „pravovjernim" knjigama pripisuju nesagorljivost, one ne gore jer je u njima heretičko učenje koje plamen neće da dotakne.

Smiren tom mišlju, ja sam kod kuće još jednom prelistao moje tri knjige, prije nego što njih i mene, jednoga dana, spale?

(341)

Usmena riječ prethodi zapisanoj, zato inkvizitori prvo spaljuju ljude, a onda ono što su oni zapisali, oni spaljuju svaku riječ...ali, pogledajte ovu vatru oko koje sjedimo!

...ona nas grije i daje nam svjetlo, kroz nju se prisjećamo spaljenih riječi, zato besjedimo oko nje, i zato će, dok je svijeta, jedni vatrom uništavati a drugi će pored vatre sjediti i uništeno obnavljati.

(342)
Grad nije šta je nekada bio, on je sada podijeljen, ljudi u njemu se ne ponašaju kao onda kada si ti Poitevine ovdje sazrijevao...sada treba šutjeti i bar nedeljom pokucati na crkveni portal...

(343)
Poitevin ne reče ništa, ljutile su ga obućareve neprikosnovene izjave, ko ovako priča taj je pomiren sa promjenom koju su mu drugi nametnuli...popio je mlado vino i neprijazno se oprostio od Arpea...kao da je on uzrok podjeli i lomači...
Arpe je slegnuo ramenima, pomilovao je Alfara po kosi i otpratio ih je do izlaza, htio im je reći da se paze i da se noću ne valja zadržavati napolju, noć štiti samo zločince i doušnike, no oni su se, dva duha, predali mraku lijevog sokaka, koji ih je odveo do obližnje gostionice.

(344)
Avignonci su je zvali „Kod trudne kaluđerice", u njoj će, kako im je Arpe rekao, naći Jouhana, heretičkog agenta koji je pirinejskim izbjeglicama pomagao na daljem putu do Lombardije.
Bio je to prvi susret Alfara (...cijelo njegovo putovanje će biti prožeto tim stalnim gubljenjem čednosti...) sa gostionicom, sa atmosferom i klimom toga vještačkog godišnjeg doba...sa limbusom...
Tu, među istim isparenjima i istim mirisima alkohola i jela, na koje se on sa gnušanjem navikao, u prigušenosti, u kojoj se o suncu i kiši vani niko i ne brine, tu, među istim karakterima i profilima, biće i on prinuđen da zauzme jednu stolicu i da nauči nehajnost te sredine.
Naredaće se tih svratišta i konačišta u njegovom kratkom postojanju, kao vida pribježišta od nekih drugih iskušenja.

(345)
U mladosti je Poitevin u toj gostionici provodio noći, upoznavajući dualizam i dualiste, u jednoj od kužnih komora je zagubio svoju nevinost, od te noći nije više dodirnuo ženu.

(346)
U Hronici piše:

...prepoznaješ li me?...upita Poitevin gostioničarku čija se ružnoća, još od onih davnih dana, nije smanjila.
...da, kao najstarijeg Sotoninog sina...zalajala je ona drsko, provocirana njegovom prljavštinom i nesigurnim sjećanjem...
Poitevin ju je htio ščepati za vrat, ali se u to pojavio gazda, njen muž, i otjerao ju je,

kao suvišno biće, u kuhinju.

(347)

Od Jouhana će Poitevin saznati da je gazda još uvijek onaj koji ugošćava Dobre Lju-
de, saznaće da mu je žena, ,,kaluđerica'', sada vjerni posjetilac jutarnjih misa, jedino
je tvrdičluk i prividne glavobolje sprečavaju da se ne izlaje.
Gostioničar ga nije zaboravio...

Dobro pristigao, Poitevin, vidim da te godine nisu stisle...kao nas ovdje...ne srdi se...
od subote naveče do ponedeljka ujutro se ne smije ratovati, ali smije se piti..ne gnoji
svoje rane masnim oblozima, raskuži ih vinom...
Sebi i vinu su odabrali najtamniji sto gostionice...na tamu su se navikli...
Poitevin je čvrsto stezao svoj krčag, bijesan na gostioničarku i na cijeli ženski rod...
Alfaro se neupućeno osvrtao, pokušavajući da razluči stolove od sjedala a ove od
ljudi na njima...čitav prostor je bio sjedinjen ustajalim nijansama smeđe i sive boje.

(348)
Iz mrkog ugla se začulo:
...odbacite osobu koja traži tamo gdje ničega nema...odbacite onoga koji kuca, jer
kuca tamo gdje nema nikoga da mu otvori...odbacite onoga koji pita, jer pita one
koji ne čuju...
Alfaro je osjetio da se glas obraća njima.
...tako se zemlja izdigla iz njene pometnje, voda iz njene strave, vazduh iz njegovog
zgušnjavanja...a vatra je sastavni dio tri elementa...neznanje se podsmjeva tim pat-
njama...
Poitevin je ustao i otišao do šanka, njegov hod su pratile riječi:...ako neko ne razu-
mije kako je nastala vatra, izgorjeće u njoj...ako neko vodu ne razumije, on ne razu-
mije svoj korijen...ako neko ne razumije kako je vjetar nastao, vjetar će ga odnijeti...
ako neko ne razumije kako je tijelo, koje ima, nastalo, istrunuće sa tim tijelom...ko
god ne razumije kako je nastao, neće razumjeti kako će se otisnuti...
Donio je Poitevin dvije zdjele i obavijest...upoznaćeš večeras Jouhana...
Dok su jeli, tama je šutjela.
Prepao se Alfaro toga muka, onaj koji ne govori taj posmatra...a ko se plaši, taj se
plaši Sotone.

(349)
U ponoć je Jouhan kročio u gostionicu, glas se probudio...oko ponoći ulazi Bog u
raj da popriča sa pravednicima...
Poitevin i Jouhan su se zagrlili i nasmijali.
I Alfaro se osmjehnu očaran Poitevinovim zubima...on ih doista ima, te sitne mlije-
čne zube koji svjetlucaju.
Iz tamnog ugla se začulo...obožavaj Boga, ne njegove sluge...Jouhan skoknu do nje-
ga i, kao iz starozavjetne pećine, izvuče odatle bradatog starca koji se kesio.

Ugledavši tog metuzalema, Alfaro, rasterećen, protrlja zamrla koljena.
...uvijek me je zanimalo šta to heretici za stolom šapore?...zagalami starac, tako da ga je prostorija čula, Alfaro je nanovo uvukao glavu u ramena, Poitevin je prkosno pogledao oko sebe.
...ovo je Cornelis, reče Jouhan, mnogima je on lud, mada je on dobar čovjek...bio je čak i u Vatikanu, gdje ga je Inoćentije III, naš najvrijedniji zlotvor, poškropio posvećenim uljem...

(350)
I kao da se htio pridružiti svim onim tužaljkama koji žale za boljim danima i Jouhan ponovi rečenicu koja je, eto, refren starosjedilaca:
...Avignon nije onaj stari grad, sada samo ludaci ili bar oni koje takvima smatraju, smiju u njemu glasno govoriti....
Alfaro se zagleda u Poitevina, očekujući odgovor, ali ovaj se sada kesio iza svoga vina i ravnodušnosti.
Jouhan se onda raspričao o porijeklu i pripadnosti, Poitevin je živnuo...njih dvojica, veterani svoje vjere, imali su sljedećih sati oko čega suosjećati.

(351)
Cornelis je, kao da mu je ludilo na momenat oslabilo, zabavljao Alfara pričicama... jedna od njih je bila i izvještaj babice Nastazije o rođenju u pećini:
...Marija je bila lijepa kao vinova loza, oko nje su se čuli korali providnih bića koja su šaputala amen, amen...štalica je bila sačinjena od svjetlosti i mirisa...zatim su se svjetlo i ti mirisi otjelotvorili u Dijete.
Usudila sam se podići ga a ono, mekano i toplo, nije imalo težinu kao ostala novorođenčad...bilo je čisto, sijalo je i nije plakalo, smiješilo se i gledalo me pametnim očima iz kojih su izlazile svjetlosne zrake...spustila sam ga u jaslice.
Vol i magarac su ga toplili svojim dahom, ivanjsko cvijeće u jaslicama ga je škakiljalo po nožicama.
Druga babica, Saloma, ridala je, tupo zureći u svoju osušenu ruku...htjela je provjeriti Marijino djevičanstvo.
Tako pripovjedaj na skretnicama i na prevojima, klicaj svjetlosti ali i osušenoj ruci, spominji ludoga Cornelisa..i...dok ste u hodu, ništa vam se neprijatno neće desiti... ali i na cilju, smilujte mi se u vašem sjećanju!

(352)
A onda je žustro uhvatio Alfara za ruku i kao strogi učitelj ga upitao:...znaš li koliko je dug i širok oltarski stolnjak u Jakovljevoj crkvi?...na Alfarovu zbunjenu šutnju je on, akcentom ponosnog učenika koji zna lekciju, sam sebi odgovorio:...širok je devet palaca a dvadesetijedan palac dugačak!...zapamti to, moj mladiću!...

(353)
A zatim trećim tonom, tonom propovjednika reče još...lakše je biti na dnu gdje se može i Dobro i Zlo činiti, nego na visini, gdje Bog samo Dobro dozvoljava!...

(354)
Zaspao je zatim, spuštivši glavu među zdjele i čaše, te posude su mu pritisle sljepo-
čnice i cijelu noć su ga bolili snovi, u njima su mu se nekakve narikače rugale, dok
su ga bradavičave babice, izvlačile iz gostionice...

(355)
Jouhanu i Poitevinu je vino prijalo, odvezalo im je jezike pa ih nisu štedili...mijenjali
su teme, idući od pojedinačnog ka opštem...odjednom su zastali u pokrajini koju na-
zvaše Bosna...Alfaru se prispavalo, bdijenja po gostionicama još nisu bila za njega...
to besmisleno ime ga je razbudilo...

(356)
Dok su se razilazili, objasnio im je Jouhan da će dalje putovati u odjeći Jakovljevih
hodočasnika...tako preobučeni, nećete biti ometani...konji vam nisu potrebni...zdravi
hodočasnici idu pješke...

(357)
Jouhan je kao i obućar Arpe bio Avignonac i katar...dočekivao je on i ispraćao sva-
kojake putnike koje je posao ili nezgoda dovodila...sveznalica, on ih je savjetovao,
obezbjeđivao im je prenočište ili ih je povezivao sa drugim putnicima, uzimajući ne
samo dukate za svoje posredničke usluge.
Zadnjih godina, on se „specijalizovao" za proputovanja vjerske subraće ka sjevernoj
Italiji.
Širokogrudan prema „savršenima", popustljiv prema njihovim nesavršenostima koje
mu nisu izmicale, htio je da i njega neki „savršeni" uvrsti u taj rod...sa tom željom će
i umrijeti, kivan i nezadovoljan.
(...ne mogavši dostići savršenstvo, Jouhan ga je onda ismijavao, a „savršene" je
prijavljivao inkvizitorima...)

(358)
Arpe je bio budan, vazda si ti budan, napadala ga je žena, šta radiš noću?...Poitevin i
Alfaro su ga zatekli sa knjigom u ruci...„Interrogatio Iohannis"...
Sa njom će ga sinovi, budnog, zakopati i on će grebati po grobu, istrošiće nokte i
stravu...
(...rodiće se ponovo u srebrenoj bosanskoj kasabi, ni nju neće napustiti...)

(359)
Jouhan im je sutradan donio hodočasničke pelerine, široke šešire, tašne od jelenjske
kože, štapove sa kukom i željeznim špicem, te čuture za vodu.

...ova oprema je poklon, vi ćete je u Lombardiji drugom pokloniti, onome koji hoće
ovamo...putanja kojom ćete ići je utabana, ali njome se nije lako kretati, ne zbog
visokih brda koje valja preći, već zbog ljubopitljivih hodočasnika i putara...obave-
zno ih pozdravljajte sa riječima...dens, adjura sonate, Jacobe...njihova konačišta su
označena Jakovljevom školjkom, morate li u njima prenoćiti, pođite odmah na

počinak da vas razmetljivci ne bi prinudili na nepotreban razgovor...

Jouhan im je dao i mast za noge koja se sastojala od maslinovog ulja, rakije i loja za svijeće...ova mast čuva i noge i glavu...umotajte svoje duše u rimsko ruho koje inače ni pahuljicu ne može ugrijati!..

(360)

...kako da ti se zahvalimo, Jouhan?...upita ga Poitevin...

...ne novcem...zadnji omotač nema džepova...ali...?

Povukao ga je nastranu, te Alfaro nije čuo njegovu molbu, po Poitevinovim kretnjama, vidio je njenu neuslišanost.

(361)

Cornelis ih je ispratio na vratnicama Avignona...dvojica spavaju u istoj slami, jedan će odlutati, drugi zalutati...

Alfaro, onaj koji gleda i plaši se, ne reče ništa, Poitevin dade ludaku nešto para i dotače mu čelom čelo.

U Lombardiji, njegujući bolesnog Poitevina, Alfaro će se sjetiti Cornelisovih riječi i zaplakaće.

Od Bertranda Martyja je naučio da se bolesniku koji ne može izmoliti Očenaš ne daje ni hrana ni voda...treba mu podijeliti consolamentum i tako ga pripremiti za smrt, za prelaz.

(362)

Alfaro i Poitevin su toga jutra, zbog brdâ, napustili grad.

Alpe

(363)
Spomenimo, iz mile radosti poređenja, da su njih dvojica prešli Alpe istom rutom kojom je i Hanibal sa svojim slonovima marširao...a kojom su i N.N.-ovi Kelti savladavali te „zidine Rima", nadajući se bogatoj gozbi na drugoj strani.

(364)
„Mora spajaju a brda razdvajaju", bio je jedan od državnih principa starih Rimljana, te nisu dragovoljno stupali po brdima i planinama, nastojeći kroz njih proći ili ih, ako nije moglo drugačije, zaobići...hanibalski tenkovi nisu zazirali od gorja...a ni naša dva pješaka...rođeni na Pirinejima (...i njih su slonovi morali preći...), navikli na brijegove, njima su oni bili most...ne međa.
Alfaro će na brodu, koji ga je vodio prema dalmatinskoj obali, obnoviti onu grozu koji je doživio u zraku, okačen kao komad suhog mesa na sajli kojom su ga spuštali sa Montségura...morska voda će za njega biti granica koju će preći sklopljenih očiju.
U Bosni će čuti, da su bosanski planinski vijenci bili morski talasi koje je vrijeme zaustavilo.

(365)
Slonovska ruta vodi od Avignona, dolinom rijeke Durance, kroz kanjon kod Briancona, preko prelaza Mont Genévre (...1854 m...) do Suse...a odatle do Torina, gdje se pravci Hanibala i naših „junaka" razilaze...Hanibal je htio u Rimu promijeniti istoriju...Alfaro i Poitevin su produžili prema Milanu i još dalje ka Garda jezeru, ne razmišljajući o promjeni nego o ponavljanju.

(366)
U srednjem vijeku je prelaz preko Alpi bio najmučniji dio hodočasničkih i trgovačkih cesta, planinska magistrala po kojoj se moglo napredovati samo uz izdašnu potporu čete svetaca...uz karavanske etape, u pravilnim razmacima, poredala su se prenoćišta koja su iscrpljenim pješacima nudila predah i zaštitu od nevremena, noći, pljačkaša i besposlenih vojnika...
Prepadi i pljačkanja se ipak nisu mogli izbjeći, o čemu svjedoče krajputaši ili čovječiji prsti u poručenoj čorbi...sami vlasnici tih prenočišta su, po potrebi, bili u dosluhu sa bagrom.

(367)
Tek na putu će njih dvojica saznati da su najbezbjednije bile komandanture templarskog reda...građene kao seljačka imanja, u njima se moglo spokojno prenoćiti i dobiti nešto za jelo...samim templarima su ciljevi i namjere putnika bili nevažni... svakome su pokorno služili, uvjereni da ljestve do nebeskog Jerusalema treba ovdje dole pozlatiti.
Alfaro i Poitevin su često noćili kod njih, dirnuti njihovom pristojnošću i neutral-

nošću, ne sluteći da će i oni biti osuđeni kao heretici...njihova blaga će biti zaplijenjena a red zabranjen.

(368)
Pričaće im templari o Svetoj Zemlji, o pustinji i oazama, o Salomonovim štalama, o Saracenima i njihovom Bogu i o nekom Machometu (...Muhammed a.s...) koji je učio: „Ako učiniš loše djelo, odmah iza toga učini i neko dobro djelo."

(369)
No, ponekad su morali boraviti i u običnim hanovima, među sumnjivim osobama, i sami drugima sumnjivi...sretali su dobronamjernike koje je nužda natjerala na drum ...sretali su i probisvijet čije povode putovanja je bilo bolje ne poznavati.

(370)
U hanovima su bili ispitivani, najdetaljnije od napetih jakovljevih hodočasnika koji su mislili da pred sobom imaju sapatnike koji se sretni vraćaju sa hodočašća...Alfaro im je revnosno ponavljao ono što mu je ludi Cornelis u krčmi govorio...Poitevin ih je šturo obavještavao o bujicama ili o stabilnosti mostova...davali su savjete, ali su ih i primali, prilagođavajući se mentalitetu putnika...slušati tuđe laži, a sam izmišljati priče...

(371)
Za njih je objed bio najopasniji dio dana...nisu jeli meso i ta uzdržanost pred mrtvim bićem ih je mogla izdati, razbjelodaniti njihovu posebnost...Poitevin bi namjerno poručio svinjsko pečenje a onda bi se svađao sa gostioničarem...ono je neukusno...neka ga on sam pojede...ili dadne štenetu...ili neka ga stavi sebi u...jednom se skoro i potukao sa podbulim krčmarom...Alfaro ih je razvadio, zazivajući Madonu i Dijete iz jaslice.
Najčešće su zato objedovali usputno, jednolično, tvrdi hljeb i još tvrđi sir...

(372)
Snijeg se topio...svuda su tekle vode...nenajavljeno, po njima bi se prosula ranoproljetna kiša...Lucifer je prao Alpe...gazali su po njegovim vodama...uz klizišta su išli dalje, ka vrhu, ka istoku...velelepnost prirode ih nije dojmila, već njena hirovitost... neprijaznost alpskih duhova...
(...na određena brda se smije samo uz religiozne ceremonije stupiti...na njima se ne smije pljuvati ili druge nečiste radnje činiti...)

(373)
Jednoga popodneva su konačno stigli do prelaza i Poitevin je, iz zahvalnosti, tu zastao i pljunuo...vjetar druge strane mu je zaduvao u lice, vratio mu pljuvačku...

Sklonili su se iza jedne od hrpa kamenja koje su tu stotinama godinama slagali hodočasnici i nosači soli ne bi li time udobrovoljili demona brda...i dok je Poitevin slavio Dobrog Boga, Alfarovu pažnju je privukao naduveni i tamni oblak koji ih je ocrnio i produbio im bore...krstasti oblak.

Nije se mogao usrediti na misao koju je Poitevin pri usponu, dok su stenjali pod prevojem, izgovorio:...Isus je preuzeo sve slabosti ljudi...osim Neznanja...

Imao je Poitevin naviku da se sokoli citatima.

(374)

Oblak se raspršio i Alfaro se prepustio zvukovima oko njega.

Osluškivao je tako pucketanje trave ispod Poitevinovih koljena, osluškivao je i njegovo mrmljanje (...Bože, pomozi mi, ali još više pomozi drugome, uvijek drugome pomozi...), kao i kotrljanje kamenja kojeg je pronosila riječna matica...još je čuo fijuk kamena što ga je đavoljev katapult, kao kletvu, slao Montséguru.

(375)

Bernart, zaljubljeni trubadur, patetisao je o tome da u ratu nema ljubavi, svirao je i pjevušio o kamenju koje udara u srce, ili o drhtavici kao ljubavnici.

On, veseljak, pristao je na „utjehu“, spremio se za lomaču, ali zadnju veče je bacio liru niz stijenu, obukao je pancir i tako produžio bivstvovanje u paklu.

(376)

Bernart i Hugo, onaj maloumni Amielov pratilac, bili su Alfarovi vršnjaci i prijatelji, njih trojica, pubertetlije, maštali su o viteškim turnirima i pjesničkim nadmetanjima u Toulousu, na grofovom dvoru...gdje djevice svojim slinavim maramicama nagrađuju pobjednike...

(377)

Samo jednom se Alfaro popeo na bedeme sa kojih su se mogli vidjeti napadači...bilo je vrijeme jela, okupatori su tovili i praznili crijeva...i bili tako maleni da on nije mogao vjerovati u njihovu zloćudnost.

(378)

Poitevin ga je tješio da opsada, normalno, traje četrdeset posnih dana...prva tri dana nas muči glad, u četvrtom smo se na nju navikli...kada je taj prividni rok istekao, ali ne i opsada, onda se i Poitevin zabrinuo, prestao je tješiti žive i dao se na popravljanja pukotina u zidovima tvrđave.

Alfaro će „utjehu“ primiti iz straha, smrknuti Poitevin će ga odabrati za pratioca.

(379)

...i kao da ju je neko (...možda N.N....) tu umetnuo, iskrsnula je rečenica (...Ivanova Koma...menhir i megalit...)...tek u Bosni će se raspršiti njegov strah, nadomjestiće ga drhtanje od zime i od novootkrivene strasti...

(380)

Na visini, na Alpama, po drugi put (...u Avignonu smo je čuli...) se stidljivo oglašava Bosna...taj čeperak zemlje…

(381)

Poitevin je odrecitovao zahvalnicu, Alfaro je dodao jedan kamen najmanjem bre-
žuljku...podstrijek za dalji put koji je sada vodio strmo, uz usku rijeku...trebali su
pratiti njeno korito, sa njim se uvijati ili ga ponekad preći...odmarati se pod stije-
nama na kojima su urezane bezbrojne madone...trudne...uplakane...madone u sni-
jegu...madone koje krvare...crne madone...

(382)

Na sljedećem odmorištu je Alfaro zapitao Poitevina...šta je htio Jouhan od tebe?...
htio je da ga uvedem u red „savršenih“...pa što mu nisi dao „utjehu“?...on je nama
korisniji kao griješnik...ali njegova duša, šta je sa njom?...uskliknuo je Alfaro...no,
Poitevin je istrošio odgovore...zagazio je u rijeku...rastjerao pastrmke...pljunuo je
po drugi put...

(383)

Ja sam, prokletim autobusom, dva puta u istoj godini prešao Alpe...kao da se radilo
o nekakvim stočarskim penjanjima i spuštanjima, u ritmu jeseni ili proljeća, kao dik-
tati migracionih sezona (...u jesen prodajemo jalovu stoku, u proljeće ovnove i ždri-
jepce...)...meni se, a i Alfaru i Poitevinu, opet desilo proljeće na vrhu brda...

(384)

Nas trojica smo se iseljavali, išli u neispitano...ja sjeverno, oni istočno...ako hoćeš
propovjedati, popni se na goru...ili uđi u obližnju kafanu...nas je očekivala ravnica...i
strah od nje...

Lombardija

(385)

Oxfordski učenjak je, bockajući po rimskoj (...ili je to bila etrurska?...) mitologiji, iščeprkao nekog nudističkog poluboga-smetljara, koji je nekoć pomeo smeće Evrope na jednu hrpu...nazvavši to đubrište Alpama, on je pod njime poravnao plodnu Lombardiju...
(...Alpe su nastale na mjestu sudara evropske i afričke kontinentalne plate, dakle, radila su tu dva smetljara...)

(386)

Došli su u tu Lombardiju one godine u kojoj je Inoćentije IV, po uzoru na pet Isusovih rana, bolovao od pet bolesti:
...upad Mongola, grčko preziranje krila majke crkve, muslimanska osvajanja Svete Zemlje, porast heretika i Fridrichovo arogantno ponašanje prema vatikanskim pristašama...uzalud je Inoćentije zazivao pet Marijinih radosti da mu olakšaju muke...

(387)

Sjevernoitalijanski grad u Hronici je vjerovatno Milano...prostran i pljosnat, okrugao i pun čuda (...De magnalibus Mediolani...), učinio ih je nesigurnim...od njegove širokosti su se krili po skučenim tavernama, bodreći se krčazima vina...u njima su odbacili hodočasničku spremu i navukli „normalnu" putničku odoru...sami sebi smiješni u njoj...

(388)

Hronika skicira samo jednu epizodu u tom gradu, na bijelom katedralskom (...sjeverna gotika...) trgu, spoju svih milanskih saobraćajnica, gdje su preprodavani prestrašeni robovi iz Bosne...toga dana su nuđena četiri čupava muškarca i dvije ljupke žene...piše u Hronici:

...Alfaro je (...avignonska noć u kojoj se i Bosna opila...) nagovarao Poitevina da otkupi to nemušto roblje, znao je da imaju novca i samilosti, znao je da...ali Poitevin ga je suho odbio...mi imamo drugu misiju...zavukao se u obližnju gostionicu...Alfaro je ostao još jedan momenat na trgu (...na trgu posrnu istina...), zagledan u te mučenike...nemoćan i žalostan...u sebi je nazvao Poitevina izdajicom, bezdušnikom, tvrdicom...

(389)

Gledaoci oko njega su grdili bosansku kugu, psovali je, smijali joj se...
Roba je stručno ispipana, pregledani su zubi, dlanovi i butine...dvije žene su skupa pazarene, muškarce su razdvojili...pokorno su oni pošli za svojim gospodarima, Alfaro je pokorno pošao za Poitevinom...kupljeni su nizašto ali biće i bez novca otkupljeni...reče mu Poitevin, uviđajući Alfarovu ozloјeđenost i tugu...

93

Dugo se te noći Alfaro vrtio po posteljnim daskama, iznervirani Poitevin ga je uda-
rio laktom u šesto rebro...zorom su, neispavani, krenuli prema svome krajnjem cilju,
prema Garda jezeru, ostavljajući iza sebe okrugli grad i hiljade kućnih vrata...
(...Bonvesin, pisac „Čuda Milana" ih je brojao...)

(390)
Ta jezerska voda, šezdeset metara iznad mora, biće opisana kao „ispali komad neba"
...oko nje se Alpe i Mediteran ujedinuju...uz nju prolaze istorije i ljudi.
Verona, Trient, Brescia, Mantua a najčešće Venecija i Milano su zbog toga jezera
ratovali...od njegove privlačnosti i podatnosti važniji je bio strateški položaj...ipak su
gibellini i guelfi jednako uživali u produktima toga predjela...limunovima, naran-
čama, vinu, ribi i maslinama...

(391)
Na toplijoj, južnoj obali je gradić Sirmione...načinjen od etera, boja i aroma, kao Isu-
sova jaslica...Salve, o venusta Sirmio...tako počinje erotičar Catullus hvalospjev i
tako počinje tradicija koja tu hvalu prenosi i do današnjih turističkih dana...
Otprilike u polovini te tradicije su Alfaro i Poitevin gosti toga komadića neba.

(392)
Sirmione je smješteno na vrhu poluostrva čija je dužina četiri kilometra, a širina se
mjeri u metrima, te ono liči...iz aviona gledano...na tanak rep umočen u plavi žele.
Cesta koja vodi do Sirmione je u srednjem vijeku bila oivičena danteovskom šu-
mom.
Kroz nju su morali Alfaro i Poitevin proći da bi bili srdačno dočekani od katarsko-
patarenske zajednice, koja je u ljepoti savila utočište.
(...u Sirmeoni a i u drugim naseljima oko jezera, namnožile su se heretičke skupine,
bratstva i redovi...katari, patareni, valdenzi, lionski i drugi siromasi...po Desenzanu,
mjestu nedaleko od Sirmione, čitava jedna struja u dualističkoj matici je dobila svoj
naziv...)
Gostoprimcima su pokazali montségurske olovne pečate kao propusnice u ugodnost
...poklonili su im hodočasničke odore...predali su im i montségursku literaturu kao
plaću za njihovu istrajnost...oraspoložili su a onda rastužili desetak zemljaka-izbje-
glica, koji su ovdje svakodnevno planirali povratak kući...

(393)
Alfaro i Poitevin su konačno mogli svući odjeću putnika...okupati se...ispavati se...
Udomili su se kod kosatog prodavača limunova Malmedora, bjegunca iz Béziera
(...pobijte ih sviju, Bog će svoje i onako prepoznati...), koji je kao dječak došao u Sir-
meone i tu ostario...dao im je on sobu sa prozorom prema jezeru...neće ga oni nika-
da zatvarati, puštajući jezerske nimfe da im hlade posteljine...

(394)
Bernardo Olibi, budući patarenski biskupi, a u to vrijeme još zelen i još idealista,

spreman da pomogne...prošetao je sa njima gradićem, obalom i zaleđem...predstavio im je i pohvalio krasotu...Bernard nije bio prorok...7. novembra 1276. godine će veronska milicija, poslušna papi, pobiti ili pohvatati heretičke stanovnike Sirmeone... uhapšeni će biti odvedeni u Veronu, gdje će neki okončati u tamnici...njih 177 će biti spaljeni u gladijatorskoj areni...a i ostarjeli Bernardo sa njima... „Ako tko u meni ne ostane, bacit će se kao mladica napolje i osušit će se.Takve potom skupe i u oganj bace da gore.“...uspostavljao je Nazarećanin inkviziciju u Ivanovom evanđelju...zakoni Gratiana, Valentiana, Teodozija i Justijana će uparagrafisati taj falsifikovani nalog... (...Scaligeri, gibellinske poglavice Verone, zavladavši južnim obalama jezera, kolebljivi u svom neiskustvu, nisu se htjeli zamjeriti papi koji je od njih zahtijevao metalnu podršku u sukobu protiv kajzera, umjesto svoga novca, oni su rađe žrtvovali besplatne i miroljubive heretike...)

(395)
U suštini, ti „vanzemaljci“ su mogli nesmetano živjeti, hapšenja i proganjanja su bili periodični iznimci...inkvizicija ih je, pod uticajem milokrvnog Franje Asiškog, rađe proganjala riječima...u sjevernoj Italiji su napisani najbolji i najtiražniji antidualistički traktati...

(396)
Pripiti i svadljivi feudalci su se rado tukli...a pošto se katari nisu, kao što je to bio slučaj u južnoj Francuskoj, stavljali pod njihov patronat...između gibellina i guelfa...biti gibellin ili guelf...za njih nije imalo nikakve prednosti...i papa i kajzer su imali iste antiheretičke zakone...parfaits su prezirali oružje, vjera im je zabranjivala ubijanje, ili bilo kakvu upotrebu sile, te od njih zaraćene strane nisu imale ratne koristi...puštali su ih da u miru love ribu i gaje voće...jer nešto se mora i čalabrcnuti u pauzi dviju bitaka...

(397)
Tako su, u vrijeme dolaska Alfara i Poitevina, jezerski ribari i voćari pošteđeni većih progona...mada su vladari nestalni i prevrtljivi, mada susjedne komune, kao i svagda, ratuju...neprijatelj nas uzdiže, rekoše domaćini svojim gostima...možda je ovaj sadašnji mir varljiv, ali mi ga moramo podržati, u njemu nam je data mogućnost da se pripremimo za dolazeća ispaštanja...

(398)
U treće predvečerje nakon njihovog dolaska, zatičemo Poitevina i Alfara sa Bernardom i Malmedorom pod dorskim stubovima, na trećem Filozofovom brežuljku... oni ne razgovaraju, oni drže kratke govore, svako za sebe, nijemo ili poluglasno... prepisujem iz Hronike...

Sunce je zalazilo, četiri heretika, četiri još neraspadnute mrcine, udišu mirise maj- *čine dušice i nane, oslonjeni na stubove pod kojima su se i stari Latini istim mirisi-*

ma uzbuđivali...idealan preduslov za prijatan razgovor...ali Poitevin je bio zamoren kvrgavom stazom i razočaran u sadašnjost...krasota i mir oko njega su mu smetali... motao je travke oko prstiju, nije znao da se sa malo umora bijeg lakše podnosi... sada, na cilju, njegova žilavost prognanika je popuštala... Bacio je smotane travke među svoje otekle noge...jutros se zapitao šta će on ovdje...i nije znao odgovor...zna li ga ovaj Bernardo?

(399)
A ovaj, prije par sedmica prosvijetljen i time obodren, hvali njihovu ustrajnost i izdržljivost u vjeri i u ovome paklu...od sada nemate čega da se plašite...sada ste sa vašim sapatnicima...avantura je svršena...jedina pogibelj je neznanje Dobra...vi bar znate šta ne valja...vaši svjedoci su sa vama, duše ljudi koje ste znali ili knjige koje ste pročitali...saznanje je spašenje...mada je nekima dovoljno listanje Ivanovog evanđelja...ili naš Očenaš...Saracenu je dovoljna prva sura Kurana...Židovu neka talmudska izreka...pravednik je temelj vasione, a vi ste pravednici...
Bernardo nije bio prorok...bio je prenosilac...zašto je Poitevin zamišljen, ne treba puno razmišljati, čovjek stari brzo...ili poludi...naročito ako misli samo na jednu stvar...čovjek treba imati hiljade stvari u glavi, treba imati konfuziju u glavi...

(...Goethe je, na svom putovanju po Italiji, sreo jednog oficira koji mu je preporučivao istu konfuziju...)

(400)
I onaj nazadni Amiel je slično pametovao, pomisli Poitevin, razvlačeći ukradene riječi...obojicu je mogao lakše zamisliti u dominikanskoj klauzuri nego na zboru prosvjećenih...iz njega lije pamet kao da je sva vina ovoga svijeta isprobao...možda hoće da prikrije svoje nerazumijevanje smrti...ili strahuje da ga njegovo „savršenstvo" ne prevari....tako je mislio, a rekao je suzdržano...Montségura nema, nema ni himni koje smo na njemu čuli, ostali su zidovi i vjetar u njemu...zidove i vjetar ne možemo propovjedati...ova ljepota oko nas nije naša...moja ljepota...i ovaj mir nije moj mir...ove ruševine na kojima sjedimo, liče na neke druge ruševine...dosta mi je propovjedanja onoga što je prošlo...obznanjivao je Poitevin svoje neraspoloženje ...svoju konfuziju u glavi...
Kao da su ga čuli, nepokršteni zrikavci oko njih su zamuknuli...Poitevin se naslađivao njihovom zbunjenošću...

(401)
Malmedor, nagrižen tišinom i crven od zalazećeg sunca, zagalamio je u sebi na zrikavce...zbog nedaća i uprkos njima ste ovdje...ne treba uzalud preći tolike razdaljine...razdaljine vas zadužuju da propovjedate montségursku školu...tako je mislio, a rekao je blago...Isus je u izgnanstvo ušao direktno iz Marijinog uha...u Starom Zavjetu...Sotona ga je napisao...stoji da je Bog istjerao Adama i Evu iz raja u prvi egzil...svi smo mi izgnanici, izgnanici u materiji, pa nemamo šta izgubiti i nemamo

se čega plašiti...mi nismo vlastodršci, iza nas ne stoji nijedna vojska, nijedna partija
...i ime smo iznajmili, možemo i drugo uzeti i nikome nećemo zasmetati...nije naše da
završimo posao koji smo naslijedili, ali nismo ni nadležni da ga se odreknemo...

(402)
Alfaro je bio zadovoljan svojim novim boravištem...već dvije noći spava u postelji
bez tuđih ušiju...sada, gledajući Poitevina, njegovo blaženstvo se povuklo, zastidio
ga se...koji to osjećaj...ili misao...tišti Poitevina?...od onoga jutra kada su oni izašli
iz Avignona, Poitevin se nije nasmijao...dobro, bio je i inače škrt na usnama, škrt
govorom i osmijehom, ali se nije nikada žalio...šta li mu je sada...trubadur Bernart
mu je rekao, da je najzamašniji onaj trud kojim se smanjuje samoća čovjeka...

(403)
Kuražno je odlučio da citira svoga učitelja Bertranda Martya...kao da čita teški
tekst, sricao je...ako ustraješ na tome da svijet za sebe postoji, onda nema nikakvog
zakona...ako ustraješ na tome da zakon za sebe postoji, onda nema svijeta...štap se
hvata istovremeno za obadva kraja...ne smije se biti nepokolebljiv i sujetan jer inače
ništa neće postojati...Bertrand Marty me je isto tako učio da pred Svjetlom pro-
padaju ovozemaljske sile...riječi ispraćene od Svjetla okrepljavaju onoga koji prih-
vata Svjetlo...taj preživljava proganjanja...oružja zastarjevaju ali Dobro ne...nije
Alfaro bio siguran da li je učitelja tačno citirao...

(404)
Poitevin se raznježio...eto, Alfaro je umjesto njega progovorio...on ne potiskuje svoj
strah, još ga ne krivotvori, on navija za Dobro ali ga ne raspoznaje...mora nakupiti
još krvavih klinova...ja se svakog jutra budim sa slutnjom da je zlo druge probudilo
...ono je posvuda, pa i ovdje rađaju majke ubice i kradljivce, lovce i zločince...i ja
sam evo mudar...ali htio sam samo reći...da se radi o nama običnima koji bježimo...
a bijeg nam ne donosi ni mir ni izbavljenje...

(405)
Na drugoj obali venecijanskog mora je naš papa...reče Malmedor...tamo lebde
pneume...kome se ovdje ne dopada, može još dalje otići, otići do te zemlje...tamo nije
niko izgnanik...zovu je Bosnia...ili tako nekako...

(406)
...naši su išli tamo kao djeca, a vraćali su se kao proroci...dopuni ga Bernardo, da bi
zatim, sam sebi proturječio...zlato je, naravno, kod kuće, u tvom zavičaju, ali ako
hoćeš da ga nađeš, moraš napustiti zavičaj, moraš se otisnuti u nepoznato...jedini
spas za nas proganjane je da odlazimo, da vječno bježimo tamo gdje nam neko
zbori o nadi...

(407)
Alfaro i Malmedor su klimali glavom ali ne i Poitevin...u prostoru nema spasa...
prostor je mrtvačnica...spas je u vremenu...u duši...Dobri Ljudi iz Bosne su bili kod

nas, ali šta su nam oni donijeli...knjige...sasušenu tintu...savjet i obećanje...gdje su oni danas, dok smo mi ovdje, daleko od zemlje u kojoj smo rođeni...mi smo vama donijeli knjige koje vas neće naoružati, kao što ni nas nisu mogle...oružje paše ruci bolje od knjige...

(408)

Poitevin se uželio samoće...Bernarda su vlastite riječi zadivile...Malmedor je pomislio na sutrašnji radni dan...Alfaro je bio zapanjen svojom memorijom...a i čudio se da je Poitevin večeras imao drugačije mišljenje o toj Bosni...u Avignonu su je on i Jouhan slavili, tamo je ona bila ravna raju...

Pogledao je u njegovu crvenu kosu...neki pijani skitnica je u alpskom konaku rekao Alfaru, da je krv crvenokosog čovjeka slađa od vina...

Sunce je, sito njihovih heretičkih izjava, u međuvremenu zašlo...svjetlost se povukla pred tamom...nisu oni primjetili kako je zemlja svoju ohlađenu polovinu okrenula suncu...

(409)

Odlazeći na počinak, Poitevin će se upitati:...gdje ću položiti svoje kajanje i kome ću se o svojim prekršajima izjadati?...

Alfaro će, nedužno, loviti komarce.

...jednog od naših su stavljali u vatru i vadili ga iz nje da bi se on pokajao...zar ne osjećaš oganj, zar ne osjećaš kako te prži?...no, on se smiješio...dželati, rasrđeni, pustili su ga da izgori, ne shvatajući da se vatra može pretvoriti u rosu...

...pa to je znak njegove izdignutosti i sabranosti!...reče Alfaro...

...ne, to je znak njegove gluposti!...

...ali ako je Bog od vatre načinio rosu, onda je "savršeni" dobro učinio da se dao "spaliti"...nije Alfaro popuštao...

...ko ovdje pripovjeda o Bogu?...možda je to bila Luciferova varka?...

(410)

Sljedećih sedmica je Poitevin učio kako se lovi riba, a Alfaro kako se gaji voće...uživili su se u okoliš i klimu, navikli su se na oštrinu ribljih kostiju i slatkoću voćki, prilagodili su se jezeru...Alfaro se rado sa svakim družio, a Poitevin je svakoga izbjegavao, jedino mu je Alfarovo društvo godilo...on mu je bio živa spona sa Montségurom, kroz njega se sjećao...

(411)

Želeći da ih razonodi, gostoljubivi i dobroćudni Malmedor im je jednoga dana predložio da pođu sa njim u Veronu:...i u njoj ima vaših zemljaka...možda kojeg i prepoznate?...Poitevinovu nemirnost je to putovanje moglo smiriti, a Alfaro nije mogao bez Poitevina zaspati, te su uzeli štapove i pošli prema novom gradu...

(412)
Njima će taj bezbrižni izlet biti zadnji boravak u Lombardiji.

Poitevina je već prve noći u Veroni obuzela neka izmaglica, ličila je na trodnevnu groznicu koja dođe i prođe...ali i u četvrtom danu je njega, tanku trsku, ona još tresla...

Malmedor je imao obaveza kod kuće, te su Alfaro i Poitevin ostali sami...i ta prijeteća bolest sa njima, koja se Malmedorovim odlaskom pojačala.

(413)
Vrućica, znoj, trzaji mišića, neobuzdano disanje...Poitevin je uporno šaputao Očenaš...još sam jak, nisam još za oproštaj...satima se on naprezao da savlada bolest, sve do jedne kišne noći kada ga je ona otjerala u bunilo, a Alfaro mu, po katarskom pravilniku, uskratio hranu i piće.

(414)
Sljedeće dane i noći, bez Poitevina, provešće Alfaro maštajući o Bosni, u kojoj ga još niko ne zna, ali ipak se u njoj sprema njegova dobrodošlica.

Ta maštanja će prekidati beskonačne varijacije istog sna u kojem se Poitevin pokušava u Očenašu, mrmlja ga na provansalskom, latinskom i italijanskom, darmar riječi...krv mu kaplje iz nosa, vapi za vodom ali mu je Alfaro ne daje...milicionari zvekeču po hodniku...svijeća na stolu titra od udaraca...u susjednim sobama neko kuka i jauče...a onda svi zvukovi i jauci prestaju...iz mukâ i stanke bježi Alfaro kroz prozor...sa Poitevinovim novcem i svojom knjigom...bježi u noć...mačijim ulicama do zabravljene gradske kapije...gdje onda drhti do zore...
Taj san...vjerovatna stvarnost...stvarno maštanje...pratiće ga...do Bosne...

(415)
U zoru su stražari otključali kapiju, Alfaro je stupio u suprotni vijugavi pravac...a zvat će se sveti put, prljavi neće njime proći, bezumnici neće njime lutati...taj pravac će ga otpraviti do Venecije...do mora...

(416)
U Milanu ga je širina grada otjerala u tjesnoću prve taverne...u Veneciji ga je njena elengancija zaprepastila...palasti koje voda ne pokreće, čamci krcati robom, snene gondole u kojima se vozikaju gorde žene...mravlji promet po uskim kanalima i još užim ulicama...a on...smeten...i sam...trebao bi biti „kathairos"...ali je pomiješao obrede sa pokretima...prelazi sa ostrva na ostrvo...približava se moru...

(417)
Spazivši to modro (...purpurno, zeleno, sivo...) gibanje, odmah mu je okrenuo leđa i opet šmugnuo u obližnju gostionicu...najlakši način da se pobjegne od stvaraoca...
U toj birtiji, punoj jezika i vina, saznao je kako će stići do druge strane mora i još dalje od njega...do granice ultraheretičkog prostora...
Prolaz do njega, a i do drugih prostora, opisao mu je pijani jednooki venecijanski mornar...Alfaro mu je točio vino, a ovaj je sa svakom čašom sve dalje i dalje putovao.

Jeli su jako zasoljenu ribu.

(418)
Venecija je svoje bogastvo začela ribom i solju...drugi kažu...začinima i robovima...
treći kažu...svojom piratskom flotom...a četvrti se šale i govore o pastasciutti...
Naročito je so bila ona vrijednost kojom su Venecijanci mogli drugima upravljati...
po sistemu...razmišljaj i računaj.
No, riba i so im nisu bili dovoljni, trebao im je još probraniji saveznik...uz arapsku
saradnju, za pedeset cekina, kupili su promućurni Venecijanci relikvije sv. Marka od
jednog manastira u Aleksandriji...carinu su prevarili tako što su kovčeg sa relikvijama prekrili nesoljenom slaninom, koju muslimanski carinici ne htjedoše dodirnuti.
Najmirnijm morem je sv. Marko dojedrio u Veneciju i od tada, bar tako kažu Venecijanci, njihova republika svoje bogatstvo pripisuje Apostolu a ne ribama i soli...

(419)
Između dva cara, vizantijskog i rimskog, između pape i sultana, u vrtlogu sredozemnih zbivanja, Venecija je držala vjeru van politike a trgovinu van vjere.
Samo je jedan venecijanski dužd proglašen svecem, on se povukao u manastir u Pirinejima, gdje ja kao monah umro, kao relikvija se vratio u svoj grad (...nakrcan
relikvijama...).

(420)
Nalokani mornar mu se hvalio svojim mornarskim iskustvom, razbacivao se stranim
riječima, koje je zatim sveznalački tumačio Alfaru...uglavnom su to bili izrazi vezani
za novac i žene...
Pri trinaestoj čaši vina, sasvim omamljen, rekao je mornar „pička" a zatim je Alfaru
objasnio šta znači ta riječ...i čija je to riječ...i kakve sve forme ona podrazumjeva...i
gdje je ona...i kako se do nje dolazi...i koliko košta...Alfaro se zacrvenio...uvrijedila
ga je ta riječ, a i uho koje ju je primilo...pitao ga je...kuda...a on mu je pokazao četiri
pravca...

(421)
Prošetao je pijacom roblja koja se nalazila na trgu Sv.Marka...većinom „sclavi"...
Slaveni...italijanski sinonim za robove...tu i tamo po koji Ugar...čak i crnac...i bo-
sanski „sclavi"...
Šunjao se oko tih grupica....imao je novca i samilosti ali nije nijednu dušu otkupio
...nije zazvao Poitevina...

(422)
...besposleni kormilar se raspričao sa Alfarom...nosio je široku kabanicu kojom je
maskirao svoj vrećasti stomak i svoju besposlenost...bolje je biti besposlen nego rob
...ili heretik...kao ovi ovdje...preporučio je Alfaru brod koji uskoro treba da otplovi
za Zaru...Zadar...opomenuo ga je da u Zadru još ima krivovjeraca...ali, hvala Bogu,
većina u njemu je rimske vjeroispovjesti...treba ipak biti oprezan zbog vukova sa-

motnjaka...dominikanska i franjevačka braća paze da se stado ne rasprši...u blizini njihovih samostana i pokraj te smjerne braće, nema opasnosti po dušu i tijelo...ali iza Zadra, u prašumi, tamo se ne čuje liturgija, tamo nema samostana, možda par crkava, a i one su bez raspeća...ali zato su se namnožile šume i čopori vukova u njima...

(423)
Da li je ta Alfarova opsjednutost tom zemljom bila iskrena...je li ona otklanjala pomisao na Poitevina...da li je on u tim danima obnovljenog bijega uopšte mislio na Poitevina...da li je na bilo šta mislio...ili ga je Dobri Bog slao da luta ulicama i preskače kanale grada, tražeći izlaz iz njega...?
Ne odgovarajući na te sumnje, Hronika nam kaže da je Alfaro, u sumornoj zori, skoro krišom, ušao na brod čija je sljedeća luka bio Zadar, grad na slavenskoj obali Jadranskog mora...
Prvo evanđelje je na zapad stiglo brodom...Alfaro je zaplovio brodom u potragu za njim.

(424)
Boraveći u Veneciji, kanal dalje od Canale Grande, i ja sam, nalik dušebolnom Alfaru, bio sam ali meni se nigdje nije žurilo...nije bilo broda za mene, mogao sam uživati u vinu, ne dijeleći ga sa drugim...
Kao i Alfaro, i ja sam lutao ulicama, ulazio sam u crkve pored kojih je on prolazio, razgledao sam relikvije u staklenicima...tamjan (...molitva svetaca...) mi je dražio nozdrve i želudac...nisam mislio na N.N.-a nego na Marthu...ona mi je, želeći me valjda utješiti, jednom rekla:...Marta je posluživala Isusa a Marija mu je kosom brisala noge...služavke se ne cijene...
N.N. bi se tom poređenju nasmijao; bio je od onih ljudi koji smijeh zloupotrebljavaju...nasmijati se, a onda zaplakati...ili ispričati otrcani vic...ponekad nisam popuštao, provocirao sam ga...on bi se još raskalašnije zacerekao...danas ga kažnjavam time što ga sve rjeđe prozivam.

(425)
A dok ovo pišem, prizivam Poitevina i njegovu smrt...muka izgnanstva...ili spretna bakterija...klinički ga je poništila...on se, neprimjetno za druge, koprcao...„savršeni" Alfaro ga je nesvjesno dokrajčio...Poitevinova samoća je na kraju prevazišla Alfarovu...ta ga je samoća oborila...nekome je on zavjetovao svoju dušu, umirući naizgled banalno i bespotrebno...
Prije Garda jezera je Alfaro zazirao od ljudi...Poitevin ih je i prije i poslije prezirao (...prema Alfaru i prema avignonskom ludaku je iskazao muškobanjastu nježnost...), pa ga pisci Hronike nisu poštedjeli...pošto je on Alfara sretno doveo do Garda jezera, odlučili su da ga se riješe...rekli su...ubijmo ga jakom bolešću...

101

Na granici

(426)

„...bio je to sa svih strana zatvoren grad, visokim zidovima i kulama zaštićen, ljepšeg i bogatijeg nije bilo u okolici...“, piše hroničar četvrtog krstaškog pohoda, dekorišući tako Zadar, grad slavenski, grad ugarski, grad protumletački...grad na rubu mora i na rubu kopna...

Već duže vremena je sveta armija ketila na jednom od 118 venecijanskih ostrva, čekajući obećanu flotu koja ju je trebala prebaciti do raskošnog i griješnog Konstantinopolja...no, Venecijanci su bili strpljivi, krstaši su im dugovali novac za prevoz te ma koliko krstaška zadaća bila uzvišena...molim lijepo...neka gospoda krstaši napune kesu i plate prevoz...

(...Mlecima je vjerski problem bio najprije novčani problem, i svoga dragog Marka su oni kupili samo da bi se on brinuo o njima...)

...ali gospoda su bila bankrot...kokuzi...jedina vrijednost koju su imali bilo je njihovo oružje...a i ono će zahrđati ako ga ne budu uskoro upotrijebili...

Dužd Dondolo, devedesetogodišnjak, slijep i gluv, predložio je (...nadahnut duhom Svetoga Marka ili staračkom bistrinom...) krstonositeljima da napadnu grad Zadar: ...nije on daleko...opljačkajte ga...plijenom zakupite naše lađe...plijenom naduvajte njihova jedra...

Kada su se vođe pohoda pobunili protiv tog prijedloga...pa to je kršćanski grad...Saraceni i Židovi su naši neprijatelji...dužd ih je poučio da su njegovi stanovnici...a i oni u zaleđu...odmetnici, izdajnici, prokletnici, babunski heretici, bogomrska jeres, pseudokršćani...bilo bi bogougodno djelo i bilo bi kršćanski ih za njihovu štetnost kazniti...i tako već i na putu do Svetog Groba pokazati pobožnost...

(...a našem Svetom Marku, mislio je dužd hladnokrvno, izvaditi taj bolni trn...)

(427)

Zadar će, po ko zna koji put u svom razvitku, biti napadnut i opljačkan, krstaška rulja će isplatiti dug i venecijanski brodovi će je prevesti ka hrišćanskom Konstantinopolju da i njega opljačka i zapali...u Vizantiji nekoga oslijepiti znači lišiti ga vlasti... slijepi dužd osvoji glavni vizantijski grad...

(428)

Učesnik četvrtog časnog pohoda bio je i izvjesni francuski grof Simon von Montfort.

Odbivši da sudjeluje u jurišu na Zadar, on je, sa svojim vitezovima, otišao kopnom u Svetu Zemlju da bi se ubrzo iz nje vratio razočaran, ne halapljivošću i krvožednošću drugih krstaša, već njihovim ratničkim neumijećem.

U domovini je, dosađujući se, listao Bibliju i naišao na stih...jer on je njegovim anđelima naredio da te štite...preuzeo je vodstvo u ratu protiv katara...zavjetovao se da će ih istrijebiti...Jedinu Crkvu zaštiti...ubijao je dok mu nije jedan kamen (...komad stećka...), bačen ženskom rukom, (...ruke su joj kao u kao berbera...) probio kacigu...

(429)

Hronika nas izvještava:

Stigao je do Zadra memljivim venecijanskim brodom.

More je bilo mirno ali je on ipak morao povraćati i tako veseliti ostale saputnike i posadu broda.

Mornari su mu dobronamjerno davali vino da umiri stomak, on ga je krišom prolijevao.

Kada nije bljuvao, čučao je uz jarbol, što dalje od modrih i slanih voda, bavio se znanstvenim pitanjima...ako oblaci izlaze iz mora, zašto kiša nije onda slana...

(430)

Konačno u zadarskoj luci, prvi je istrčao na kopno...i povratio...ključanje u stomaku mu se stišalo...lučki pas je njegovu bljuvotinu slasno polizao...

U Zadru je susreo dominikanca bez zjenice, rodom iz Italije, novajliju inkvizitora, koji se tu spremao za službu u Bosni...i sa mukom učio slavenski jeziki.

Nedeljom bi on obilazio morsku obalu tražeći tijela nastradalih u brodolomu, brodolomnici su bili plod njegovog posta i on ih je, uz „aleluju", sahranjivao pod čempresima.

Njihov razgovor, razgovor heretika i pravovjerca, bio je prožet ushićenjem ovog zadnjeg, prouzrokovanog samouvjerenošću i pouzdanošću u buduću misiju.

(431)

Upirao je sivi brat neodrezanim noktom na zaleđe grada:...tamo, iza ovih brda, stoluje crni antipapa, neuki mu se dive jer nisu u prilici nešto drugo čuti, riječima zaluđuje on siromašne duhom, antikristovim pljuvačkama im maže oči, ali mi, dominikanci, i naša Jedina Crkva ćemo im ukoloniti tu mrenu...

Alfara su izazivale te riječi, izazivala ga je i siva boja njegovog habita, htio mu je priznati svoju hereziju, izazvati ga tim priznanjem...siva usna je neumoljivo nastavljala...zvanice tog antipape su bile i u ovome gradu, te je on bio proglašen heretičkim brlogom, božiji vojnici su iskrčili korov u njemu...ima i danas ovdje još pritajenih lisica (...a u kojem, osim u božijem, gradu nema ološa?...), ali mi sada bdijemo nad vinogradom i mi ganjamo lisice po njemu...

Prvo, besposleni kormilar a sad besposleni dominikanac...prvo vukovi, a onda evo i lisice...mislio je Alfaro...besposličari i zvijeri oko mene...ja sam tek uplašena i usplahirena pirinejska kokoška...

(432)

Bio je to još jedan od neizazvanih susreta, još jedna neobavezna izmjena riječi u kojoj je on proizvoljno redao upitnike...klizavi koraci ka njegovom svršetku...neizbrojana brojanica usamnjenika...

Alfarovu suzdržanost su sagovornici tumačili kao trezvenost, on je mladi trgovac koji započinje karijeru, njegova raspitivanja o hereticima su normalna prikupljanja obavještenja o tuđini...ne posluje se naslijepo, a heretika se uvijek treba bojati...

(433)
U Zadru se skitao, praćen lučkim psom koji se nadao slasnom povraćanju, ponovo se skitao po ulicama jednoga grada...obilazio je kojekakva svratišta, motao se po luci ...veronske slike u glavi su ga podsjećale na to da Poitevina nema jer ga je on ostavio ...hodati, ići što dalje, ka svojoj nadi, ka ispunjenju, ići tamo gdje me niko ne zna... U tom hodanju ga je Poitevinov duh i dalje čuvao od prejakih iskušenja, izgledalo je da mu se ništa loše nije moglo desiti...nedodirljiv i neranjiv, mogle su ga oboriti tek bolesti iznutrice...
Kupio je malog konja ne cjenjkajući se oko njega, kupio je svoga roba, trebao mu je poslušljiv sapatnik, izmučena zvjerka da ga nosi...ka nadi, ka ispunjenju...psa je otjerao...

(434)
Malo puteva vode do granice „heretičkog brloga"...on je odabrao onaj obalom mora do rijeke Neretve, do trga Drijeva, put koji se provlači između slane vode i oštrog kamenja, između dvije boje i dva stanja...najljepši dio ove prirode je taj put koji vodi ka Bosni...
Ne zna se, je li on taj predio proputovao sam ili u kakvom sumnjivom društvu...?

(435)
Zadnje godine su dalmatinski gradovi (...Split i Trogir...) međusobno ratovali, to jest pustošili obalu od jednog do drugog grada...i kroz tu pustoš je morao Alfaro proći, projahati je kao kroz Langdueoc...kuće, štale, vinogradi, maslinova stabla, kamenom ograđene njive...sve je bilo satrto, porušeno...jednostavno, konjskim potkovicama i ljudskim ludilom pogaženo...
Čuo je da su tuda harale i bosanske patarenske trupe...ko zna, možda je trebao opomene i prijetnje prihvatiti kao dobar savjet, Poitevinovu tvrdnju da u prostoru nema blagoće?...

(436)
Morskim okukama došao je on do rijeke...

(437)
Dolina rijeke Neretve je oduvijek bila glavni krvotok između mora i planina. (...pjesnikinja: more liči na ljubav, planina na prijateljstvo...)
U četvrtom vijeku se uz nju razvilo trgovačko naselje. koje će se produžiti i u srednji vijek kao trg Drijeva...bez utvrđenja i bez zatvora...trgovina štiti sama sebe...
Pristanište, carina zaogrnuta drvenim plotom sa jednim ulazom i jednim izlazom, proširenje i drvene nastambe oko njega koje su izdavane bogatašima...dućani, gostionica i konačište-bordel...a na prilazima naselju dvije crkve i dva ukopišta...predvor-

je iz kojeg će Alfaro kročiti u Bosnu.

(438)

Alfaru je prethodio požar koji je uništio nekoliko građevina, izgorjeli balvani su još zaudarali, grede su se pušile, krovovi su bili zasuti čađu...crnilom...koje mu se ukazalo kao omen...kao prijetnja...predaleko i preduboko si zašao...

Osim čestih požara, druge napasti su bile nezdravi močvarni teren, rđavi vazduh, te kontakti sa trgovcima iz kugom zaraženih dalmatinskih ili italijanskih gradova...a naročito neretljanski gusari, koji su još od propasti starorimskog carstva imali svoja legla na plovnom toku rijeke.

Nije se ta sirovost mogla porediti sa onim gradovima u kojima je Alfaro zastajao.

(439)

Gostionica (...limbus infantum...) u kojoj će on naći prenočište, bila je istovremeno i berza...samo nedeljom je crkva bila važnija od nje.

Povremeno su se u toj gostionici rasplamsavale i tuče između venecijanskih i dubrovačkih meštara, te je mjesna milicija morala gospodu razdvajati i vuči do bunara da operu zapjenušane nosove...ili ih slati u crkvu da se ispovjede.

No, kao što ni ratovi nisu smetali trgovanju, tako i ti gostioničarski nesporazumi nisu ometali ustaljene poslovne odnose.

A poslovalo se svim i svačim, najviše venecijanskom solju, uz to je, iz Dubrovnika isporučivano vino, ulje, skupocjene tkanine i oružje...Bosna je na Zapad slala drvo, (...drijev...), kožu, stoku, žito, sir, vosak, metal...i kao najvažniju sirovinu: roblje... kao robovi smjele su se nuditi samo one osobe koje nisu bile katoličke vjere...

(440)

Opet na trgu, vidio je Alfaro ponovo bosanske robove, neopranu i prestrašenu robu iz prve ruke, niske cijene i nezaraslih ožiljaka.

(441)

Trg je prelijepa riječ za tih stotinu kvadratnih metara blata, otpadaka, gnjilog povrća, životinjskih govana i krvi...smrada uštavljene kože, kiselog vina i ljudske pohlepe...a na tim kvadratnim metrima, u presjeku splačina i zadaha, sreo je Alfaro svoga anđela:

Nije se htio dugo zadržati na toj ružnoj parceli, ali jedan pogled ga je zaustavio, pogled stasite djevojke, Poitevinov pogled sa ženskog lica.

Nisu to bile oči robinje koja se koleba između nadmjenosti i poniznosti, već oči ostavljene princeze, bar su tako dojmile Alfara, instiktivno i muški...bila je to njegova djevojka, njegova nebeska dopuna...nevina kao i on...

Slučajno su se uočili (...Poitevin mu je govorio da slučaj ne postoji...), i ta trenutnost ga je prisilila da i on konačno jednu dušu, ili bar jedno tijelo, spasi...za sebe spasi... sjetio se Poitevina, sjetio venecijanskog mornara i sjetio se bezobrazne riječi...

105

(442)

Imala je ona nisko čelo sakriveno iza šiški, tek vjetar ili neka gruba-nježna ruka mogla ga je od tih pramenova osloboditi...ono što je čelu nedostajalo, nadoknađivale su njene plave slavenske oči, u kojima se očitavala neokaljanost...duga žuta kosa im je bila okvir...

Ramena i bokovi su joj bili jednako široki, tijelo naviklo na ratarska saginjanja, tek uski stas je odavao suptilnost duše koja se u tom tijelu udojmila, jasno razlažući gornju od donje polovice, naglašavajući tu podjelu kao Dobro i Zlo...količinski jednaku.

(443)

Nepovjerljivo i drhtavo, prebrojao je novac u otvoru svoje kožne kese...platio je, ne cjenkajući se, tačno onoliko koliko je prodavač roblja zahtijevao...

Zove se Anka, reče mu prodavač roblja...zdrava je ali divlja...taj problem se može riješiti šipkom ili remenom...svezanu za konjsko sedlo, poveo ju je Alfaro, više trapavo nego neupadljivo, u pravcu gostionice...

U njoj su mu natočili vino uvjeravajući ga da je ono, kao i ta djevojka pored njega, čisto...bez vode i sirćeta u sebi...

Obučen po italijanskoj modi, suzdržan, zamišljen...poslužitelji su se prema njemu ophodili sa pažnjom koja je uključivala i mogućnost da mu se podvali loše vino.

(444)

Ponudio je i Anki jednu čašu vina, ali ona ju je prezrivo odbila, te se on, zbog čežnje za dobrotom, zacrvenio...nije se zatim usudio ni komad hljeba za nju poručiti...

Htio joj je ruke odvezati ali se bojao da ona ne pobjegne, njen pogled koji ga je nagnao da je „kupi", sada ga je ranio, ali krvarenja su bila nevidljiva i izazvala su kod njega tek vanjsku nepokretnost...

Poitevin mu je, onim prstom kojim se prijeti, čačkao po rani...

Sjedili su ćutke, napolju se smrkavalo, on je očekivao savjetodavca koji će mu reći kojim smjerom treba dalje ići.

Ostali gosti u krčmi se nisu na njih obazirali...bogataš i ropkinja, tako su izgledali, tako su se i ponašali...o čemu može jedan gospodar sa jednom služavkom pričati...?

(445)

Trgovac robljem je banuo u gostionicu, vidio ih je i, ne ogledavajući se, odmah im je prišao.

Snishodljivo se osmjehnuo Alfaru, Anki je nešto rekao što Alfaro nije mogao razumjeti...nešto povjerljivo, našta ona nije ni trepnula...Alfaro se, na latinskom jeziku, počeo neodređeno raspitivati o navodnim mogućnostima trgovine u unutrašnjosti, što dalje od mora...ono me straši...

Pijući Alfarovo vino, on se raspričao:...najunosnije je preprodavati stoku ili robove ...to je i moje zanimanje...stoka je lakoća, ona je poslušna, nju ne treba goniti, treba samo iza nje ići i pucketati bičem...a robove moraš prvo uloviti, moraš im kopati duboke zamke ili ih noću hvatati, oni su lakonožna divljač...njih hvataju mjesni gospo-

dari, ja ih prodajem, zarađeni novac polovimo ili ga ulažemo u marvu...ta vlastela oklijeva da izađe iz svojih šuma i gudura...osim da bi drugu vlastelu napala...pa sam ja često u Bosni da bih zaključio obavljene i sklopio nove ugovore...robovi su patareni, babuni...i ova prokletnica je patarenka...najbrojniji su u centralnom dijelu gdje živi i njihov ban koji je još veći heretik od njegovih podanika...

(446)

Zvao se Ivan...prorijeđenih zuba, ćelav, sa jednim uhom, razrezane usnice...lišen mnogih detalja na i u glavi...smatrao je da se cekinima, ili, ako ničim drugim, rječitošću i prepredenošću može nadomjestiti svaka lična manjkavost...

(447)

Kao da se pravda, on je dalje brbljao:...patareni su nepismena marva koja pase zabludu, bez kršćanskog zakona...a ipak ubjeđeni da jedino oni raspolažu Bogom... pare se izvan crkvenog obreda, pa ni ova Bosanka, iako mlada, nije djevica, ja sam je pregledao...reče, smijući se pohotno...patarenke provode zime sa sveštenicima, ljeti se podaju patarenima...

Alfaro je uvijeno pogledao Anku, i mada je bio svjestan da ih ona ne razumije, ipak mu je bilo neugodno zbog tuđih riječi čiji je smisao bio nepobitan i uvredljiv...

...glup narod...nastavio je Ivan...koji se samozadovolja odbijanjem katoličke ili druge vjere, a sami nemaju nikakvu vjeru, pozivaju se na podle knjige koje je đavo pisao u ponoć...njihovi učitelji i starješine su naizgled uljudni, kao ispijeni postom, pretvaraju se da su kršćani, a u stvari su podla Luciferova čeljad...tvrde da su stoljetni, što je obična laž, kod njih nema dugovječnosti...patareni boluju od mnogih bolesti...lepre ima u svakom selu...umiru rano jer ih ubijaju grijehovi...

(448)

Izražavao se Ivan prezrivo, prezrivo je ispijao i vino, razvlačeći usta pri svakom gutljaju.

...zna li gospodin kako oni tepaju đavolu?...Černičaš, Kožoderac, Ciper, Černica, Ancilijas, Bel, Vratauh, Barsan, Ankibas, Anglus, Papilus, Dominus, Rek, Lambor, Anmis, Akomiras, Apomiri, Araklija, Paklenik, Hudobas...naše Sotona ili Lucifer zvuče kao cvjetići u poređenju sa njihovim imenima, a kada gospodin čuje kako Bosanci sebe prozivaju, tek se onda može on prepasti tih divljaka i bezbožnika... Dragoš, Krkša, Poznanj, Hrvatin, Vranoš, Budaš, Hlap, Vitanj, Priboje, Mioten, Divoš, Zunbar, Toloje, Hotjen, Mrdeša, Prvonjeg, Tolislav, Dragoj, Domšo, Žoreta, Ljubjen, Medoš...sva ta imena škrguću, jel'da, reže, grebu po tavanici i fijuču pod prozorom...sve je to davo do đavola, sve je crno od zemlje, šiljato, dlakavo i bestidno ...jednu noć sa njima i ti si izgubljen, moraš uzeti njihov nauk...ili će ti oni kožu oderati...toj nevjerničkoj rulji ne treba vjerovati, treba se od njih uklanjati ili ih, još bolje, svezane slati u kršćanske zemlje gdje će im se utuviti vjerozakon...

(449)

Ta imena, ti poznati zvukovi su i Anku obuzeli...čemu ta nabrajanja?...htjela je na li-

cu svog gospodara naći zlobu, pohlepu, pokvarenost...razlog da ga zamrzi...ali ono je bilo kao anđeoska guzica, ne od ovog svijeta...

(450)

...ne znam šta jedan gospodin može tamo kupiti, a šta mu je ne mogu nabaviti i lično se pobrinuti oko pošiljke...?
Alfaro ga je sa nevjericom pogledao, pa je Ivan brzo nastavio:...ali ako gospodin hoće, možemo sutra u taj pakao, upoznaću ga sa mojim kompanjonom koji je rimokatolik i sposoban poslodavac...
Dogovorili su se da se u jutro sastanu na već opisanom trgu, te se Ivan od njih oprostio...želim vam zabavnu noć...Anki je isplazio račvasti jezik...Alfaru je namignuo... što bi se moglo prevesti kao...muškarci su počeli prije žena uspravno hodati...

(451)
Progutala ga je buka prostorije, Alfaro i Anka su odšutjeli još trećinu svijeće, zatim su se popeli na sprat, „u gornje odaje", praćeni dvosmislenim upadicama.
Gostioničar im je dao sobicu u kojoj je već neko hrkao, oni su se sklupčali pored njega...Alfaro je prepustio Anki mjesto do zida, ona se okrenula ka tom zidu...ispod njih je započela tuča, čula se vriska kurvi i navijanje pijanaca...Alfaro nije mogao zaspati, uklješten između muškog hrkanja i ženskog vonja, on se nije micao...da je ne dodirnem...osjećao je njeno tijelo (...nije ono još upoznalo potpunu goloću...), osjećao je i tijelo utrnulog spavača, sjetio se kako je nekada mirovao između oca i majke, zaštićen njihovim tijelima.

(452)
I Anka je dugo bdjela...ovaj mladić iza mojih leđa nije ni trgovac ni pustolov, on je u potrazi za nečim ili nekim...šta ću mu ja u tom traženju...odakle on dolazi...i kuda mi idemo...?
Te noći je hrkač sanjao njihove snove, gurao je Alfara prema Anki, širio se po podu...

(453)
Sutradan su pošli...onaj koji je robinju kupio, trgovac robljem, robinja...sve troje krmeljavi i nerazbuđeni...
Alfaro je Anki stegnutim riječima postavljao prostoprošrena pitanja koja je mamurni Ivan drsko prevodio, a na koja ona nije reagirala...Ivan ju je htio udariti, ali ga je Alfaro spriječio...ona sada pripada njemu...svojim je mogao nazvati konja, knjigu i tu šutljivu ropkinju...nemam samo jednu domovinu, mnoge su u meni složene...

(454)
Sa njima je išao cijeli karavan...ili...oni su išli sa tim karavanom...Bosanci, Humljani, Dubrovčani, po koji Mlečanin, vojnici najamnici, misionarski sveštenik...Anka je bila jedina žena i jedini pješak...cilj te kantaberijske skupine je bila Vrhbosna... Verbossani...tačka u zemljopisnoj i duhovnoj sredini zemljice Bosne...sjeme Grada...

Imena i opisi

(455)
Generacije su njuškale po kanonskim i apokrifnim evanđeljima za moždinom onog Praevanđelja...za vjerodostojnim Isusovim riječima...ugledajući se na njih, i ja sam nastojao u Hronici razdvojiti prvotno od dopisanog...ali kao što je N.N. i predvidio, nisam se zadovoljavao ulogom čitaoca i tražitelja koji ne ispravlja, upleo sam se u Hroniku, dodajući gotovom tekstu neotkuhane redove...misleći da će ti prijesni konci još čvršće vezivati trošne listove...topio sam tuđu zlatnu telad za moju Zlatnu Kravu...ovo je tvoj bog Izbjeglico, bog koji te je izveo iz proklete zemlje...

(456)
In principis...u početku...otvaranje Ivanovog Evanđelja, Jovanovog Jevanđelja ili Jahjinog Indžila...ili...Beršit...na početku...kako počinje hebrejski Tanah...ili...Tajna Bosanska Mutus Liber, knjiga koje nema, a čija je prva riječ bila naziv za zemlju... Bosnae, Bosina, Bossina, Bosnia, Bosana, Vosana, Vosna, Boksana, Bozna, Boznae, Bozina, Bosthnicus, Basante, Basanius....izrazi čije nabrajanje započinje u rimskom senatu i nastavlja se u drugim palačama, tvoreći niz pogrešno pisanih i pogrešno izgovaranih imena, izlišni niz koji bi se mogao ukinuti prostom i lakopamtljivom, miloženskom i bludnom riječi...Bosna...

(457)
Pod ovim brojem i pred tim imenom se Alfaro i ja mimoilazimo, on je u sprovodu, ja u neprijatnom bijegu...on vjeruje u nešto što sam ja napustio...Bosna nije rajski ružičnjak, čak ni za stranca...ja ga ne mogu opomenuti...ne mogu mu reći...nje nema ni na jednoj geografskoj srednjovjekovnoj karti, ona je na njima bjelina, nedostatak puta i nastambi, područje iza zastora...neizrečeno ime...
Nesigurni kartografi pišu na takvim bjelina: hic sunt leones...ovdje ima lavova...

(458)
Ime se pisalo ukoso, naghereno se pisala i sama njena istorija, te se za Bosnu može primjeniti ona ezoterička teorija, koja kaže da su čovjek i zemlja dostupni tek kada se otkrije ili sazna njegovo...ili njeno...skriveno i sažeto ime, čije dešifrovanje daje srž i osnovu...jer u njemu je korjen, ishod, znamen, usud...
A odakle potiče ime Bosna, gdje mu je porijeklo i kakvo mu je značenje, to se ni dan danas ne zna...da li je preneseno preko Karpata, ili pozajmljeno od domorodaca a onda zadržano...ili su pak Bosanci svome novom boravištu dali sasvim novo ime... simbolišući time i novi početak?
(...N.N. mi je, podsmješljivo, preporučio mađijsko dozivanje Marthinog imena...)

(459)
Kao u noćnoj posudi, nakupilo se tu stručnih pretpostavki, drugi niz, paralelan onome imenskom...niz u kojem je tračko pleme Besi...ilirska riječ „bos" u smislu slanice

gdje se so ispire...zatim neki rimski municipij ili postaja...jedan istoričar iskopava neku sličnu indoevropsku odbačenu riječ čija bi osnova značila „voda tekućica“...pronalaze se toponimi sa osnovicom „bos“, ima ih u Ukrajini, Poljskoj, Ugarskoj...oni kao da su bili putokaz bosanskom plemenu ali i njihov trag...

Po antropološkoj teoriji da se zemlji daje naziv na osnovu imena roda, plemena ili starješine, ja sam N.N.- u predočavao postojanje mitske pramajke, možda boginje ili praduše...iz koje je Bosanac protiv svoje volje izašao, i čije ime je zaslužila i zemlja i rijeka...

Odgovorio mi je da je to privlačna teorija koja vrijedi koliko i ostale...mada je ljepša od njih...samozadovoljno dodajući...eto, misliš na Marthu...ta tvoja teorija je stvarno ženskog roda...i o njoj valja temeljito razmisliti.

Tvrdio je ozbiljno da su moji preci to ime posudili od neke izumrle balkanske familije...žrtvovanjem svoga starog imena, htjeli su oni upravljati sudbinom...ili je bar zavarati...

(460)
Hronika pripovjeda:

To zvučno ime čuće Alfaro u mutnoj avignonskoj birtiji u kojoj su popijene litre nerazblaženog vina, te je čak i Poitevin prespavao jutarnju molitvu.

Pričalo se tu veče o smrti, lomačama, robiji...o izbjeglicama i o gorčini...a i o nekoj Bosni i medenosti u njoj...kroz nju se pješke putuje tri nedelje...od mora do rijeke... ona je ostrvo ograničeno slanim i slatkim vodama...duhovno putovanje kroz nju traje 365 dana...svaki dan odgovara jednom simbolu sa njihovog kovčega...

U Lombardiji će ono ponovo odjeknuti na trgu roblja i taj odjek će stići Alfara na jezeru...zemlja čije stanovnike prodaju kao robove mora biti ispaša Dobroga Boga...njihova naivnost je jednaka proračunatoj zlonamjernosti kupaca, te se očito radi o dva pola koja se tek silom mogu spojiti...tako je računao Alfaro...radujući se svome saznanju.

(461)
U istrazi oko bosanske krštenice, N.N. i ja smo se kao prvo morali zadovoljiti nezapočetim i nedovršenim rečenicama iz nečijih hronika...presječenim nečitljivošću:

...sa anđelima bačeni sa neba, promjenivši tim padom svoju prirodu i svijest, odbacili su avarske štitove i dolinom rijeke pobjegli u neprohodna brda, koja im se učiniše pouzdanom zaštitom od svakog progonioca...

...vukli su sa sobom Kovčeg Zavjeta u kojem je stanovao njihov idol, pokretna svetinja koju su opsluživali kosati vračevi...

...oko kovčega su postavljani crni šatori u kojima je bdjela svećenička kasta... kovčeg im je ukraden...vjerovatno u nekom boju...

...nijedan narod se ne rađa na prostorima gdje ga zatičemo, svaki narod dolazi iz daleka, iz praotadžbine, iz pramajčinstva...iz predjela u kojima danas borave drugi narodi...

...u novoj domovini su oni zatekli druga plemena, te krvne grupe su se, mirno ili ra-toborno, spojile u bosansku mješavinu....

...kao i Lot, i oni su ravnicu zamijenili planinom...

...imena većine rijeka su preuzeli iz ilirskog rječnika, nazive planina su im dali Kelti, a za ono malo većih naselja su upotrijebili latinske izraze...i samo ime njihove nove domovine i ime rijeke oko koje se glavni klan skupio, zazvučalo je bosanskim, slavenskim prizvukom, o kojem, eto, mi ništa ne znamo...

(462)
Tako neko ili neki pišu u Hronici, ne zna se koji pisac, ne zna se odakle je to prepisao?

On je Bosance predstavio kao zasebno pleme, anđele...zabilježio je njihov zagonetni kovčeg, pandan onom jevrejskom...možda taj sanduk objašnjava pojavu stećaka, njihove oblike i zareze na njima...i opravdava odbojnost kasnijih dualista prema građenju hramova...

N.N. je trijumfovao nad tim redovima...vidi kako hroničar provlači nepoznato kroz poznato...mada on ne zapisuje sve što zna...on ti nudi mit za kojim patiš...?

A hroničar se ne trudi oko Bosne...šture informacije...kratak članak...pretpostavlja da je svaki dobroobaviješteni dualista mora poznavati...

(463)
Presijecajući ih vinom, N.N. je rado držao predavanja i rado je bio u pravu...svojom vikom po bistrou je on nadoknađivao samoću iz knjižare:...prva isprava o jednom narodu je mit, zatim slijede nagađanja stranaca i tek onda sam narod ispiše svoj jezik i abecedu, postane svjestan svoje istorije...gutljaj vina...iako ih je imala, Bosna je rasla, naizgled, bez mitova, zaboravljala je svoje osnovne legende, prepuštajući kasnijim istoričarima da se bakću njenim porijeklom...gutljaj vina...ili su ti mitovi bili dostupni samo adeptima, bili toliko unutrašnji da su se u vlastitoj unutrašnjosti razložili...?

Pauza...gutljaj vina...a onda istim tonom dalje...

Stari i strani pisci nisu zbog nje trošili tintu, bez zanimljivih bitaka nema ni hroničara bitaka...usavršivši čitanje i pisanje, nije se tvoja Bosna potrudila da zapiše svoje odrastanje, pa se iz tih njenih prvih vijekova samo naslućuje prošla i dolazeća svijest... gutljaj vina...učenja crnošatorskih šamana se prenose usmeno i pojedinačno...zemlja je slika mrtvih predmeta...ali strujanja u njima su itekako živa...gutljaj vina...zapostavljena, ona se bavi sobom i svojim problemima...drugi su tek neprijatelji...pepeljuškasta i nevina, mijenja idole i vladare, pazeći da se ne udeblja i ne proljepša...pauza, zakašljavanje, gutljaj vina...to pleme je, samim tim što se ranije otarasilo Avara i njihovih poligona i manevara, bilo spremnije od ostalih slavenskih plemena za miroljubivost...gutljaj vina...birajući treće rješenje, pacifistički umjereni dualizam...a kasnije i tolerantni islam...Bosanci su se ustremili osobenijim tokovima od svojih srodnika...veliki gutljaj vina...

Čaša je prazna, uz praznu čašu se ne priča...hvatamo kelnerov pogled po bistrou, on nas ignoriše, a onda N.N. lupne po stolu, kelner nam se smiluje...N.N. nastavi:...stari bosanski tekstovi, zimnica providenju, nas tek nijansama uvode u privatnost, kao da se taj čovjek sramio pisati o sebi...te samo komentari iz ortodoksnih knjiga, milostivi testamenti, polovna odricanja, trgovački ugovori, gluvi stećci...a napokon i sama šutnja, ta magnetska šutnja o podvučenim vremenima, kojih kao da nije ni bilo, svjedoče iskrenije, od svih kancelarijskih arhiva, o osobini vjere naroda, koji se radi mitske nezrelosti rado lišio nametnute dobrote...i praznina je spomenik...

(464)
Njegove gutljaje sam ja brojao i pratio ih svojima, znajući da će on nakon sedmog vina ušutiti...a to je prilika da i ja nešto kažem...da se pohvalim...da ga marksovski ubijedim:...u katarskoj južnoj Francuskoj, kao i u patarenskoj Bosni bana Kulina, različite vjere i različita plemena su koristila iste proplanke za svoje svečanosti...prvi bosanski kralj Tvrtko bio je duplookrunjeni komunista koji je pod svoje dvije krune napravio (...bogumili su govorili da Sotona ne stvara, on pravi...) malu Južnu Sla- viju, politički ujedinjujući niže i više feudalne klase...da bi kasnije po njegovim kru- nama zaplesali derviši, rabini i franjevci...u titovom socijalizmu...u drugom vidu uto- pije...(...socijalizam je bila kolijevka u kojoj nas je bijela rukavica uljuljkavala...i tako zaljuljala da smo iz nje ispali na pilotinu, na šljunak, na srču...izgrebalo nas je pod- zemlje kolijevke...)...iz istog soja plesača, nastaće podzemna država...u njoj će ateisti (...izvrnuti bogumili...) stvoriti (...napraviti...) drugarsku Jugoslaviju...Tvrtkove krune će zaklepetati u kosturnici...Kulin ban će sa neba poslati blagoslov....pa i danas, dok traje rat i podjela, jedino se u Bosni još mašta o susjedstvu...bosanstvo je prožeto komšijskim bajramima i sevdalinkama...našim najkrupnijim kromozomima...ratovi i mržnja otupljuju...kao što i mir zaglupljuje...mada samo on može biti primjer...sluša- jući me, N.N. je nestrpljivo odmahivao rukom...dobro, dobro...ne moraš pretjeriva- ti...vino ti začepljuje krvotok...samo pod grobnom humkom smo komunisti...njemu sam bio dosadan, on nije bio zahvalan slušač...rađe je pričao...

(465)
Ubacujući u vino svakojake tvrdnje koje ne donose iskupljenje, ja sam se stvarno za- petljavao i jedini časni izlaz mi je bila pomisao na Marthu.

(466)
Pisci Hronike (...ja i N.N. smo im se suprostavljali...) nisu pod proizvoljne brojeve nagurali čitavu zemlju...nisu prikazali njeno razviće, nisu u njemu učestvovali...nisu razudili narodnu dušu...priznajući tegobu pred nedokazanim, pred teorijama koje se ne mogu drugima ni papirom ni radnjom potvrditi...oni naslućuju mogućnost druga- čije istorije, ali ona je za njih tek krpelj onoj zvaničnoj...neuhvatljiva, ona se iz mate- rice i prostate, ne iz glave, oglašava i prosipa...nije dokaz sadržan u arheološkim i drugim nalazima, nije čitavo nasljeđe u onome što je slučaj sačuvao...ima zaostav- štine koja se dokazuje intuicijom za koju nam treba smjelost i zanos...bio je N.N. bar jednom u pravu...ne kopa se samo po nekropolama, kopa se i u našim jadima i

srećama...

(467)
Tim njegovim aforizmom se tješim...ali da je on ovo pročitao, naružio bi me...jer sam subjektivan...jer sam u Hroniku ugurao staklenu vunu nepovjerenja...
Ja bih mu, naučno, razložio tri pobude herezija:...želju za uspostavljanjem nedužne prvotnosti...obezbjeđivanje sećije u onostranosti...prevazilaženje nepouzdanosti bivstva, to jest savlađivanje Zla...te tri težnje čine i srž duše zločinca u Bosni...
On bi naveo druga tri razloga...isto toliko „naučna" (...iz straha, bogobojažnosti i nezadovoljstva pojavljuju se Dobri Krstjani...).

(468)
Na kraju, u pijanstvu, složili bi se da je bogumilstvo (...i katarizam također...) propalo, kao nedorečeni sistem se ono rastočilo...rastočili su se i pokreti koji su nastali iz njega...njegova odlika nije bila za masu...ali ono i danas, zasuto besplatnim brašnom, bruji u jedinki...žeđ pojedinca ne može ugasiti ni snijeg ni led, nego samo zrela lubenica ohlađena u vodu tekućici...

(469)
Hronika (...ili hronike...) , ispod ruke, dozvoljava individualizam kao protutežu masovnostima drugih objašnjenja naših egzistencija...ne mogu dokazati, ali znam da je svaki nepatvoreni bogumil u blizini Božije Svjetlosti...
Od velikih učenja...od partijskih programa...ostaju samo uvodi...ili pozivanje na autoritet...
Nalik duhu u spiritističkoj seansi, bogumilstvo progovora tek ako ga neko nešto upita...

Sjeme Grada

(470)
O ličnostima svoga romana „Aleksandrijski kvartet“, piše moj noćni sagovornik Lawrens Durrell da su sve, baš sve, izmišljene...a i sam narator ili pisac je također fantom...samo ta Aleksandrija postoji...njena raznovrsnost i sveobuhvatnost, prototip sličnih gradova, gradova-čudovišta koja sve i svakoga trpe...a tom trpnjom se hrane i rastu...

(471)
U istoj knjizi, citira Durrell pjesmu „Grad“ od Konstantina Kavafija, čiji su stihovi namjenjeni Aleksandriji u kojoj su obadvojica, pjesnik i onaj koji ga citira, radili kao slaboplaćeni službenici...broda za te nema, niti jedne ceste.I svoj život kojeg si ništio ovdje uništio u cijelom si svijetu...
1910. godine ju je pjesnik morao privremeno napustiti, bježeći od britanskih trupa, koje su mu voljeni grad bombardovali (...iste godine je „Grad“ objavljen...napisan je petnaest godina ranije...).
Pjesnik je u Aleksandriji umro...Durrella je diplomatska služba uputila ka drugim gradovima; te je prošetao i glavnom ćaršijom.

(472)
Kao da je slutio da će ga izmišljeni građanin navoditi, on piše svome prijatelju Henryju Milleru:
„S. je zanosno mjesto, uski klanac šumećih voda, okružen crvenim granitnim brdima pod kojima grad bruji, na hridinama su se načičkale šarene džamije i minareti.
Uske ulice su zakrčene brđanima i magarcima, žene su zastrte velom...iznad njih, u vazduhu, čuju se krikovi orla...okolo je skamenjeni okean stijena i ceste koje se spiralno uspinju...ili silaze...skica o jednoj cesti koja ne ide dalje:
„Savršena.Njeni zavoji odgovaraju
dugim i teškim monolozima
među stranim narodima.“

(473)
Letimični utisci, iznijetih u pismu prijatelju, potvrđuju kratkoću njegovog izleta...da je bar prezimio u njemu, možda bi nas, imaginarne žitelje, počastio romanom... putopisom...hronikom...bio je on hroničar gradova...Aleksandrija, Avignon...negirajući sebe, on se samopožrtvovano gubio u njima...očuvavao je gradove u kojima nije bio rođen...na njegovim putovanjima je patio za bukom gradske ulice...

(474)
Martha je u antikvarnici pronašla njegovu zbirku pjesama, jedna od njih se zvala „S“ ...nema mnogo istorije?Možda.Jedino ova zloslutna tamna ljepota, cvetajući pod velovima...

(475)

I ja se okušavam u durrellovskom viđenju...stanovnici Grada...podstanari njegovih ukopišta...oni što su u njemu ostali...oni što su iz njega izbjegli...oni što pucaju na „svoj grad"...oni što ga brane...oni što ga svojataju...i oni što ga se odriču...njih sviju nema...samo je on stvaran, Grad Pod Planinom, ravnodušan kao planina, svjestan svoje neuništivosti i vječnosti...umrli i živi su tu zbog njega...
A On je tu zbog anđela...

(476)

Svoj bijeg iz Grada (...nobelovac će, proročki, napisati da se iz tog mjesta ne može pobjeći...) vidim kao vlastito održanje...prevarivši grad, ja sam spasio sebe...a grad je pejzaž napravljen od života...i u tom pejzažu je negdje i moje prijašnje bivstvovanje i moj sadašnji bijeg...grad ih obuhvata...on mi se ruga...

(477)

Pod tom produkcijom vanvremenskog grada, jednog od nasljednika Kainovog vegetarijanskog roda, ja osluškujem heretičke tonove i kopam vlastite rovove dozvoljavajući sebi idealizovanje...pri tome namjerno zanemarujem svoju izdaju...

(478)

Vrhbosnu, u kojoj je Alfaro okončao svoje traženje, pisac (...ili pisci...) Hronike tek nesmotreno spominje...mrlju pod njegovim lakiranim noktom...zadnje kapi mokraće koje završavaju u gaćama...

(479)

Mitska Verchbosania, Varbossanie, civitas Vrhbosna, prethodnica Grada, bila je bogatija rakama nego žiteljima...jedino čime se ona do tada mogla pohvaliti je bilo nerazriješeno učenje njenih skromnih djedova...

(480)

Njen mještanin je bio i usamljeni i strašljivi latinski biskup, ubirao je desetninu na latinskim jeziku, hvalio se svojom nedovršenom katedralom iznad naselja...Tatari su je jednoga zimskog dana rasturili i tako oslobodili prostor za džamiju, koju će podići neka mahalska hanuma...obnavljajući svetost mjesta.
I u praistoriji se na istom hektaru nalazilo pagansko svetište...religije se smjenjuju, Bog ostaje, uzda se on u naviku domorodaca da se mole u istom kvadratu.

(481)

Niže u varoši, u lijepoj kotlini, životario je i domaći praznovjerni podbiskup, prevodilac i zamjenik Latinca...on je ubirao svoju desetninu na bosanskom jeziku i bio je zavisan od preuzvišenosti na brdu...njegovu drvenu i oronulu crkvu neće Tatari ni zamijetiti...ona će se u sebe srušiti.

(482)

Nekoliko koliba dalje, stanovao je Djed (...Did...), podzemni poglavar Crkve Bosanske, duhovna mjerodavnost koju je živalj dobrovoljno izdržavao i podržavao, mada njemu darovi nisu bili potrebni...bio je on duhovnjak kojeg je „ljubav hranila a nada oblačila"...njegova desetnina je bila patnja sitnog stočara...

(483)
Živjelo su i tada zgnječeno, kao ćevapi, malo katolika, malo pravoslavaca (...u dvanaestom i trinaestom vijeku ili stoljeću...), a masa krstjana i njihovih slušača... Svako se, manje ili više, svojevoljno brinuo o svojim časnim vjerskim starješinama ...višebojnim obredima se održavala hijerarhija i poredak u svijetu...uprkos vjerskim razlikama, ipak se zajednički, a time i lakše, opstajalo...susjedova kob je uzdizala vlastititu vjeru...

(484)
Jedna neoznačena stranica u Hronici bi, dijelom, mogla biti opis Vrhbosne:

...naselja su najčešće smještena podno dva brda, kroz tu uskost teče rijeka ili potok ...ili su se ona skučila pored planinskih jezera...tekućice su Jordanske, stajaće vode su Genezaretske...
Ako se napadač pojavi na jednom brdu, onda se može pobjeći na drugo...brda su tamna i visoka, u njima se može i zlo sakriti...ne straši ih visina, straše ih oni koji, nezvani, silaze sa nje...još veći je strah od upada dolinom rijeke...na uzvišicama, radi veće sigurnosti, pohranjuju namirnice da bi imali šta jesti dok se povlače pred progoniteljima...gore kriju i djedovske spise...
...u svojim brvnarama nemaju Bosanci bespotrebnog namještaja...vrijednosti drže u škrinjama ili u vrećama, ako moraju bježati mogu lako te dragocjenosti ponijeti na desnom ramenu, dragocjenosti svoje nauke meću u pluća svojih staraca...
...kuće su im od drveta te ne traju dugo, tek koliko i vijek onih koji su ih sagradili... kontrast tim kućama su groblja, ona su od kamena, stabilna i dugotrajna...te kamenove svijet struže i odstrugani prah kuha sa vodom iz udubljenja na istom kamenu i tako dobija lijekove i šminke.
...naušnica im je potvrda saveza sa Bogom...

(485)
Ima rahitičnih i zabitih mjesta koja tinjaju u ćorsokacima planina, čekajući da u njima neko pljesne rukama, da bi se ona onda razvila u grad...Vrhbosni je u 15. vijeku islam zapljeskao...

(486)
U jedini vlastelinski dvor se uselio turski paša i naredio dervišima da osnuju grad, te će se Vrhbosna od tada potpisivati kao Sarajevo, njiva oko dvora...Osmanlije će ga učiniti središtem svoje vlasti, ali i središtem otpora prema toj istoj vlasti.
(...miroljubivo pristizanje bosanskog plemena...jedina agresivnost im je bila što su jednim imenom nazvali rijeku...grad...zemlju...a i najljepše djevojčice u njoj...)

116

(487)
Sa Osmanskim carstvom iza sebe i islamom u sebi, on će se, kao na udobnom min-
derluku, raširiti...uz rijeku i po padinama...postaće važan i samodopadljiv, svojeglav
i nadmen...

(488)
U kamenom, brončanom, željeznom...u svakom dobu...taj lokalitet je nastanjivan...
na uzvišenjima, pod njima, oko izvora, pored vode...uskršnjavali su i izumirali naro-
di i rase, smjenjivala su se plemena...od najotpornijih gena je rastao grad...

(489)
Žitelji i sjećanja na njih su blijedila...a grad se krečio, obnavljao, jedini stvaran, crpe-
ći snagu iz svojih mrtvaca i njihove prolaznosti i anonimnosti.

(490)
Prema Vrhbosni, prema tom sjemenu budućeg Grada, u šarenoj i bučnoj karavani,
sa ropkinjom koja je uz njega pokorno hodala i svaku njegovu pažnju izbjegavala, te
on nije znao čime bi je počastio, okružen neočešljanim ljudima, iza neočešljanih
konjskih repova, jahao je Alfaro nastojeći da pokaže samouvjerenost čovjeka koji
vlada sobom, konjem i drugima, da bi te loše glumljene samopouzdanosti nestalo u
metežu prepada bosanskih hajduka...istrčaće oni iz zemunica i skloništa, urlajući i
vitlajući rđavim oružjem, praćeni divljim psima...karavana će se razbježati, i u toj
gunguli, panici i pometnji nestaće i Anke...Alfaro će pobjeći u brda i dalje preko njih
...do Vrhbosne...do mjesta kojeg je Dobri (...ili Zli...) Bog za njega odredio...ne od-
govaraj na napade, strpljivošću se postiže cilj...

(491)
Ivan, božiji zastupnik ili alatka, prerezanog grla će zaleći u prašinu, grkljajući zvu-
kove slične imenima kojima se on pred Alfarom izrugivao...dok su ga svlačili, duša
mu se još koprcala, ne znajući gdje bi se sklonila.
(...jedini je on, u samoodbrani, izvukao nož...)
Trčeći, Alfaro se osvrnuo da bi zapamtio najnoviju lešinu iza sebe...i da bi je sa od-
stojanja blagoslovio...Anku nije vidio...njen nestanak ga je ražalostio...izgubio je
konja i knjigu, izgubio je ropkinju i začetak ljubavi...lakodobijeno je iščezlo pod pla-
štom prašine i nereda...jednom rukom mu je Demijurg oteo igračke, a drugu mu je,
stegnutu, pružio...ja te držim u ovoj šaci...otvaram je i zatvaram svojevoljno...

Planine i Djed

(492)
Rečenica Hronike:...stranac koji prag miroljubivo i sa poštovanjem prelazi, glasnik je Boga i njega treba dostojno prihvatiti i pogostiti...
Bosanci su u Alfaru prepoznali glasnika palog na njihova brda (...kao što su i oni sami tu bačeni...), naivnog anđela koji je ovdje dole zalutao...i odjednom među njima iskrsnuo, kao nebeska poruka...zastavnik ružičastih meleka...
Oni su se njemu obradovali i nije im smetala njegova neanđeoska vanjština...Alfaro je bio umazan glinom, bez krila i bez štapa, lutanje ga je umorilo i ponizilo, da je znao kako se psuje, on bi psovao...nezadovoljstvo je pravdao krnjavim poslom demijurga...te je i svoj gnjev njemu pripisivao...
Ti si izaslanik Oca i zato te primamo...rekli su mu pastiri, on ih nije razumio, a oni su ga, kao ugroženu zvjerku, odvukli starcu Divinu.

(493)
Susret katara Alfara i krstjanina Divina se dogodio pod nekim brdom, blizu mjesta koje se danas zove Sarajevo...1245. godine...u mjesecu u kojem pape proglašavaju svece...u doba vladavine Velikog Bana Matije Ninoslava...

(494)
Alfaro se danima smucao po brdima, spavao pod drvećem, ridao u žbunju...
Prvog dana je mislio na Anku, drugog dana na Poitevina, a od trećeg samo na toplotu...meni je hladno i ja sam ovdje namjernik, u šta sam se zametnuo?

(495)
Pastiri su ga doveli do Divinove hiže pred kojom je primjetio oveći kamen na kojem su bile uklesane riječi koje je tek poslije, naučivši njihov mekani jezik, pročitao:
„...vrata će tvoja biti otvorena svagda, ni danju ni noću se neće zatvarati..."
U starčevoj kolibi je danju i noću gorjela uljana lampa, poručujući drugima da je on za njih uvijek prisutan...u kuću su mu ulazili i poznati i nepoznati...moje goste ne prepuštam đavolu...
Ne zna se je li ga još tištilo dječije nerazumijevanje mraka, ili mu je taj svjetlokaz odslikavao nedokučivost Svjetla?

(496)
Dopuzavali su i bogalji, posmatrali bi kako se on moli za opstanak prave vjere i prave Bosne...jer bilo je više vjera, kao što i nije bilo samo jedne Bosne.
On ih je opominjao:...molitvom i saznanjem se otkupljujemo, čitaj svaki dan Evanđelje ili prouči Očenaš onako kako ga mi izlažemo...položi Evanđelje na glavu onoga koji se napreže...

(497)

Rodoljubi su ga od milošte zvali Did, slično Jakovu i on se hrvao sa zlim bogom pa je iz te borbe izašao osakaćen i ćopav...a tako je skladno hromao da su oni koji su normalno hodali izgledali sakati...demijurg mu zavidi na njegovoj dobroti...

Seljaci su vjerovali da na njegovom pragu stražari ljuta zmija koju je Dobri Bog osposobio za tu dužnost, svaka nedaća se odbijala od kućnih greda...Djed je bio samac, nije imao djece, žena mu je još davno pobjegla u Dubrovnik (...nedaća koju zmija nije mogla otkloniti...) gdje je ušla u katolički samostan...Divin se molio za očuvanje vjere i Bosne, a ona se još usrdnije molila za njegovu dušu...

(...i tako očuvavala i Bosnu...)

Koliba mu je bila ispunjena zvukovima, pucketanje poda po kojem se hoda, šuštanje zidova, šaputanje sjedala...a kada bi vjetar zapuhao, cijela drvenarija bi još zvučnije prozborila, te je posjetilac znao da starac ipak ne živi sam...pozitivni duhovi stanuju sa njim i zabavljaju ga ponoćnim vicevima.

(498)

Alfaro je, ustežući se, prekoračio prag hiže i ugušio se u starčevom naručju.

Kao da ga je očekivao, djed ga je privukao sebi, udišući miris njegove kose u kojoj su se ugnijezdili izdasi bosanskih šuma, te se činilo da ga starac po tom mirisu i prima.

Djed mu je dao da jede, a onda mu je namjestio postelju iz koje je Alfaro, dva dana i dvije noći kasnije, jedva ustao.

Starac ga je pokrivao, tjerao je dualističke mušice sa njegovih trepavica, milovao ga je po kosi i obuzdavao mještane koji su ga htjeli vidjeti i pipnuti.

(499)

A oni su ulazili u kolibu, tiho kao u crkvu, zagledali bi spavača...odakle li je on...je li on stvarno anđeo, kako pastiri o njemu pričaju...vole oni izmišljati...ili je ugarski uhoda...ali...Djed ga je omirisao...Djed ne griješi...izlazili bi oni iz kolibe manje pametniji nego kada su u nju ulazili.

Trećega dana se Alfaro probudio...bolesnik iz kome, novorođenče, lutalica i samac, zaslađeni pataren i zapleteni katar...

(500)

Odmorivši se i oporavivši se, opisao je Alfaro djedu opsadu i pad Montségura, opisao je svoje putešestvije od pirinejskih do bosanskih brda...putešestvije kroz gradove i između ljudi...Anku je prešutio...

Hromi starac ga je saslušao, onda ga je upitao koje godine je počela gradnja Montségura...Alfaro, zbunjen, odgovorio je da je to bilo najvjerovatnije 1204. godine...

Divin je uskliknuo...pa to je i godina smrti našeg Dobrog i Velikog Bana Kulina...na samrti, on nas je zamolio da podignemo utvrđenje na brijegu iznad varoši, gdje bi se Dobri Krstjani posvećivali i koje bi sljedeća pokoljenja podsjećalo na njega...mi ga nismo načinili, valjda smo bili zaokupirani bezumnošću, ali vi ste, ne znajući,

njegovu želju ostvarili, sada znam zašto nama nije dato da sagradimo tu kulu
...govorim o zakonu istovjetnosti i određenosti!

(501)

Na trenutak je djed čak pomislio da se duša slavnoga bana našla u Alfarovom tijelu,
ali se prepao od te misli, ovaj mladić niti šepa niti ima naušnicu...od neke izuzetne
dragosti, blagoslovio je Alfara blagoslovom pravednika koji blagoslove ne rasipa...
ostani kod mene...kod nas...uz naš prosti i bezobrazni pravopis...ne sekiraj se, ovdje
rijetko ko govori čisti bosanski jezik...sprijatelji se sa ljudima, oni su drski i naivni...
razmak od čovjeka do čovjeka se najlakše pređe razgovorom...imaćeš napretek pri-
lika i vremena za razgovor...vrijeme ovdje zamuckuje...napustio si sve što si imao,
ali budi strpljiv...možda, neznajući, hodaš natraške pa ćeš opet naići na staro i pro-
vjereno...
Starac je uzeo sveteljski izgled, te se Alfaru koža naježila i haljine su ga pritegle...
poljubio mu je mršavu ruku...izašao je iz kolibe, ne znajući kako...lice mu je za-
drhtalo, oči su mu se zasuzile...u šumarku iza kolibe se isplakao...čime je zavrijedio
ovu još jednu priliku da progleda?
Dok se Alfaro oporavljao u šumi, starac je unosio njegovo ime u golemu knjigu,
Knjigu Božijeg Grada i Života...(...tek kada se zapečate imena svih „Dobrih" pre-
staće ponavljanja...)

(502)
Za N.N.-a ona i danas postoji...ali ne u Bosni...nju je onaj tvoj Gral odnijeo sa sobom
na istok...možda u Tibet...ili u Mongoliju...danas se pred njom klanja gladni budisti-
čki monah...

(503)
U vezi Divinove hromosti treba još reći:...bosanski pravednici se prepoznaju po
nesimetričnosti nogu ili po nekoj drugoj rugobi tijela...slavenski vrhovni bog donjih
krajeva bio je hrom, narodno praznovjerje je u njegovoj mani vidjelo njegovu iznim-
nost, a katolička i vizantijska crkva njegovu urokljivost.Ne mogavši da ga potpuno
odstrane, crkve su od njega načinile demona, te je tako jedan od glavnih bogova sla-
venske religije svrstan u Kristove protivnike...njegova hromost je, po njima, poslje-
dica pada sa neba, te je kažnjen da tako ćopav bude vječiti, bosonogi putnik...

(504)
Proučavajući genetičke fenomene, radoznalci su otkrili papske ispovjednike sa za-
kržljalom nogom.
Jezuiti i danas rado biraju hromog za papinog dušebrižnika...Lojola (...čedo papskog
sluge...) je bio ćopav...kao da je jezuitima poznato da se duše, koje su već imale jed-
an tjelesni život iza sebe, prepoznaju u sljedećoj inkarnaciji na osnovu nekih znako-
va, u koje spada i ukočena noga.

(505)

Simon Cirenac je ka Golgoti nosio Isusov patibulum jer je ovaj imao problema sa hodanjem...i Mani je šepao...onaj Mani po kome se odazivaju mnogi kasniji dualisti. Nekad je nesavitljiva noga imala znamen kraljevske časti, ban Kulin je, iako nije bio kralj, bio hrom.

(506)

Kao otac i sin koji su se našli u bespuću, njih dvojica se sljedećih dana nisu razdvajala, sporazumjevajući se na trećem jeziku kojeg nisu voljeli...Djed je uz Alfara lakše hodao...Alfaro je uz njega pojmio promjenjivost kao nedostatak Dobra...promjenivost je neophodna, ona poboljšava rast djece... Djed mu je rekao...došao si ovamo bez Poitevina...da bi bio sa mnom...sada mogu stariti brže nego inače... Starac je velikodušno prihvatio Alfara, tako su ga prihvatili i ostali stanovnici, nadjenuli su mu kraće ime...Alfo...

(507)

Jedina nelagodnost među njima je bila Divinova senilnost i staračka zagubljenost... odlutao bi on u izvanvremenske pašnjake i proplanke, oči bi mu se izokrenule i on ne bi razaznavao okolinu...rukama je pravio pokrete kao da nešto od sebe odbacuje ili tjera...prepao bi se Alfarovog prisustva, i tek kada bi ga ovaj uštinuo za rame, spoznao bi djed sadašnjost.

Ta starčeva odsutnost je mještanima bila potraga za nadahnućem...veza sa onostranim...ili...priprema za smrt...poznavali su njegovu vidovicu...ismijavali je, ali i strahovali od nje...

(508)

Podstaknut sjećanjem na opsadu, Alfaro ga je, oklijevajući i bojeći se da ih ne zazove, upitao za krstaše, ima li ih i ovdje?

Mrmljajući nešto u sebi, starac je ganjao napasne patuljke po kolibi...Alfaro je zakoračio prema njemu...dodirnuo ga...i Djed je doputovao sa izvanvremenskih pašnjaka...

Za vrijeme Tajne Večere je Isusov ljubimac Ivan htio da mu on kaže ko će ga izdati ...onaj koji prvi umoči ruku u lonac...reče Isus...Juda je umočio ruku, samo jednu ruku...lijevu ruku...od pape Silvestra, prvog pape, sa obadvije ruke se umače u tu šerpu...govorio je Djed, ne gledajući ga...pitaš me, ima li ovdje umašćenih prstiju... ima ih, naravno, ne samo umašćenih već i okrvavljenih...oni nam redovno kašikaju po čorbi...da se mi ne bi opustili u našim kolibama...

Djed je bio sabran i tih, kao da je govor dugo vježbao i tek melanholičnost njegovog tona je ukazivala da se ne radi o propovjedi...o zlu i bolesti svako ima svoje mišljenje...zlo nije samo tvoj problem, ako si uporan, sagledaćeš ga i u jaslicima...pod dječijom dekom...u dječijem izmetu...i u dječijoj srdžbi...

(509)

...neki kažu da je to zato što u Bogu rebelira princip koji se zove „zlo"...njegova ba-
za je na „božijem sjeveru"...opomenuti smo...sa sjevera će se otvoriti zlo...možda
ima u toj rečenici istine...istine ima u svakom učenju...pa i u onom kojeg mi ne pri-
znamo...učenja su izgovor neukih...
Pastiri pripovjedaju da se iza sjevernih brda nalazi bunar „Svetog Zla"...iz njega
piju vodu oni koji žele smrt svome suparniku i takmacu...pored njega logoruju voj-
ske koje nas napadaju...u tom bunaru voda ne presušuje...ili drugačije rečeno...mi se
ovdje ne svađamo oko bunara, jer ih ni nemamo, mi imamo izvore...onaj kome je
izvorska voda prejaka, taj ide iza brda i tamo kopa bunare...a uvijek se otvaraju za-
trpani bunari...

(...kroz bunar se komunicira sa mrtvim...)

(510)

...mi učimo...nastavio je Djed...da u božijoj suštini nema mraka, mrak je od Lucifera
(...anđela svjetla...), sjevernjaka koji je podijelio vode, pa mu je Bog isisao svoju sla-
vu i sa trećinom anđela ga istjerao sa neba...na zemlji, od zemlje i svoje pljuvačke
napravio je Lucifer čovjeka, neobuzdanu kreaturu...htio je Lucifer, Božiji majmun,
„uzaći u visine oblačne", htio je biti jednak Višnjem ali..."sruši se u podzemlje, u
dubine provalije"...ostalo mu je „podzemlje", ovaj bezdan da u njemu vlada, zavo-
deći druge kreature da kopaju stare bunare i piju zamućenu vodu...to objašnjenje je
možda nadriučenje, ali ono na nas djeluje, te vjerujemo u Boga, u suštu Dobrotu, u
čiju blizinu treba odavde skrenuti...božiji zakoni su kao iskre pohranjeni u nama,
onaj koji bar jednog svica ulovi, taj uživa u atributima Božijeg lika...taj je pobijedio
Lucifera…put ka Bogu ide stazom kojom smo iz Boga izašli...

(511)

...ja želim pobijediti Lucifera...želim da me osvijetli Božija Iskra...želim da proletim
podzemljem...iako sam pobjegao sa Montségura...iako sam ostavio Poitevina da
umre...iako sam...htio je Alfaro reći...Anku, moju ljubav ostavio...ali je zašutio...

(512)

Divin mu je prišao, položio mu je svoju ledenu šaku na glavu, poljubio ga je u čelo,
ovaj put je Alfaro osjetio njegov miris, vonj umorne starost i mlitave savršenosti…
upitao se…zašto uvijek samo stare ljude nazivaju dobrim ljudima...i zašto uvijek sta-
ri ljudi započinju ratove...
...majke i očevi mi plaču, jedni su uvrijeđeni, drugi osakaćeni, treći posramljeni...ne-
ka se isplaču, ja sam kriv za njihove nedaće...ne dozvoli mi Bože da se mojim razu-
mom borim protiv Tvoje dalekovidnosti...idi na počinak moj sine, i oprosti mi moju
oholost i moju prepametnost...mudrovanje kvari želudac...zla će biti i sutra, pa mo-
žemo o njemu opet razgovarati...
Još je bio dan te se Alfaro začudio Djedovim riječima, ali je spazio crnu mrenu u
starčevim očima, izašao je napolje, u jesen koja se raširila po okolišu...možda je Poi-

tevin preživio svoju bolest, možda ga sada doziva po Veroni, možda plače za njim u veronskoj areni...možda ga i Anka traži i plače za njim u razbojničkom brlogu?...

(513)

Dok ovo pišem, Martha, moja Crna Djevica-Kurva, bdije nadamnom...Božija Golubica i Božiji Gavran u istom gnijezdu...ona ne razumije moja slova, kao što ni ja ne razumijem njeno ponašanje...neskladni smo par, neostvarljiva ekumena...nisam joj rekao da sam sada na bosanskom drumu, nisam joj rekao da sam se kanio prevođenja...seoba, fizičko kretanje se pretvorilo u kretanje duha.

(514)

Ja i ona smo kao onaj Djedov „dupli svitak", kojim je on očaravao goste.

Listovi toga svitka su na neparnoj strani bili ispunjeni učenjima koja latinska crkva propagira, na parnoj su se mogle pročitati iste teme u obradi Bosanske Crkve.

Šiljalom bi posjetioci pritiskivali određeno latinsko slovo, a djed bi napamet citirao sa dobre strane, gdje se ocrtavao otisak špica.

(515)

Naučio je on tu vještinu od Židova čiju sudbinu je i inače uspoređivao sa sudbinom Dobrih Krstjana...Židovi su izabranici Starog Zavjeta (...čitao ga je Divin oprezno...)
...Dobri Krstjani izabranici Novog Zavjeta...crkve proganjaju Židove...i nas proganjaju...Židovi su stranci u svim gradovima...mi, vječni stranci na zemlji...
Ne sluteći budućnost, Djed se šalio...Židovi bi bili Dobri Ljudi ali im manjka Bosna. (...zvaće ga Jarušalaim ketana...Mali Jeruzalem...)
Dupli svitak je on sastavio, ispisujući ga naizmjenice latinskim i njegovim slovima
...ako hoćeš proniknuti u Sveti Tekst, moraš ga prepisati, moraš nad njim oćoraviti i poluditi...nad njim se grčiti...
Alfaro se, čim je ovladao bosanskim glagolima (...govoriti istim jezikom znači nikome ništa novo reći...), dao na prevođenje dvostrukog teksta, kaneći ga u danu povrata ponijeti sa sobom, kao dokaz svoga hodočašća...kao dokaz novostečenog umijeća razlikovanja alfe od omege...bio sam u toj zemlji da bih vlastitu zavolio...

(516)

Marthi se to poređenje sa „duplim svitkom" ne bi dopalo...ne bi ona voljela biti na pogrešnoj strani...a ja sam, zbog nje, bio spreman staviti sebe i u stravični petnaesti kapitel Levitskih zakona.

Nisu joj se sviđala moja poređenja, te kako ih je ona zvala „metafizičke istovjetnosti" koje ništa ne dokazuju...da nisi čitao knjige o ljubavi ne bi se nikada u mene zaljubio!

Uzaludno sam joj odgovarao da su riječi gamad, njen osmijeh (...šta je sa osmijehom moje žene...) je vredniji od tomova napisanih ili pročitanih knjiga...ona bi se mojim riječima, kao i N.N., nasmijala.

(517)
Uprkos njenom neprocjenjivom osmijehu i mome nezadovoljenom nagonu, ja sam, na strpljivom papiru, dopratio Alfara do njegovog cilja.
Istina, uz put smo prekoračili vagone lešina, ostavljajući ih nesahranjene...bez obreda i zadnjih riječi...oprali smo svoju obuću u njihovoj krvi, brineći se samo o vlastitom iskupljenju.

(518)
Čitajući biografije:...uživanje autora dok prikazuju smrt svojih odabranika...(..hvalabogu, gotovo je...)...ali i tebe uzbuđuju stranice sa kojih se nestaje.

(519)
Moja grobljanska strast se u Hronici mogla iživjeti...ona je plodna pobačajima i oduljenim sjenama.

(520)
Pokušao sam se suprostaviti srednjovjekovnom pravilu, koje kaže da je veličina djela prisutna u ponavljanju, ali taj pokušaj je bio tek sujeta mozga...u ranom kršćanstvu je i grobar mogao postati prezbiter, te sam i ja Hroniku lopatom, a ne perom, pisao i prepisivao.

Planine i prijatelji

(521)
Divin je Alfaru našao posao kod klesara i kovača Semorada...riječ i kamen je najteže obrađivati...reče Divin zajedljivo, povezujući južnofrancuske trubadure sa bosanskim kamenorescima.
Ne vrijednujući njegovu ironiju, Alfaro je bio siguran...Semorad i Bernart su sličili jedan drugom, jedan je baratao kamenom kao drugi riječima...izrazi lica su im bili isti...napor u njihovim plitkim crtama lica, pobožni osmijeh i rasipnička otvorenost...

(522)
Kroz zajednički posao nastane prijateljstvo, ili se ljudi zamrze...njih dvojica, dva temperamenta, zbližila su se tim poslom...
I mada ga Semorad nije opterećivao preteškim čekićima i dlijetima, ipak će Alfaro posustajati u radu, klesanje će upaliti njegove potanke mišiće, pa će mu Djed morati mazati ruke i leđa nekom smrdljivom ali ljekovitom tekućinom...muške biljke umočene u menstruaciju žene koja je rodila blizance...

(523)
Ranoranilačke mrazeve su iskorištavali za siječenje stijena...postupak je bio mehanički prost...izbušiti rupe u mineralu, sipati bistru vodu u njih, sačekati da se voda u rupama smrzne i raširi, čime su se stvarale pukotine...preostajalo je samo odvojiti željenu formu od trudne matere stijene...ona je, kao i svaka porodilja, ječala...
Na osnovu uzdaha stijene, Semorad je određivao njen kvalitet.
Alfara je fasciniralo sipanje vode u mukotrpne bušotine, kao da se radilo o nadnaravnom činu iza kojeg se naslućuje čudo, čudo rastakanja i pucanja materije... nestalna voda smiruje forme...kamenje se buni protiv te tekućine i ostaje postojano...

(524)
Skupa će isječi i kamen sljemenjak kojeg je Divin naručio za svoje tijelo... (...tijelo je stvar koju treba poštovati...duša je kurva koja se okolo skita i bavi vradžbinama...).
Na tom kamenu će Semorad uklesati nizove ljiljana (...simbol čistoće ali i smrti...), koji sliče krstu ili čovjeku, polumjesec, Divinov štap, knjigu apokalipse i lik (...nalik Divinu...) koji je drži u ruci...kao i svastiku, oličenje ponavljanja i povratka...

(525)
Semoradov otac je također bio kamenorezac, a i njegov djed i pradjed, rađali su se oni sa dualističkim predodređenjem...njih i njega su trovale iste kamene čestice, pa ih je, kašljući i kihajući, izbacivao iz sebe.(...Divin, nadriljekar, tjerao ga je da pije kozije mlijeko...kašalj je maćeha grudi...)
Semorad je preuzeo muku svojih predaka, nastavio je tući kamen tamo gdje su oni zastali, urezivao je znakove i simbole (...simboli su kurve koje se okolo skitaju i ba-

ve vradžbinama...), od kojih mnoge nije ni razumio...uporno ih je uklesavao, ne pokušavajući novotariju upisati u kamen, nego samo ono što stoji u pradjedovskim podlogama...ili ono što vidi oko sebe...tek ga je slovoznanac Tarah prevaspitao, pa je on nevoljno urezao najprostija slova...bio je nepismen...Divin ga je nagovarao da uči pismena, ali se Semorad bojao da će mu ona unazaditi umijeće klesanja...teoretisanje šteti mome radu...

Pamćenjem je nadoknađivao svoju nepismenost, znao je stotine lascivnih anegdota koje, iz poštovanja ili od srama, nije u Divinovom prisustvu izlagao.

(526)
Bio je srednjih godina u kojima se čovjek još ne odriče svjetovnih užitaka, prije i poslije posla je bio skrušen, a radeći zanesen, psovao je ili pjevao prostakluke kojima je rastjerivao gorske vile.

Volio je ove ljude iz varoši, njihova smrt ga je hranila, volio je sjediti sa njima, ženama ljupko čupati dlake po nogama, mužjake saosjećajno udarati po jajima...zadirkivati ih, bez namjere da ih ponizi...

(527)
Trošeći vrijeme sa mrtvacima, Semorad je uvijek bio dobro raspoložen, groblje je bila njegova radionica pa je prezirao one koji se kriju od smrti...ručao je na propuhu abadonskih vjetrova, pitajući krtice ostacima jela.

(528)
Duge pletenice su mu masirale kičmu.

Na jednom od stećaka, predstaviće sebe sa tim pletenicama, moderni naučnici su se mogli izražavati o „snažnom portretu knjeginje"...bila je to njegova, neželjena, posmrtna šala.

Oblačio se neupadljivo, odjeća mu je bila zakrpljena prašinom i posmrtnim utjehama, mijenjao ju je jednom godišnje, pohranjujući je u ženskom grobu...zbunjujući i time naučnike...

(529)
Proputovao je tronedeljnu Bosnu, oblikujući kamenove i klešući bogonacrtane zareze u njih...znali su za njega i u Dubrovniku, Splitu, Zadru...mada nije volio gradove ...kamenolomi i nekropole su mu bili draži...prestao sam putovati, danas hodam samo od groba do groba...te i Alfara, kao da su na izložbi, vodao od jednog do drugog stećka, ogovarao je mrtvace i skidao mahovinu sa njihovih kamenova...oštrio bi i glancao oruđe, svjestan svojih mišića i njihove zategnutosti...svjestan neistrošivosti i sigurnosti svoga posla...njegovu predanost, pjevanje i rad prekidao je suvi kašalj ...grč u desnom ramenu...tjelesni bol je trijumf principa zla koji je tijelu svojstven...

(530)
Ponekad je imao strašan pogled i tada je psovao ono što je drugima bilo sveto...znaš, Alfo...bahate ličnosti lupaju na vrata, a mi siromašni zovemo...pored nas je pas jer se

o nama malo ko brine...mi smo pred kapijama...stanovnici praga...kusači bezmesne supe...Bog bi nas mogao sve izjednačiti ali on, valjda, zbog bogataša voli siromahe ...sinoć sam začeo dijete, siromaha...moja mila Jelena me jutros nije izružila...time sam umilostio Boga...

Ali te srdžbe su bila sporadična dešavanja kojima Alfaro nije bio rado svjedok...

(531)

Drugi Alfarov prijatelj je bio Tarah...pisar, dijak, pjesnik, filozof, pijanac, neženja, savjest plemstva.

Sporazumjevali su se na latinskom jeziku na kojem je Tarah sebe zvao Anno Lucis ...pisao je on samo poluoblom glagoljicom...opasno pišem...svaki čitalac manje je prijetnja manje...farbao je Semoradove stećke, ili mu je pokazivao slova koja je onda ovaj, prenemažući se, klesao u prvotnu bjelinu minerala.

(532)

Treći Alfarov drug je bio Grubač, zadužen za brisanje natpisa i slika sa obrađenih i ostarjelih kamenova...njih bi zakupljivali smrtnici, Grubač bi ih čistio od postojećih potvrda...a Semorad bi slične urezivao...ovaj fildžan je lijepo iscrtan, mada kafa u njemu ima isti ukus kao i u bilo kojem drugom fildžanu...

Alfaro nije shvatao smisao njegovog rada...zašto glačati kamenje i sa njih brisati već jednom izbrisane živote?Divin je ublažavao njegovo čuđenje...kod nas uspomene ne žive dugo...jednu-dvije generacije...najviše tri...dulje se i ne vrijedi sjećati...dođu drugačije nevolje i muke...tijelo koje je bilo ispod kamena je propalo, mrtvaci trebaju svoj međuprostor, pa je onda najsvrsishodnije iskoristiti postojeću raku i postojeći kamen za novog beskućnika.

(533)

Semorad je bio veseo i snažan,Tarah učen i slovobojazan, a Grubač tvrdoglav i surov, nalik brdima oko njih...

Tarah i Semorad su ga zbog te surovosti katkad zadirkivali...i prezirali...

Oni su bili stvaraoci, Grubač je bio brisač (...također, na svoj način, stvaraoc...), on je poništavao ono što su prethodnici Semorada i Taraha stvorili...ali je time i njima omogućavao nova djela.

Bio je on predstavnik onih bosanskih sila zaduženih za uništavanje, za potiranje, za ravnanje...doduše, imao je sporednu ulogu i sitna gibanja, nije topio kamen, već je prao prošlost sa njega, brisao je stara imena, a time i materijalne zapise na njih...brisao ih je i po nalogu vlastele, koja se nije zadovoljavala samo mijenjanjem papirnih dokumenata.

Narod se nije zbog toga uzbuđivao, svako ide za svojim poslom...oni što su ispod kamenova ležali, njihovi ostaci, također se nisu bunili.

Prah od odstruganih linija i ispupčenja dijelio je on ženama i bolesnima da se uljepšavaju i liječe, te je, po njihovom mišljenju, bio opravdan.

(534)

Bilo je neke potisnute mržnje između njih dvojice i Grubača...po Divinu, nijedan čovjek se ne rađa uzaludno...Grubačeve vrline su vama mane...ali vrline ili mane nisu bitne, nego njihova iskrenost...a on je iskren...

Viđao je Alfaro slaboprimjetnu boru oko Grubačevih usana, koja kao da je mlijeko preobražavala u surutku, sreću u jecaj, te se Alfaro morao pitati je li djed u pravu? Ipak ga je on privlačio, posebno od onoga dana kada ga je zatekao kako u drvetu teše figuru djeteta...Grubač je igračku hitro sakrio...ili je to bila lutka sa likom onoga kojeg je on mrzio i od kojeg je strijepio?...

(...sipao je mrvice hljeba po mravnjaku...)

(535)

Grubač je, kao i Semorad, bio nepismenjak, pisao je samo čekićem i dlijetom, otklanjajući, do neprepoznavanja, vještačke izbočine na kamenu.

Bio je sujevjeran...iz šuma granja je pretkazivao rodne i nerodne godine, susjedovo kihanje mu je donosilo zaradu, nosio je uvijek sol sa sobom, mislio je da duše mrtvih žive od mirisa hrane, najkraći dan u godini mu je bio glavni praznik, kada je prolazio pored jazbina koje su mu bile svete, zadržavao je dah da ih ne bi njime uprljao...bio je oprezan i obazriv, vukući rupu iza sebe u koju se mogao povući...

(536)

Glava mu je bila mentalni koš za domaće jegulje, njihova ljigavost mu je curila kroz otvore te glave...slasnije je uživao u tuđem jadu nego u vlastitom dobru...nije imao ni oca ni sina a ni svetoga duha, vjerovao je da postoji samo rođenje i smrt...između su tek objašnjenja...

(537)

Njegovi roditelji su bili vizantijske vjere, popovima su ljubili neoprane ruke i drugačije se krstili.

Grubač je jednoga od tih halapljivih popova lupio toljagom po glavi, u momentu udarca, već je zaboravio zašto ga je udario.

Ohlađenog popa i hladnu toljagu je pokrio šašom i pobjegao tamo, gdje se za ubijenog i toljagu niko nije interesovao.

Od tada nije raspravljao sa drugima.

Kao i Tarah, bio je i on neženja, ali dok je Tarah svoju spolnu uzdržanost smatrao Božijim darom, Grubač se dičio svojim ljubavnim avanturama, velikom kitom i prezirom prema ženama.

(538)

Tarah se obrazovao u crkvenim školama, po razbludnim primorskim mjestima, u koja ga je njegov otac, katolik, slao da izuči za pisara...čim se opismenio, dao se na čitanje rđavih knjiga i pisanje satiričnih deseteraca u kojima je izrugivao sveštenstvo i plemiće...tako sam postao bogu mio...postao krstjanski stihoklepac...zarađujući pisanjem onoliko koliko liječnik zaradi u vrijeme kuge...

Vjerovao je u neko „sutra", bez vođa i njihove stalne priče o dobru i bez njihovih stalnih idiotskih ratova...užitak nesposobnih vladara je naša propast, moral nema množine...ne progoni se onaj koji podmeće požar, već onaj koji zvoni na uzbunu...

(539)
Razglabao je o moru, Veneciji, Dubrovniku, Rimu...o bogastvu drugih, izbjegavajući ga porediti sa siromaštvom ovdje, nije htio sagovornika uvrijediti.

(540)
Bosanci su Bosnu napuštali kao vojnici, misionari ili robovi, bilo je i nešto trgovaca, a rijetko takvih kao Tarah, koji su odlazili da bi učili u tuđim školama.
Sa svojih školovanja je donio ideju „Grada", bosanskog grada...umjesto solomonskim zidovima, biće on opasan visećim vrtovima...u njegovom centru se neće nalaziti ni hram ni babilonska kula, nego izvor ove rijeke...umjesto ulica, imaće on regale sa knjigama...u njemu će se moći šetati bez bojazni od tuđih vojski i mišljenja...ali i bez bojazni od domaće primitivnosti...

(541)
Odjeća mu je bila sašivena od bosanskog lana, humske vune, dubrovačke raše i italijanske svile, kako se odijevao tako je i mislio, od svega po malo, pripadao je svima i nikome, radovao se svemu i ničemu...smatrao se pametnim jer je sljedeći dan drugačije mislio...
Odgojen u rimokatolicizmu, odrastao sa naukom Crkve Bosanske, stareći, on se udaljavao i od nje, konstruišući osebujne predstave o Bogu i nastojeći njima sjediniti religije koje je poznavao...znatiželjan i nezajažljiv, htio je otići i na Orijent, da bi proučio Muhamedovu vijest...moglo bi se reći da nije bio skroman...imao je više religija...a trebao mu je Bog da bi ga on, Tarah, mogao tapšati po leđima i objašnjavati mu u čemu je on, Bog, pogriješio...

(542)
Plodonosnije mu je bilo studiranje ljudi nego njihovih pisanja, a ipak se i dalje bavio knjigama...drugima su zanimljivije naše nakaznosti od naših vrlina, ali ako priznaš vlastitu izopačenosti, onda se možeš i njome tješiti...gledao je u Grubača...
On i Divin su rado teologizirali...Alfara su te rasprave privlačile...Semoradu i Grubaču su one bile taština nad taštinama, nisu ih ni shvatali...

(543)
Piše u Hronici:
Čovjek se zainteresovao za utrobu brda, za pećine u njemu, špilje i rupe u koje padaju vode ponornice i iz kojih one izlaze...tek kada je istražio ono šta je u brdu, izvukao se onda na svjetlo i krenuo ka njegovom vrhu...da bi odozgo sagledao cjelovitost i da bi se, nakon pakla i tame, približio visinama bliskim božijem tronu.
Kada su njih četvorica pošli uz brdo na kojem se trebala postaviti kula za bana Kulina, zaustavio ih je Divin...šta tražite na tom brdu?...

Djeda se ničim nije moglo iznenaditi, smatrao je čuđenje i iznenađenje osobinom žena i djece...ali ovaj put je on bio zatečen, pa ih je sa nevjericom gledao...

(544)

Pod vrhom se često sretne neki začuđeni pastir ili pametni starčić koji te odvraća od tvoga nauma, vrti glavom, dočarava ti opasnosti planine, kaos stijena, snijega i leda ...njenu hirovitost, njenu krajnost...kao da oni poznaju onog njemačkog filozofa koji se, obišavši Švajcarsku. žalio na besmislenost planinarenja...noge te zabole, idealizovani gorštaci su neizdržljivi, njihovo vino gorko...
Sličan filozof je bio i Divin, njihov „poduhvat" nije za njega imao smisla...odgojile su ga pravolinijske stukture...ne okuke...

(545)
Semorad se pravdao:...pa brdo je tu, pred nosom, zašto se ne bi neko i na njegov vrh popeo...to je naše poznato brdo, naš Sinaj...svaki dan on odozgo kiše po nama, pa hajde da se jednom i do njegovog nosa dođe...
Grubaču se ta ideja nije baš dopadala, ali nije htio biti iznimka, ako oni mogu, može i on...idemo gore zato što se nijedan pastir nije usudio toliko visoko popeti...
Tarah se nadao da će vidjeti plavo a i crno more, ali govorio je o vidiku, o visini, o uzvišenosti.
Alfaro je bio ushićen...hoćemo da se približimo Bogu...promatranje sa vrha, ide od vanjskog ka unutrašnjem...
Divin se zagleda u Alfara kao u nepoznatu biljku, zapita Taraha:...ko vam je ovaj svetac?
A onda, kao da se samo Alfaru obraća...ova planina nije Sinaj...gore vas čeka samo hladnoća, vjetar i pustoš...
No, te riječi ne odoše za njima, odšepaše sa Divinom u njegovu kolibu.
Sjetio se Djed neispunjenog obećanja koje je, među ostalim, i on dao banu Kulinu... njegova zadužbina su hladnoća, vjetar i pustoš...

(546)
Predveče ih je Divin podrugljivo susreo, podsmješljivost starca koja hoće da se našali sa neiskustvom, ali oni, raspojasani, malaksali i izgrebani po tijelu, bez riječi su ga zaobišli, kao očekivanu prepreku...

(547)
Sljedećeg dana ih je zatekao kako sa pretjeranim žarom obrađuju kamenje, padala je sitničava kiša, razvodnjavajući im znoj na sljepočnicama.
...onda, ujutro, popni se na brdo Sinaj i ondje ćeš, navrh brda, stupiti preda me.Niko drugi neka se sa tobom ne penje;neka se niko nigdje na brdu ne pokaže.Neka ni ovce ni goveda ne pasu podno brda...navodio je Divin iz Starog Zavjeta...pa, vidjeste li Boga, junaci?...
...nismo ga vidjeli ali smo osjetili njegov dah...zelenilo i okrugla ploča ispod tog zelenila...a u njemu naša varoš...koja se odala dimom iz tvoje i iz drugih hiža...i samo

je on...taj dim...od ljudske ruke nastao...bio gore sa nama...u svemu drugom nije bilo čovjeka...takav je, otprilike, bio njihov utisak...svaki od njih je dobacivao po koju riječ, kojom su složili istu misao.

(548)

Divin, kajući se zbog svoje ironije, htio ih je nagraditi pričom:...nekoliko slikara je slikalo isto brdo, kada su završili svoje slike, nastala je rasprava o tome čije platno najvjernije odslikava to brdo...iz rasprave je nastala svađa a iz svađe tuča...najjači od njih, onaj koji je u tuči pobijedio, bio je uvjeren da je njegova slika stvarni odraz brda...ali jedini kojem se brdo povjerilo, koji ima njegovu sliku, onaj je koji je bio na njegovom vrhu...

Moja savijeni štap nije slikarski kist, ja sam osuđen da ne odem na vrh ove planine, ali vi ste bili gore i vi ste moje zdrave noge i moj pravi štap.

(549)

Bila je to Tarahova ideja da odu do vrha ove, za nas, bezimene planine (...trebište ...mjesto paganskih žrtvovanja...) na kojoj je ban Kulin htio da mu se napravi spomenik...sunce nije ogrijalo njihov polazak, ali ih je dočekalo na vrhu.

Zanemarujući odgovore koje su dali Divinu, zanemarujući njihove težnje i očekivanja...ostaje taj zajednički naporni uspon, zajednički boravak iznad svega, a i poletni silazak...zajedništvo u jedinstvenom poduhvatu, osjećaj da su drugačiji od ostalih, da su uradili nešto što se ne može lako obrazložiti...izvanrednost koju su sami pokrenuli.

Čak je i Grubač bio zadovoljan.

Pastiri su uvjereni da od tada, na tom brdu, otrovne zmije ne ujedaju ni goveda ni ljude, otrov i zloća su im usahnuli.

Ti bosanski prethodnici lažnog planinara Petrarke nisu ušli ni u jednu istoriju.

(550)

Na vrhu im je Tarah otpjevao dio svoje velike pjesme o banu Kulinu, govoreći im potom da su ove planine oko njih arhivi u koje se treba udubljivati i koje treba proučavati...zanesenjak, on ih je zaklinjao da slave Bosnu i Okcitaniju...oni su šutjeli, dirnuti njegovim riječima...vjetar im je češljao kose, probuđeni orao je kružio oko njih ...razasuti oblaci su tutnjali prema zapadu, ka Alfarovom zavičaju.

(551)

I opet se otjelotvorila paralela, prepoznao sam sebe i prepoznao sam N.N.-a, opet sam posumnjao u iskrenost Hronike...morao sam se zamisliti nad vlastitim događanjem i tuđim pisanjem.

Ljudski umrisi su zgotovljeni...prohujali i ukalupljeni...drugost se opravdava slabošću...N.N. je umro ne priznajući moju drugost...za Marthu sam ja nesretni izbjeglica, koji treba podršku...moj prijašnji razvoj je ne zanima...

(552)
Ban Kulin je vladao od 1180. do 1204. godine...naslijedivši zemlju i katoličanstvo svoga oca, oženio se krstjankom i osnovao Crkvu Bosansku...je li i na njega uticala žena (...čest slučaj...) ili božije proviđenje (...rjeđi slučaj...), osnivač i njegova Crkva su zemlji donijeli blagodat...

(553)
Uz bogumilsku vjeru, bez ratova, proširio je on svoju banovinu (...tri nedelje hoda...), doveo je strance i poboljšao trgovinu i rudarstvo, (...i to će sljedeći vladari praktikovati...) organizovao je administraciju...njive su obilno rađale, živina se gojila, anđeli koralisali u njegovu čast...pronijeće se poslovica o tom blagorodnom stanju i bogastvu.
Ugarski kralj mu je zaprijetio ratom, pa je ban Kulin natjeran da ode u Rim (...izlet duše...), da bi se ondje odrekao varljivih ubjeđenja, što je ban i obećao, ali se nije i zakleo...te se opet okrenuo ka, za njega, boljoj vjeri, uvodeći običaj koje će sljedeće generacije primjenjivati pred sličnim prijetnjama.
Prigušujući ratne poklike, on je (...u tome ga sljedeći vladari nisu baš dosljedno slijedili...) razboritošću i dogovaranjem štedio svoju zemlju od nepogoda.

(554)
Ne znamo kako je ban Kulin izgledao, ne znamo ni gdje je sahranjen, ne znaju se ni imena njegove djece (...jedan sin mu se zvao Stjepan, ali Stjepana je bilo puno u Bosni, možda se radilo o nekoj drugoj osobi...), te osim nježnog sjećanja na njegovu vladavinu (...i par povelja...), nije nas on ničim zadužio...mada je mir pod njegovom upravom bio mojsijevski preduslov za mit i legendu.

(555)
Ni djedovi a ni dobrotvori (...istorija je istorija imena...) ne opterećuju naročito bosansku memoriju...ratovi, državni sistemi, podijeljenost po religijama, naklonosti... kako se dogovoriti oko praoca...u svakoj istoriji su sakrivene rečenice, koje će tek nakon stotine godina neko primjetiti...ali u ovoj hronici je Kulin ban praotac Bosne ...mitski dobrotvor, donosilac mira...za kojim će Bošnjak svagda čeznuti...

(556)
On se pobratimio sa uslužnim prikazama i posestrio sa vilama...sljedeći naraštaji će se sa njima posvađati...

(557)
Tarah je napisao ep o banu Kulinu, ali do danas nije iskopan nijedan njegov inicijal, te i on čami u nepoznatom grobu...i njega je neko spalio...da je kojim čudom sačuvan, dobili bi sadašnji Bosanci iliti Bošnjaci svoju epopeju, svoj mitos, sa kojim bi lakše trpili promjene...mada piše u Hronici da je Tarah svojim prijateljima rekao ...volim ljude zbog onoga što su oni zaboravili, a ne zbog onoga čega se oni sjećaju...

(558)
...a ja sam, čitajući i prevodeći Hroniku, bio siguran da nam taj mit nedostaje, mit o samosvjesnosti i jedinstvenosti...saznanje da su se naši prapradjedovi prvi zaputili ka vrhu...ka vrhu planine pod kojom smo rođeni...planine na kojoj je Tarah svojim slušateljima pročitao odlomke našeg Postanja...

(559)
Hronika spominje tu poemu ali nam ne kaže pod kojom bukvom je ona pisana, kakvim stilom...ne prepričava njen sadržaj, ona tek ovlaš dotiče jedan od najtamnijih ali i najbitnijih perioda bosanskog razvitka...oni italijanski heretici su je morali čuti... ili je iza Tarahove smrti, ona često recitovana, te nije bilo neophodno prepisati je i tako očuvati...
A zadnjeg recitatora su proglasili ludim...uškopili su ga i tako smirili...

(560)
Jedina utjeha mi je potvrda da je postojala.
Možda će, kao u žurbi plitko zakopani spis, uskrsnuti...ili će je neki neokrstjanin iskopati pod Montségurom?

Žena među planinama

(561)
Tamnoputa Marija iz Magdale je bila prva paganska bludnica koja se pokrstila...i to zato što je, kažu zavidnici, bila Isusova ljubavnica.

(562)
Čučao je on u hladu njene palme, zamišljeno crtajući krugove po pijesku, izašla je ona iz kuće i sjela uz njega, učinilo joj se da plače, da je tužan...zašto plačeš?...
On je, ne dižući glavu, i dalje šarao krugove po pijesku.
Ona je uzdahnula...eh, kada će Bog konačno ukinuti zlo!?...
Podigao je Isus glavu iz krugova, promotrio ju je kao onda kada ju je vidio u bordelu ...zla će nestati tek onda kada vi žene prestanete rađati!...
Ustala je Marija i plačući iščezla u kuću.
On se pokajao, nije je htio rasplakati, bila mu je draga...možda ga je njena nametljiva privrženost isprovocirala?

(563)
Njoj će biti dano da premeće njegove zavoje i da bude prva kojoj će se on nakon smrti ukazati, njoj će biti suđeno da postane Crna Gospa...negativ Isusove majke Marije, Bijele Gospe…
Ali toga dana nije on bio za tolerantnost, na njeno pitanje se nije moglo iz krugova odgovoriti, a morao je nešto reći pa mu je, eto, ta drska rečenica prosto iskočila iz usta, kao prekisela maslina...vjerovatno će je neki kreten negdje zapisati, kao što se i onako zapisuje sve što on kaže, kao da je on „kretanje vazduha" a ne obični čovjek ...kretanje mesa...koji hoće mrvu mira prije nego što ga razapnu.

(564)
Dobri ljudi, čisti, savršeni, parfaits, veri christiani...pročitaće taj Isusov iskaz i odlučiće da ne sjedaju pored žene...da ne uzimaju ništa iz njenih ruku...da joj ne gledaju u oči...a ako im se ruka omakne da onda, za kaznu, devet dana poste i mole se...
Ali oni će i reći:...ako ona može hljeb peći, onda ga može i lomiti...dopuštajući joj da dodirne savršenstvo, to jest da se pretvori u biće bez spola.
(...crnu Kaju, kćerku bosanskog Lota, skamenila je kletva njenog oca...ne zato što se ona okrenula za nečim važnim, već zato što se udala za nevažnog bogumila...)
Katolici (...jedna heretička rečenica i čitavo učenje je heretičko...) su postavili ženu u kuhinju i u krevet...ili, u idealnom slučaju, iza manastirskih rešetaka.
A kao treća, Crkva Bosanska je bila i najblaža...on je smio nju zavoljeti...a i ona njega...smjeli su se posvađati i rastati, jedno drugog otpustiti u miru (...možda ih je napasnik spojio...).

(565)
Alfaru i njegovoj dvodnevnoj ropkinji je bio suđen ponovni susret:

*Ušao je u kolibu noseći maline u rukama, modri sok mu je kapao kroz prste, htio je
da se starac zasladi voćem...neka djevojka (...te udavače kojima je Djed provoda-
džija...) mu je pružila drvenu posudu i Alfaro je nesmotreno sasuo maline u nju, više
njih je palo na zemljani pod, poprskalo njihove noge...on se sagnuo da ih pokupi,
kleknuo je pred ženom, a kada je ustao, sudario se sa njenim morskim očima
...maline su se iznova rasule po podu, skakutavi klikeri...*

(566)
*Anka ga nije odmah prepoznala, duga kosa i drugo odijelo su mu izmijenili lik, ali
njegova smetenost je ostala ista...Anka ga se prepala...a onda se ozarila...moj zalu-
tali gospodar...*

(567)
Njen trzaj nije promakao Divinu...a ni Alfarova zgranutost.
Uzeo je najsočniju malinu i, ne rekavši ništa, ostavio ih same u kolibi.
*Alfaro se zastidio, bio je neiskren prema Djedu, pa se ovaj zato naljutio (...Anka je
bila dječačka zavjera za koju odrasli ne smiju znati...), ali je začuo starčev smijeh
napolju...Anka mu je pružila ruku.*

(568)
Divin mu je, krijući, već odavno birao mladu...i samoća je Sotonina zamka...žena je
muškarčeva humanost...
Pripremao ga je...od nje učimo kao što i ona od nas uči...učimo od njenog bola dok
rađa...učimo od njene brige za djecu...učimo od njene odanosti...
Mislio je pri tome i na sebe (...žena ga je napustila jer on od nje nije ništa naučio...)
...ova koliba zaudara na nered i lošu kuhinju, meni treba domaćica, a Alfaru prijate-
ljica...a on je tako sramežljiv...
Znao je da varoške djevojke zagledaju Alfara (...privlačnost stranca...), ali radi mira
je poručio siroče iz susjednog sela.
Doveo ju je Divin da mu očisti kuću i starost, opet nesvjesno sjedinjujući dvoje mla-
dih, ovaj put kao vjerenicu i vjerenika...ne kao roba i robovlasnika.

(569)
Anka je isprva dvorila Divina, kroz njega se ona približavala Alfaru...njihovo
sjedinjenje je bilo hitro...bojali su se da ih opet neki prepad ne rastavi...
Bertrand Marty, prvi Alfarov učitelj, nije imao dobro mišljenje o ženama, bile su mu
one nepotrebne, kao i djeca...štetile su savršenstvu i podržavale Sotonu...Divin je bio
umjereniji...Anka je sestra Marije iz Magdale...

(570)
Uz nju je Alfaro upoznao ženinu dobrotu i ženski oblik bosanskog jezika, zbog nje
mu je iščupano rebro...da bi mu bila drugarica, da bi bila na njegovoj strani...pred
spavanje je Alfaro prao i ljubio Ankine noge...otiske njenih stopala je mogao, u me-
koj travi ili u mekom snijegu, prepoznati i izmjeriti...njen miris je u njegovom moz-

gu prouzrokovao hemijske reakcije, koje su tek danas tehnički mjerljive...

(571)
Anka je Alfaru, dok joj je on prao noge, pričala priče i ljubila mu nedosljednost na usnama.

...u pećini, iznad banovog dvora, živi vila planinkinja koja u proljeće izlazi iz pećinskog stana da bi nabrala ljiljane...ona nema ni familije ni prijateljica ni dragog...već samo princa koji se još nije rodio...doći će on izdaleka i odvešće je u tu daljinu... Obični smrtnici je ne sreću, ona se ukazuje samo mirodonosnim strancima i onima koji su, kao Divin, izvan okorjelosti...koža joj je tamna...crna sam ali lijepa...tako pjeva...a čuje je onaj koji će je odvesti...
Alfaro je tu priču shvatio kao metaforu o Crkvi Bosanskoj, a Anka kao metaforu o njima dvoma.
...ona štiti novorođenčad...dodade Anka.

(572)
Ankino porijeklo, njeno djetinjstvo i mladost su tipični za srednjovjekovne djevojke koje su rođene i rasle na ovim brdima...izložene njihovim surovim zračenjima... odgajane da familiji i muškarcima budu korisne...

I ma koliko je učenje krstjanske crkve bilo prijatno za ženu, ona se nije mogla odbraniti od muškog odgoja u njemu.

A muškarcima je zadatak bio da ratuju, kradu, pljačkaju, ubijaju...da ganjaju životinje i ljude, loveći ih po zabitima...vukući krvavi plijen kući...da se muče po njivama i obroncima...čitaju evanđelja...hvale Boga...i paze da razmak između dvije trudnoće njihovih žena, ne bude duži od primirja između dva rata.

(573)
Njeno djevičanstvo je Anki oduzeto na putu u ropstvo, onaj koji ju je uhvatio taj ju je i obeščastio, onda ju je trgovac robljem kupio i silovao...i ona bi toj proceduri i podlegla da nije Alfaro stupio na trg i tako spriječio ponavljanja...ta srednjovjekovna ponavljanja...

Rezultat tih silovanja (...nije zatrudnjela, materica joj se zatvorila...) je bila melanholija, potčinjenost i titrajući sjaj plavih očiju, koje ni od svjetlosti a ni od tame, ništa drugo ne žele već mir i odsustvo bola.

Njene nozdrve kao da nisu mirisale svijeta...išlo joj se u neki manastir, nije znala koji ...nije htjela umrijeti pod siledžijom ili uz nevoljenog muža...o Djedovom pozivu nije morala ni razmisliti...

(574)
Otac joj je bio dobroćudni seljak koji je svoga velmožu morao pratiti u kojekakve okršaje koji ga se nisu ticali...ali je ipak uništavao, krao, ubijao, odnosio...vraćao se šutljiv sa tih vojni, dajući Ankinoj materi skromni plijen, da bi zatim dalje obrađivao zapuštanu oranicu.

Majka je bila mala providna žena, šesti porođaj ju je usmrtio, iščezla je u sjenu brda kojeg nije nikada prešla.

Otac se jednoga dana nije vratio sa vojnog, pljačkaškog pohoda...negdje u Humu mu je neki drugi seljak, ista bijeda kao i on, razbio lobanju...bio je udarcem brži od njega te je Anka ostala sama sa braćom i sestrama...plijen za druge, ni sretna, ni nesretna...biće koje se bezrazložno pojavilo, da bi isto tako i nestalo.

(575)
Anka je preuzela, takav je bio običaj, ime svoje rano preminule sestre...za malom djecom se nije žalilo...imena su zamjenjiva.

(...napravili su je ne znajući šta će iz trbuha izaći, prepuštajući tu odluku bogu ili đavolu...i tako se u svijetu, svake minute, dešavaju bezuticajna rađanja, ispadaju smežurani smotuljci, režu se pupčane vrpce, krv se i tad proljeva...)

Njeni roditelji, umorni od nošenja krsta kojeg su im popovi natovarili, opredjeli su se za djedovu vjeru i po njoj su Anku odgojili.

Kopajući crnicu, kopajući grumenje od kojeg je čovjek...i ona sačinjena...nju su u oblačnom danu ulovili sjeverni goniči, njen otpor su išamarali...odvukli su je u krajeve koje je njen otac, u dobrom raspoloženju, opisivao majci.

(576)
U prvoj noći sa Ankom, u mraku, Alfaro se gubio po njenom tijelu...napolju su vukovi zavijali, a Divin, u susjednoj sobi, hrkao.

Sljedeće jutro, osim stida, obuzela ga je i izgubljenost, još je mucao bosanski i nije mogao Anki riječima objasniti svoje osjećaje...ona je, naizgled, ravnodušno savladavala prostor, motreći svaki njegov korak...pružajući mu činiju sa jelom, ili već dvaputa opranu košulju.

Oni su sljedećih noćiju nagonski vježbali ta savijanja...uvijek u mraku, uvijek mutavi.

(577)
Dok je slagao slojeve bjelančevine u njenu utrobu, Alfaro je sumnjao u čistoću toga čina...možda nijedan čovjek nije toliko vrijedan da bi imao dijete...nije znao da li se ona raduje nijemom oplođavanju i ljepljivoj tekućini, a Anka se uz njega, kao uz uskrsnuće, privijala, držala se za njegova rebra...

Jednoga jutra će Alfaro progovoriti, u Ankinim očima (...sjedini se sa ženom tvoga oka...) će se sjeta ugasiti, ona će se uspraviti i nasmiješiti danu...vidjeće da je dobro.

Od tada će ona često zaspati držeći ruku na njegovoj kiti...Alfaro se, do zore, neće pokretati.

(578)
Ankina ljepota nije bila ljepota paganskih statua ili nevinih monahinja, bila je ona kratkotrajna za divljenje...tek sekunda...list iz popodnevnih šuma...te su je i pisci hronike takvu skicirali...mogao im je taj model, pri sljedećem okretaju glave, nestati.

Nije joj bilo namjenjeno da rodi ni junaka ni izdajicu, bila je prosti proizvod stvaraoca koji se je ni ne sjeća...budi i nestani...

Tek onih zadnjih sedmica, prije nego što su je Tatari odveli u ravnice, naslućivala je ona svrhu svoga postojanja, podršku odozgo.

Tu nestvarnu Anku sam nastojao da rastavim od još nestvarnije Marthe...nisam uspio...zajednička ženskost i zajednička dalekost su ih spajale...budi hrabar i napiši knjigu bez žene...okani se mjerenja hemijskih reakcija...

Mogući razgovori na planini

Nakon kiše, magle i lišća, pao je snijeg i zaledio svaku želju, osim one za toplotom i sočnim voćem...jedno poglavlje u Hronici:

Umotavši svoje kosti u jelenju kožu, sjeo je Divin na klupu, uza zid kolibe.
Bio je sunčan zimski dan, bijela idila, u kojoj je jedino zrak pržio pluća...ovi lijepi dani mi kvare misli o smrti...morao je Djed sebi priznati...posmatrajući igru djece po snijegu i prisluškujući zvukove sukoba metala i krečnjaka.
U zamasima udaraca, čuo je on i Semoradovu pjevanje kojim je ismijavao vlastelu i njen strah od prolaznosti.

(580)
Alfaro i Semorad su prije jutarnje zvijezde u kamenolomu...sijeku žilavu stijenu dajući joj neprirodni oblik...klešu po njoj znakove spremajući je za vijekove i odgonetanje.
Pravili su biljege za pokojnike, ali i za žive koji o smrti razmišljaju.
Kamenolom se nalazio u blizini groblja...ili...groblje se smjestilo uz kamenolom... oformljeno kamenje nije htjelo da se udalji od svog početka.
Bio je to vidikovac sa pogledom i na utvrđenje u kojem je ban zimovao...pravougaona osnova sa kulom na svakom uglu i dvije iznad ulaza...uredno naslagane kocke među kojima zimuju gušteri, zmije i vlast.
Iznad groblja izvire voda koja dijeli naselje od utvrđenja, žene su u toj ledenoj vodi prale rublje, ogledavale su se u njoj i osmjehivale svojim likovima.
Bio je mir i činilo se da će on duže potrajati...napasnika nema već mjesecima...vukovi ne piju ovčiju krv...ne boluje se od lepre i šuge...nestašica je samo u gotovom novcu...a kome novac treba, reći će Tarah, neka ide u Dubrovnik ili u Veneciju...

(581)
Alfaro je bio zadovoljan...ovo demijurgovo djelo nije ipak samo nepravednost, bjelina kamena i bjelina snijega se sreću u mom oku, kada se umorim od bjeline, ja pogledam šumu ili crvene Semoradove obraze i znam da mnogi ljudi, kao i ovo kamenje, imaju skrivena dobra svojstva koja tek okolnosti iznose pred nas.
I Semorad je bio zadovoljan...njegova žena je zanijela, a ovaj stranac, mili i stidljivi Alfo, kao da im je svima donio sreću...od kada je on ovdje, ljudi umiru samo od starosti, u poslu se ipak ne oskudijeva.

(582)
Radili su tako ujednačenim ritmom sve dok im nije Divin zamahao štapom, strčali su do njega sluteći neku nezgodu, no, on je mirno ušao u kolibu, oni za njim...Anka je blistala iza stola...na njemu se pušio hljeb, oko njega su se bijelile grudve sira (...grudi djevice...), iz bokala je mirisalo prokuhano vino...u kolibu su banuli i Tarah i Grubač, iza njih neke žene i djeca...hiža se zatresla od smijeha, buke, pare...

Toplota u kolibi im je zacrvenila njihova promrzla lica, poskidali su gunjeve i šalove, prisnost zajedničkog stola i prostog jela na njemu prožela ih je razdraganošću...Djed Divin se nije smijao...mada je zračio onostranom blagošću...

(583)
Alfaru je godio svaki pokret, svaka misao, svaki zalogaj...htio je iznova otići među stijene da bi se mogao brinuti o smrti drugih.
Nekada je njegov duh bio sporiji od tijela, ali od kada je ovdje, njegov duh je ojačao i svakog jutra ga lupa po duši budeći je iz noćnih trauma...jača ga širokogrudnost oko njega na koju ni uspomene ne mogu uticati, djevojka koja ga svojom plavošću hrabri, prijatelji koji bezazleno oponašaju njegov izgovor...pa jačaju ga i ova ušljiva i drska djeca...

(584)
Prijao mu je bosanski hljeb, ukusom ga je podsjećao na onaj pirinejski...pravljen je od razmekšane raži, prorešetane vode i mletačke soli, koje ponekad nije bilo, pa su se kriške mazane mašću ili slatkom.
Već prvih dana boravka ovdje, uveo ga je Divin u umijeće pečenja hljeba, pokazao mu je i kako se on pobožnošću zaljeva...i kako se reže...držeći oštricu, ne prema sebi, nego od sebe.
Divin je blagosiljao hljeb, oslobađao je život u njemu da bi ga se moglo jesti...svjetlo je zarobljeno u zemlji a izlazi kroz biljke...obrada svake njive, pečenje hljeba ili zarađivanje na njemu je ubistvo i tek „savršeni" (...u njima prebiva Sveti Duh...) mogu osloboditi svjetlost iz biljki...kao što učeći druge oslobađaju i svjetlost iz njihovih srca.

(585)
Svi su jeli osim Djeda.
Otišao je on do ugla gdje su dostojanstveno, iza mrke zavjese, ležale njegove knjige. Držao ih je što dalje od vrata, kao da je mrtvo slovo htio zaštiti od nečega što bi kroz ta vrata moglo ući...posegnuo je za jednom sveskom, htio je im je reći...ovo je moja hrana...predomislio se...Tarah ga bocnu...ima ih što su za trpezom a nemaju apetita, ima ih gladnih ali bez hljeba...ti posežeš za suhim riječima sa suhog pergamenta... ...ima balavaca koji su rođeni za velika pitanja, a ima i pametnjakovića koji su rođeni za odgovore na takva pitanja...meni je suđeno da zbog njih patim, ne da ih rješavam...odgovori mu Djed cinično...ili drugačije...u vjeri i u žderanju nema prisiljavanja...ko ne škilji taj oštro razlikuje postojanost od zablude...ja sam sit...ja poznam ukusno varivo...blagost na njegovom licu je svoje mjesto ustupila zamišljenosti...

(586)
Opet oni počinju, pomislio je Grubač, moralna predikovanja su ga nervirala, Semorad je upro oči ka tavanici, ni njega nisu ta filozofiranja interesovala...jedino se Alfaro prisiljavao da prisustvuje Divinovim i Tarahovim raspravljanjima, bila je to obaveza...prešao je toliku daljinu pa nije mogao sada začepiti uši...

140

Sita djeca su se išunjala iz kolibe, za njima žene, Grubač i Semorad, u toploti hiže ostali su Djed, Tarah i Alfaro...

(587)
Izgleda da su njihove diskusije otvarane na isti način...Djedovim postulatima i Tarahovim zadirkivanjima...zatim bi se satima nadvikivali, starac bi se brže umorio ili bi odlutao u tiše svjetove...te rasprave nisu vođene do nekog zaključka...
Pozivali bi se oni na sve moguće pisce i autoritete, navodili bi iz „sedam stupova mudrosti", upotrebljavali bi svoje i tuđe riječi, skačući sa jedne teme na drugu...
Alfaru bi se one u glavi i srcu zbrkale, gubio je njihov smisao, ali je bio strpljiv, nadao se prosvijetljenju...nadao se da će bar jednu njihovu izjavu shvatiti...ili da će se njih dvojica u nečemu složiti i tako njemu olakšati shvatanje.

(588)
On bi im sipao vino i vodu, pokušavajući da zapamti koju njihovu rečenicu...buneći se u sebi protiv tih rečenica koje se nisu slagale sa lagodnim životom kojeg je ovdje našao...

(589)
Volio se Djed miješati u tuđe živote, njima upravljati, te kako je Alfaru tajno našao saputnicu, tako je potajno spremao Taraha za svoga nasljednika...jednoga dana ću mu predati svoj štap, svoje knjige i duhovno vodstvo bosanskih krstjana...
Djedu su rasprave bile Tarahova priprema za nasljeđe...ako se danas i ne slažemo, jednoga dana će se on sjetiti ovih razgovora i zažaliće za proćerdanim vremenom.

(590)
Hronika (...ili hronike...) ne donosi njihove disputacije...one su njenom piscu dosadne...kradu mu papir...umaraju mu ruku...ili ih prepušta drugim hroničarima...
A raspravljali su o svemu i svačemu...šta čovjek brže zaboravlja, dobre ili loše stvari ...može li se skrušenošću produžiti život...koje napisao Apokalipsu...kako izgleda demijurg...postoji li crna duga...raspravljali su o sjajnom sjedenje na tronu i mukotrpnom ležanju u grobu...o biti i nebiti...

(591)
Sredina ovog poglavlja Hronike bi mogla ovako izgledati:
...mi oblikujemo nadgrobnjake crvima, onaj koji ima humku izdaje je onome koji ima jamu, a mi ih sjedinjujemo...reče Tarah...a tebi je, Djede, knjiška sitost preča od svake jame i svake humke...
Vi jedete za mene...odgovori mu djed...ja se za vas molim, mada vam ne mogu obećati spas...mogu vas tek upoznati sa drugim moliteljima, što ih bolje upoznate, više ćete dobrote primititi od njih...dobrote one stare ružne čaralice Stojanke...dobrote ćoravog Rastudija...dobrote ludaka Mateja ili...najnevinije dobrote djece koje su roditelji prodali u roblje...gle, svuda samo mrak i strava, svuda tmina tjeskobna...dok vi sječete kamen za mrtvace, djeca se igraju, vi produžavate nepostojanje, djeca nas

141

igrom produžuju...ona ne primjećuju vaš posao, vi ne primjećujete dječiju igru...ko se igra taj negira smrt, vašim važnim poslom je vi obilježavate...

(592)

...nije mene briga za mrtvace...prkosio je Tarah...nad njima se raduju čempresi i cedri libanonski...ili ako hoćeš...jele i breze bosanske...a ni dječije igre me ne interesuju ...nego tek razmak između njih, prostor koji nije ni za dječurliju ni za lešine...prostor u kojem smo sada ja, ti i Alfaro...
...otkako si pao, ne dolaze nas više sječi...prekide ga Djed, dovršivši mu citat...ja sam djed unučadi koja jede i jestive i otrovne gljive...ja ne pišem poslanice kao Vatikanci ili povelje kao naš ban...ja pokušavam da učim i da naučeno prosljeđujem drugima ...čime i sebi pomažem...nas vodi Bog, ne čovjek i mi pozivamo one koje čovjek proganja da dođu ka nama...smrt u ovoj zemlji je veća blagodat od života u egipatskoj pustinji...
...poslanice, povelje, zakoni, učenja...nastavi Tarah svoju prekinutu rečenicu...me ne interesuje, nego naše dvoumljenje i stvarno rješenje podlosti oko i u meni...tko izbjegava zlo bude opljačkan...

(593)

Možda je Djed rekao i ovo:...čovjekova nada su gliste...ali nas one ne sprečavaju da se ovome danu veselimo...u veselju se ne prezire čovjek...prelazi se preko stvari...cijeni li se glina više od lončara?...sad idite i radite dalje svoj posao, a vi djeco (...mamonići...), igrajte se!..
Nije Djed uočio da su se maleni odavno iskrali iz kuće...

(594)

Divin je negirao čistilište...ono nam nije potrebno...Božija moć opraštanja je veća od naših snaga sagrešenja...
Opomenuo ga je Tarah da u hljebu te rečenice ima popovskog tijesta, ali Djed se nije dao zbuniti...pa šta...uče nas ista slova...mi ih samo drugačije prepisujemo...i to je naša herezija...dok ih čitamo, mi smo pravovjernici...objašnjavati je opasno, objašnjenja su heretička...
Za mene je, reče Tarah na to, prepisivanje sumnja, kao što je i citiranje sumnja...a čim sumnjamo, mi smo heretici...pravovjernost nas udebljava i zadovoljava, heretičnost nas tanji i drži u krizi...samo mršavi i oni blijedi vjeruju na pravi način...debeli su licemjeri...

(595)

Ovo poglavlje nema sredine, na kraju njega piše:

...Tarah i Alfaro izašli u dan i do groblja, za njima je i Divin odšepao.
Poznavao je te podzemnike, neke je na samrti utješio, od nekih se nije htio ni oprostiti...roditelji ne biraju djecu...ništavilo ne bira mrtvace...
Ni oni najstariji, bolesni i malaksali, ne sjećaju se prvog mrtvaca i prvog grobara...

od kada oni znaju za sebe, znaju i za to groblje...uvijek isti pogled na brežuljak i tru-
lost u njemu...a to što se ne zna početak, to neznanje ih i umiruje, poistovjećuju ga sa
vječnošću...što je uvijek bilo, može značiti samo Dobrotu.
Dva iskopana groba su zvala svoje kamenove...humak se nad grobom mora sleći,
kao žalost u srcu, tek onda se grob zatvori kamenom.
Duše ovih ležača su prešle u druga tijela, ili se slade Bogom, malo ih je pod našim
nogama...sa tim preostalim dušama ja razgovaram, one me uče kako se podnosi te-
žina...predaci su u nama, dosađuju nam svojim predikama, kao što i ja drugima do-
sađujem...njihova svojstva utiču na nas, podbadaju nas ili nas sprečavaju u potrazi
za Dobrim...mjesto u brdu, odakle je ovo kamenje iščupano, danas je prazno, ali tu
će, Tarah je u pravu, nastati grad u kojem će živjeti hiljade ljudi...a sa njima i ja...

(596)
Grupa ljudi je izašla iz utvrđenja.
Na njenom čelu je Divin prepoznao bana Ninoslava.
Visok i žut, uspravnog držanja (...uprkos duševnih i tjelesnih lomova...boji se svojih
čireva u koje znatiželjnici guraju masne kažiprste, ispitujući njihovu masnoću...ma-
snoću čireva koji se ne suše nego lutaju po tijelu i duši...)...dugi mač mu se, režući,
vukao po snijegu...oblijetali su ga lovački psi...
Zbijeno su domarširali do groblja i tu se Alfaro susreo sa svjetovnim prvakom Bo-
sne...dobro došao stranče...pozdravi ga ban Ninoslav, kao da je Alfaro tek danas
pristigao u Bosnu...dođi večeras u moj zamak i budi moj gost!...
Alfaro se poklonio a ban se sa pratnjom popeo do vrha brežuljka, da bi se nagledao
svoga imanja.

143

Planine i javna večera

(597)

Izvod iz (ne) tačne (ne) zvanične istorije:...ćopavog bana Kulina je naslijedio, pretpostavlja se, njegov ćopavi sin Stjepan...ili se radilo o nekom divljem sakatom djetetu kojeg su mu zavidnici podvalili (...izaberimo hromog prvomučenika...) te je, noseći to najdraže ime bosanskih moćnika, Stjepan naslijedio svoga mogućeg oca sa takvom skromnošću da se o njemu, osim njegovog imena, ništa ne zna...taj obični Stipko se trudio da ne ostane u dokumentima, tako je i banovao te ga je pješadija i vlastela zatočila u najbliži ambar...a nekog Matiju Ninoslava proglasila banom...ili je on sam sebe zabanio...

(598)

Normalno događanje u kojem novootjelovljeni mesija obeća manji porez, kraće krize, rjeđu krv...prostranije sobe, šire trbuhe, bremenitije kobile...ili mu ništa i ne obeća, on „zavlada"...pa nestane...normalna, opšteljudska, pa time i bosanska pojava, na normalnim, opšteljudskim, bosanskim gorama.

(599)

U početku vladavine Velikog bana Ninoslava bila je Bosna:...,„pustinja i šikara, prekrivena trnjem i koprivom, a postala je i leglo guja"...to piše papa, uvjeren u vlastito pisanje i vlastito mišljenje...pisao je tako ubijeđujući Ugare da nije nikakva šteta napasti i kazniti tu rugobu, to je čak božija želja...želja Isusa...ili bar želja njegovog predstavnika...Gregora, Gregorija IX, prvog sluge, onoga koji je maloga brata Franju uzdigao do sveca...Fridricha II optužio da je Mojsija, Isusa i Muhameda nazvao svjetskim varalicama...zadnja želja stogodišnjaka koji razmišljanjem o smrti drugih (...smrt je uvijek smrt drugih...pakao je za druge...) zanemaruje vlastitu.
Ugare nije bilo teško ubijediti u tu misiju, voljeli su oni ta ljetovanja...uz neznatne ogrebotine i viteško uzbuđenje...porobiti „šikaru i pustinju" je kao učestvovati na turniru...

(600)

Hrvatski vojvoda Koloman, sin ugarskog kralja Andrije...potkupljen kreditima papskog dvora...ušao je u leglo guja i glista, te se bosanski ban, pred tolikom silom i pred tolikim novcima, morao sa porodicom i rodbinom staviti pod okrilje rimokatoličke, opšteljudske vjere...sakriti se pod mantiju sv.Petra, siromašnog ribara sa dalekog jezera (...gdje li je ta Bosna...), i tako, bar prividno, sačuvati samostalnost banovine...svoju vladarsku klupu i guzicu koja je grije...
Kao jedna od posljedica banovog prelaska na rimsku vjeroispovjest, određen je za biskupa, umjesto domaćeg glagoljaškog i zaostalog krivovjerca, učeni Nijemac i dominikanac Johannes iz Wildhausena, glavni zadatak mu je bilo širenje kanonskih učenja među nekanonskim življem.

144

(601)

Niti je papa znao bosanski jezik...ni ugarski kralj...ni vojvoda Koloman...a još manje novopečeni biskup...pa ti nepismeni stranci nisu mogli ubijediti nepismeni, ograničeni i glupi domaći živalj da je bolje za njega vjerovati u vatikanskog nego u onog kućnog boga, te je taj narod ostao bogumilski, patarenski, dobrobošnjački, ostao je heretički...vjeran svojoj Jedinoj Crkvi.

Papi nije preostalo ništa drugo nego da, na latinskom jeziku, ponovo objavi krstaški rat (...noćne želje srednjovjekovnih papa...između ponoćne molitve i nesanice...istrijebili smo heretike u Provansi...sada je red na Iliriju...), ugarski kralj je opet naredio Kolomanu da pobije ono što u zadnjem ratu nije pobijeno, a što se i dalje ne krsti kako treba.

(602)

Ovaj pohod protiv politički neznatne ali heretički silne Bosne trajao je, piše to u značajnim knjigama, od 1234. do 1239. godine...i bio je još nemilosrdniji od prethodnog...

Svima koji su u tom maršu učestvovali, na pravoj, štoćereći papskoj strani, dat je oprost jednak onome koji se daje krstašima Svete Zemlje...te je tako i Bosna zaslužila epitet „sveta"...idealan nadomjestak za kamilje đubrivo palestinskih pustinja...

Dobra onih koji su se papi odazvali, on je zapečatio, oni koji nisu imali nikakvih dobara, mogli su se nadati pljački i otimačini...a svakome je bilo dopušteno silovanje... djevojaka, majki, dječaka...iz tih vremena potiče ogavna krstaška poslovica...svugdje mu je bolje nego u gaćama...

Andrija je Bosnu, iako mu nije pripadala, poklonio svome sinu vojvodi Kolomanu, pa je vojvoda mogao slobodno po svome poklonu paliti i klati.

Ninoslav, otužni ban bez banovine, odupreo se ovaj put drugom vlasniku banovinu ...a i svi Bosanci sa njim...nije se radilo o odbrani vjere, već i o odbrani ognjišta, žena i djece.

O samom ratu nema direktnih izvještaja...

...a izgleda da tog rata uopšte nije ni bilo, cijela priča je rezultat nemarno prevedenih orginalnih izvora...ili primjene falsifikata...što nam treba to nalazimo...hereticima dodajmo krvoproliće...zemlju dajmo onome koji će njome bolje vladati...bosanska istorija je zapisana u partijskim knjižicama...ona je čudo sveca u koje se vjeruje...

U tome neprovedenom ratu (...rat manje ili više, stvarni ili izmišljeni, šta se time mijenja...) pobijedio je vojvoda Koloman...ban je u toj vojni, slikovito i iz jada, propio svoj Veliki Pečat.

(603)

Papa je zatim prozvao varaždinskog ministranta, trogirskog zvonara, beskućne dominikance iz Ugarske...da budu pri ruci najnovijem biskupu Ponsi...u župi Vrhbosni je, u tu svrhu, utemeljena stolna crkva svetog Petra...(...što po nekima također nije tačno...)

Čete dominikanaca, sve strano i ugojeno, krstari Bosnom, grade se crkve i tvrđave kao stubovi vjere, love se raskolnici da bi, pošto se Koloman, sit brda i neimaštine, povukao iz sumornih predjela...odnekle opet pojavio Matej Ninoslav...kročio je iz šume...sišao sa brda (...ti još imaš brokatni plašt, budi nam opet glavarom, uzmi u ruke ovo rasulo...)...iskrsnuo je i odmah produžio u Dubrovnik na godišnji odmor, gdje se, povrh toga, dogovorio sa Dubrovčanima oko zajedničkog nastupa protiv srpskog kralja koji im je ometao trgovinu.

Utihnula je zatim Bosna, utihnuli se izvori (...falsifikovani i orginalni...) o njoj.

(604)

U međuvremenu su Tatari napali Ugarsku (...to se stvarno dogodilo...), azijski ska-kavci su upali u panonske ravnice, kralj Bela je u bici sa njima jedva izvukao glavu i krunu na njoj...krvoloka Kolomana su Tatari tako izrezali da ga ni židovski ranari nisu mogli sastaviti.

Tatarska sila je svratila i u Bosnu, ali se nije u njoj dugo zadržala...njoj se ispriječila neprohodnost, zavučenost...a kao najdublji jarak, siromaštvo...

(605)

Zabavljena lizanjem rana, Ugarska nije ni pomišljala na heretike...Ninoslav se mo-gao sa mirom posvetiti banskim poslovima...pripremama za sljedeću vojnu.

Nije morao dugo čekati, zavadili su se Trogir i Split (...i to se dogodilo...), ugarski Trogir i protugarski Split...i ban se umiješao u taj sukob...trupe su uništavale okolinu suparničkih gradova...tuda je Alfaro prošao...ispraskali su se i izbjesnili...sudar je za-ključen mirom, ugarski kralj i bosanski ban ga ne potpisaše.

(606)

Bilo je to 1244. godine...te godine je pao Montségur, Jeruzalem se predao musli-manima...

Sljedeća godina je opet godina mira, istorija šuti, čim ona nema šta da kaže to znači da nema bitaka...vojnici zijevaju...terorišu tek seljake i jelene po proplancima i šu-mama...ali ne zadugo...1246. godina bilježi sljedeću krstašku vojsku u Bosni...i ova geološka priča bi se mogla i dalje nastaviti...debeli sloj rata, pa tanki sloj mira...mo-gli bi je produžiti i do današnjih dana...dovoljan je samo jedan čitalac za nju...odli-kaš iz najmanjeg mekteba...

(607)

Nema Ninoslav ni djetinjstvo ni starost, on je ona sredina, sredovječna zrelost, zauzeta ratovima i diplomatijom, bježanijom i vraćanjem.

(608)

Slao je sepete pisama, nekoliko ih je nađeno, par dokumenata koji omogućavaju da se istorija dopuni...tek dopuni...na različite načine objasni...

U povelji koju je, na koncu svoga vladanja, poslao Inoćentiju IV, on se žali da je od svog obraćanja na „pravi" zakon, bio postojani pristalica Rima...ali morao je uzimati pomoć od krivovjeraca, morao je svoju banovinu braniti od vanjskih neprijatelja

...od ugarskih krstaša koje je papa slao...

Koga je varao, papu ili svoj narod, ne zna se, stalno između krstjanske i katoličke vjere, zavisno od mase stranih ratnika, Ninoslav je ipak uspio sačuvati Bosnu onakvu kakvu je naslijedio...samostalnu i svojeglavu...

Pred papama...preživio ih je trojicu...Ninoslav je bio najveći katolik, pred svojim podanicima je on hvalio roditeljsku, crno-bijelu vjeru.

Pomirivši se sa ugarskim kraljem, imao je ban vremena za lov, gozbe i pripremanje sljedeće svađe sa ugarskim kraljem...njihov je brak bio buran...

Upravo u to doba, između dvije dokazane ili nedokazane paljevine, zatičemo Afara za stolom bana Ninoslava...Hronika ne laže...koje pijan čita zna da je ona iskrena...

(609)
Za istim stolom, osim bana i njegove punačke žene (...volio je ban mesnate produkte...), sjedili su i banovi dvorjanici, kršni vitezovi, u Hronici se redaju...vojvoda Juriša, tepčija Radonja, njegov brat Simeon, peharnik Mirohna, zatim časnici Safinar, Zabav, Prodaga, Prijezda, trgovac Gradislav...a i dvadesetičetiri časnika Crkve Bosanske, sve sami strojnici i starci, sve mudro i premudro...staro i zbrčkane jetre.

Alfaru, svečanom gostu iz daljine, odredili su stolicu desno od bana...uz njega je Djed Divin...na začelju dugog stola su, strateški pogodno, Tarah, Semorad i Grubač našli sebi kutak, sva trojica već pripiti, spremni za skandal.

Nije tu veče bilo katoličkih i vizantijskih uzvanika, njih je ban naručio sutradan, mamuran se može sa njima lakše i kraće družiti.

(610)
I mada su razastrta domaća jela provocirala nepce, dubrovačka vina nadražujuće mirisala, jelo i pilo se umjereno, bar u početku...društvo je bilo ozbiljno...ban je ljubazno propitivao Alfara, ovaj je opisivao svoje doživljaje, obogaćujući ih brutalnim slikama za koje je znao da će utjecati na skup oko njega...

Uvijek je ovdje bilo stranaca...najviše kao osvajača ili lihvara...malo ih je, bez ikakvih loših namjera i razloga, sjedilo za bosanskim stolom...

I stvarno...skup je suosjećao sa njim, bosanski ratnici su bili spremni braniti Okcitaniju, potezali su mačeve i noževe, psovali su majku francuskom kralju (...Evanđeljar u Reimsu, nad kojim su se francuski kraljevi zaklinjali, pisan je ćirilicom i glagoljicom...).

Dobri Krstjani su bili ponosni na svoje učenje kojeg, eto, ima i u toj dalekoj zemlji.

(611)
Alfaru je laskalo to saučešće, ban mu se dopao, umišljao je sebi njegovu usamljenost, sličnu onoj vlastitoj, prijašnjoj.

Samo mu je Tarahov pogled, pogled pripitog druga, smetao...Tarah me prijekorno promatra...Semorad i Grubač mi se podsmjehuju...ako sam ja griješan, nije griješno moje kazivanje...

Djedu Divinu nije izmicala njegova kolebljivost, dodirivao ga je ispod stola...dvoje

ljubavnika ili zavjerenika koji se uzajamno podbadaju čednim golicanjem.
(...naravno, bio je Matija Ninoslav sušta suprotnost djedu Divinu...lukav, snažan, ovosvjetski, samodržac i silan...krio se iza toplog osmijeha, umornog od odgovornosti i briga...brinuti se ne samo za sebe, nego i za druge...
Ja sam vladar, pametniji od ovih ulizica, moje poslanje je odozgo...pravdam se samo pred samim sobom...i pred Bogom...)

(612)
...kako mu je ovdje...upita ban Divina...našta se Alfaro smeteno nasmiješio, gledajući također u djeda...
...u Bosnu sam došao da se pobrinem za dušu, a evo me za vladarevim stolom...u Bosnu sam došao da naučim šta je poslanje, a dohvatio sam ženu...u Bosnu sam došao da se u Bogu učvrstim, a zašao sam u prijateljstvo...nisam sam...nesreće koje nam se dešavaju, lakše trpimo, ako ih dijelimo sa drugima...
Alfaro nije htio uvrijediti i razočarati domaćina, odgovorio je onako kako je ban htio čuti.

(613)
...zlo je stvarno vanjski fenomen...reče ban...čovjek sebe ne kažnjava, drugi nam određuju tamnice...ali sami ne možemo živjeti...Bog je previsoko da bi nas ovdje, u paklu mravinjaka, razlučio jedne od drugih...istina, on nam je poslao izvidnika Isusa ali i njega su drugi razapeli...slab pokus...
Zadovoljan svojim riječima čiju univerzalnost ni Bog ne bi zanijekao, ban je i od Divina očekivao saglasnost ili bar pažnju...volio je priznanja i pohvale...

(614)
Ali Djed je bio daleko, brinuo ga je ljuti začin u tanjiru...ne mogavši da prodre u njegovu odsutnost i ban se zadubio u svoje jelo...jedno vrijeme se čulo samo mljackanje i podrigivanje...
...Veliki bane...reče odjednom Djed...Bosna je sićušna ali poneki, koji u njenoj malenkosti životare, prevazilaze trenutnost...oni znaju da smo mi bačeni sa neba i da se trebamo na to nebo, u zvijezde, ka Bogu vratiti...oni i znaju da je povratak moguć samo Dobrim Krstjanima koji kažu...sve voljeti, ni za čim žudjeti i nikoga mrziti ....dobrokrstjanski duh je prisutan u svakome...u tebi...u meni...u Alfaru...čak i u našim dušmanima...Isus Krist vodi kolo do Božije desne strane, šepavi Isus Krist koji nije bio čovjek nego ideal čovjeka, kojem moramo težiti, prkoseći slabostima...laka je dobrota u kojoj nas drugi podupiru...ali mi moramo sami preći razdaljinu do Boga...

(615)
Čuvši njegove riječi, Semorad i Grubač su zakolutali očima...zar mu nije dosta tih predika, izvansvjetskih riječi kojima on dosađuje i tom Bogu i ovim ljudima.
Čak je i Tarah, uvijek spreman da sasluša Divina, izašao da se pomokri sa zidina banove tvrđave...mlazom ljubičaste mokraće je probio ljubičastu tamu...

Djed je nastavljao, ne gledajući oko sebe...neko se druži sa mnogo ljudi, a neko može bez njih...neko vlada kraljevinom...neko ne vlada ni nad sobom...ali svako, baš svako je u određenim trenucima sam...noću, u tuđini, u pustinji, ili u smrtnom ropcu ...Bog nam ne pomaže i ne odmaže...on pušta da se u nama...sa nama...bore Dobrota i Zlo, da mi sami odaberemo svoj spas...tijelo je prolazno...pritišćemo ga kamenom da bi iz njega iscijedili dušu u ljevak besmrtnosti...neki od nas znaju gdje je Sjever, i to je naša prednost...

(616)
U nastali muk iza djedovih riječi je, kao trotačka, upao ban Ninoslav...prevejano mu je rekao:...Djede, razborito si zborio...svi smo mi griješnici i kao takvi valja nam živjeti i grijehove smanjivati...nazdravi ipak sa tvojim banom, griješnikom...a mislio je ...pij, djede, pij, dok piješ ne pričaš, a kad ne pričaš onda te nema...
Namjerno je naglasio ono „tvojim banom", podigao je venecijansku čašu i svi oko stola su podigli svoje venecijanske čaše i ispružili vratove prema njima.

(617)
Alfaro nije mogao dokučiti čemu oni to nazdravljaju, ispraznio je svoju čašu preko jezika, nije je ni spustio na sto...ona je već bila napunjena...naučio se da pije vino, nije ga prosipao među stopala.

(618)
I Divin je uzdigao svoju drvenjaču...volio je i on piti vino...Isusovu krv, što bi Latini rekli...nije se opijao, zadovoljavao se čašom dnevno...za smirenje stomaka...
Kucnuo se sa banom i taj ton kao da je bio signal ratnicima da mogu konačno žderati i lokati...čitava rulja se zakreveljila, zagalamila...i raspričala o lovu i okršajima...

(619)
Nije volio Divin te mračne vojskovođe, nije volio ni savjetnike-starohane koji su se oko bana motali, nagovarajući ga na ratničke pohode, istovremeno prijeteći onima koji na te pohode nisu htjeli ići.
Ta bagra, međusprat Crkve Bosanske, hranila se naizgled povrćem, smrdeći na bijeli luk, tim smradom je ona ublažavala miris čađave slanine koju su gutali u svojim hladnjacima.
To su spodobe pod vladarskim papučama, spodobe vješte riječima i uticajem, koje se rado rasipaju tuđom, najrađe seljačkom krvlju...ta tekućina ih uzbuđuje i otvara im apetit.
Divin ih je, večerašnje goste, poznavao, poznavao je njihovu mladost i današnju ogorčenost i pohlepu koju skrivaju iza rodoljubivih govora...kada se sprema marš, njih šalje ban po selima da ubijede seljake da je najveće dobro...skoro jednako predanošću u Boga...poginuti za poglavicu i otadžbinu, ili još bolje...iz istih pobuda druge ubijati...

(620)

Jedan od tih staraca, valjda da bi i on nešto rekao, ili da bi se dodvorio velikom banu, poče veličati njegovu upravu i ovaj mir...zaboravljajući prošlu godinu i mrcvarenja u njoj...zaboravljajući da je on banu, neki dan, savjetovao da se opet krene u boj...ugarski kurvar se svađa sa Austrijancima...tu zaokupljenost treba iskoristiti i napasti neko od njegovih imanja...

(621)

...hvaleći banovu promućurnost i njegovo neželjeno prihvatanje mrskog rimskog tutorstva (...valjalo je baštinu zadržati...) ta dvozuba nakaza, tri prsta udaljena od zatišja (...Semorad mu je već kamen isjekao...sa zadovoljstvom ga je zvao da provjeri čvrstoću svoga budućeg krova, ali ta starina, užasavajući se nestanka, odlagala je posjetu...), stalno je naglašavala hrabrost naroda i njegovu tobožnju spremnost da slijedi svoga prvaka...spremnost da se ide u rat i da se gine...jer nema druge...Bosanac je rođen za rat a ne za ognjište...i hvala Bogu, dovitljivi ban nas vodi, hvala bogu, znamo zašta ginemo...i on bi i dalje moćnim izjavama potirao pojedinačne tragedije da ga Divin nije prekinuo...nije se mogao suzdržati...nije ovo nikakav mir, ovo je ratno zatišje...mira odavno nismo imali, a izgleda, po priči za ovim stolom, da ga nećemo ni imati...

(622)

Ban ga nije htio ćuti, ona starčina kome se Divin posredno obratio, nije se usudila bilo šta odgovoriti.
U tom momentu se Tarah vratio u prostoriju, čuo je zadnje djedove riječi i uzviknuo ...u pravu si, djede!...svaka glava za stolom se osvrnula prema njemu, neželjenoj utvari...ban reče...kao da ga je tu veče tek zamijetio...o, naš poeta laureatus...čuo sam da pišeš pogolemu pjesmu o Banu Kulinu...kada će meni pripasti čast tvoga hvalospjeva?...
Kad ti crkneš...pomisli Tarah...a reče...moj bane, samo se mjesec nasmijao golotinji Adama i Eve...zato je i kažnjen da zrači manje od sunca...
Ninoslav ga nije razumio...zakikotao se idiotski, uhvatio je svoju ženu za koljenu... ona se namrštila, njoj je bilo očito dosadno, pa je davila kokošije batake i janjeće bubrege...

(623)

I Grubač se uzvrtio...banovica je bila jedina ženka za stolom, a nju se nije smjelo dirati...ali njene rumene sluškinje su prigodne...u kuhinji će on njih i sebe razgaliti. Semorad je ostao uz Taraha, da pazi na njega.

(624)

Djed je sve tiše predikovao, samo ga je Alfaro čuo...ostali su tek zamjećivali pomjeranje starčevih beskrvnih usana...on opet moli, neka ga, neka moli...Djed je mrmljao ...bilo je lagodno i postojano uz bana Kulina...oko ognjišta i po putevima...on nam je dokazao da se može pjevati i bez borbenih pjesama...naši preci se nisu ovamo za-

putili da bi ratovali nego da bi se od jačih plemena, zlih demona i lažnih savjetnika sklonili...oni nisu izabrali ova brda, brda su njih izabrala...nerotkinja prisvaja siročad...ta brda treba čuvati od požara i sjekire...Ban Kulin je imao oštre oči...u svemu vidljivom je otkrivao davolsko djelovanje...Dobro je prozirno...on je prihvatio dvopočelstvo i pretvorio ga u brašno, kožu,mlijeko...jer je malo čistih koji samo od vjere žive...pogledao je Djed u skup za stolom...svi ćete vi umrijeti..i pretvoriti se u minerale pod mineralom...

(625)
...dobročinitelj je umro...nije imao drugog izbora...nemamo ga ni mi...od kada dobročinitelja nema, imamo ratove...napadaju nas neznanci, napadaju nas i istojezičnici...pa i mi smo, kuražni, počeli druge zlostavljati...umjesto da se sklonimo u visoki stan koji će nas zaštiti od proganjanja...i od naše zloće...ovo što vi danas nazivate mirom, priprema je za rat...to što zovete ratom, pljačka je i kaos...ratom hoćete rat pobijediti...a krv proziva krv...oko je oko, a zub je zub...bolje je biti slijep ili krezub nego bližnjega oslijepiti ili mu zube razbiti...
Produžio bi Djed i dalje da ga nije Alfaro kucnuo ispod stola, on se prenuo kao da je tek rođen.

(626)
Djed Divin je bio omiljen u narodu, a i plemići su ga pozivali u goste, te su dvorjani oko Ninoslava, a i on sam, rađe prećutkivali svoje mišljenje, nisu mu proturječili ...star je i senilan, tijelo mu se trza, uskoro ćemo ga upokojiti...njegova predikovanja znamo već odavno...on se ne prilagođava tokovima...uz njega je samo donji dio Crkve Bosanske...
Ali Djed je ipak bio priznata glava te crkve, nedodirljiv i slobodan; njegov život u siromašnoj hiži, a ne sa vlastoljupcima na banskom dvoru, izazivao je poštovanje...ta izolovanost je smanjivala njegov uticaj...pusti ga neka priča, a mi ćemo raditi kako je za nas najbolje...neko mora biti zadužen za molitve, ali neko mora oružje čistiti i nositi ga...

(627)
Alfaro je primjetio Divinovu nevažnost, primjetio je da ga ban ne poštuje, on ga trpi, kao što se trpi mir ili dječije zanovijetanje...zastidio se on svoje djevičanske simpatije prema banu, zastidio se svoga nepoznavanja ljudskog srca...pomislio je na Poitevina i na Anku...
Buka za stolom je jačala, najsrčaniji su i zapjevali...Alfaro se poželio Anke...ova mesna trpeza ovdje nije za njega...ovo jarosno pjevanje bez instrumenata ga plaši...čak i njegova trojica prijatelja pjevaju...
A Divin je naslutio njegovu ustreptalost, zamolio ga je da ga otprati do hiže...bio je Djed umoran i neraspoložen...

(628)
Kao savjestan gostoprimac, ban Ninoslav ih je ispratio do kapije zamka.

151

Opraštajući se, upitao ga je djed neuvijeno...na bane, kada će novi rat?...

...na proljeće djede, na proljeće, zimi se ne ratuje, zimi se prave ratnici...

(...svaki vojnik, dok nije pošao u boj, neka se...možda će poginti...ovjekovječa u dje-
tetu koje će začeti...)

Noćni stražari zalupiše vrata iza Divina i Alfara, a oni, oslobođeni, udahnuše noć.

(629)

Nisu vidjeli kako je, sa druge strane hrapavih daski, ban koraknuo za njima, a onda
zastao...neka misao ga je ukočila...zapiljio se u tu prepreku koja ga je dijelila od
Djedovog svijeta...htio je stražarima reći da je otvore, htio je poći za Djedom...htio
mu se ispovjediti i isplakati, ali ga je pritisak u mjehuru trgnuo, te se, obradovan što
ima bilokakav razlog, okrenuo i stješnjenih nogu požurio ka nužniku, rupi u sjever-
nom zidu.

Starac i mladić su klimavo sišli do Divinove hiže...ovaj je uperio svoj štap ka prozo-
rima banovog dvora...naše vođe, pijući i lelečući, spremaju klanja, tako i neke druge
vođe, u nekoj drugoj zemlji, planiraju kako će nas napasti i poklati...jedini način da
se obustavi klaonica je ne praviti ratnike, nego se Bogu i ženi radovati...

(630)

Sjeli su na klupu pred Divinovom kolibom, sjeli su na njegovu osmatračnicu.

...samo Očenaš ili prolog Ivanovog evanđelja mi pružaju toliko zadovoljstva koliko
sjedenje na ovom drvetu...danju gledam radost djece i zabrinutost putnika koje va-
žan posao nekuda vodi...noću brojim zvijezde i naričem sa vukovima...ja sam kao
ispisana stranica, zapečaćena voskom i stavljena u šupljinu borove klade...neisko-
rištena enciklopedija...zemlja je očito raj glupih...snaga trpljenja je najjača snaga,
mi smo puk odbrane, a ne napada, ali onima gore je to neshvatljivo...oni hoće da
prošire zemlju i da ozakone vjeru...dobro je da nemamo kralja, jednoga dana će se
neko proglasiti kraljem, tada će ova zemlja i njena vjera propasti...

(631)

Osjećao je Alfaro njegovu lomljivost, Divin je osjećao zračenja iz Alfarovog tijela,
auru duše, koja mu je govorila o Alfarovoj skoroj smrti.

Strijepio je Divin od tih svojih pretkazanja ali ih se nije mogao riješiti...usnulo dijete
probudi zvuk a ne svjetlo, i na njega je veći uticaj imao predosjećaj od razuma...

(632)

Budna Anka se ušunjala u njihove osjećaje...sjela je između njih i obuhvatila ih, kao
dvojicu neplivača, svojim ružičastim zagrljajem...upaljene oči se liječe mlijekom
trudne žene...

(633)

I dok je ta trojka zbijeno sjedila, ne znajući da li da ide na spavanje ili da ostane u
mraku...gore, u banovom dvoru, pijanka se zahuktavala...dubrovačko vino je ubrza-
valo jezike i srčâ velmoža...tepčija Radonja je tvrdio peharniku Mirohni da je on vi-

še vezan za svoju baštinu nego za svoju jebenu titulu...časnik Safinar je teologizirao da rasipnik nije ubica siromašnih...goli neka slijede golog Isusa a on ga, časnik Safinar, rađe slijedi gizdavo obučen...drugi časnik, Prijezda, uskraćivao je seljacima raj...smrde toliko da anđeli odbijaju da ih prate...vojvoda Juriša se unosio banu u lice, uvjeravajući ga da običnoj seljačini trebaju obični propisi...i treba mu ličnost koji će mu te propise zadati...seljak je lijen da sam misli i sam upravlja...on rađe čuli ušima, a onda u kolibama trača...zakleće se pijani vojvoda Juriša banu na doživotnu vjernost, podići će desnicu, kao lik na stećku, ali će se isto tako zakleti i ugarskom kralju...u bici protiv svoga bivšeg bana bosanski mač će mu odsjeći ruku...skapaće on od te rane...sin će mu svezati kosti i navući kamen na njegovo tijelo...poučiće prisutne da su blagoslovljeniji oni koji za Gospodina umru od onih koji u Gospodinu umru...a ovi će zajedljivo reći da je on bio plemenita duša, njegovi psi su ga vrlo voljeli...trgovac Gradislav se neće zaklinjati nego će ubjeđivati jednog strojnika da se ...o nama može svašta reći ali mi bar nemamo robove kao visoki dubrovački republikanci...mi ih njima prodajemo...Semorad će svojim najneukusnijim šalama zasmijavati najdebljeg strojnika...Tarah će zadirkivati starce Bosanske Crkve...nije drvodelja Isus bio razapet ni na zlatnom ni na srebrenom krstu...već na drvenom... šta vam je u tim kožnim kesama...a Grubač će u kuhinji grubo jebati jednu od banovih sluškinja, zamišljajući da je to banova žena...i kao u svakoj bosanskoj pijanci svi oni će se nadvikivati svojim primitivnostima...i tek pred zoru će se pogasiti vatre ...pjevajući i povraćajući, vašar će se razići...bana će njegova žena odvući od stola... on će zaspati obučen, a ona nezadovoljno zajecati...sjetila se one rečenice koju je jutros jedna kuharica rekla drugoj...muškarci idu u rat jer ih žene ne mogu zadovoljiti...

(634)
Sutradan će se banovica žaliti banu...onaj izrod Grubač je sinoć silovao dvije kuharice, tri sluškinje i jednog paža...onaj prostak Semorad je rekao za bana, da je jedina kruta stvar na njemu njegov mač...a i to sječivo je venecijanski poklon...djedova ulizica Tarah je bana uporedio sa domaćom ovcom koja isto bleji i kad je kolju i kad je šišaju...a i kad je jebu...i tu trojicu neotesanaca bi trebalo raščerečiti, uškopiti, zube im iščupati...prodati u roblje...ili ih bar ne pozvati na večeru...

Planine i Mongoli

(635)

Alfaro je u Bosni doživio dva godišnja doba...dimljivu jesen i okrepljujuću zimu... svjetlošću manjkava doba...ili po Tarahu...doba u kojima se ne krsti ni vodom ni svjetlom...svijeća je u ovim brdima još rjeđa od crkve... Kao prirodno svjetlo, Alfaru će služiti jedino bijeli snijeg i još bjelje grudi, dvije Ankine tople sise, među koje će se on, pred okolnim mrakom, zavlačiti...kao među ovlažene haremske jastuke...milovao je on Anku i tješio se snijegom...prisjećajući se one večere kod bana, znao je on...čistoća snijega je...nalik jesenskom blatu...najveća prepreka napadaču.

(636)

U zimskim noćima su ga omađijavale misli o proljećenom povratku kući...u Svetoj Zemlji se ne živi...ona se drugima obećava...možda su kod kuće prestala zlostaljanja ...preživjeli žude za učiteljima koji će im ozeleniti zaboravljeno učenje...neću ovdje sagraditi kolibu, neću drvo iza nje posaditi...

Još i dalje je danju, sa Semoradom, odvajao kamen od žive stijene, večeri je provodio slušajući Divina ili prepisujući dupli svitak...a noću bi se on i Anka svijali jedno uz drugo, osluškujući potmulo stenjanje brda oko njih.

(637)

Po Semoradovom savjetu, napisao je Poitevinu pismo i spalio ga u vatri, držeći iznad nje evanđelje...Poitevin ga je u snu savjetovao...izbaci iz knjige stihove koje je žena napisala...ti si spreman da budeš propovjednik...spreman za povratak...

(638)

(...i danas vjeruju nemoćni da im se mrtvac može prikazati u snu, preko njega se nešto poručuje ili ga se za nešto umoljava...pokojnici prenose Božije želje, pretkazuju nastupajuće događaje...ljudima se ukazuju samo dobri dusi, oni koji su u Božijoj milosti preminuli i nastanili se u džennetu...)

(639)

Ispričao je Djedu dio svoga sna, našta mu je on rekao...i ja sam bio vani, u zimi i golosti, gdje su me proganjali razbojnici i lažna braća...bilo je tamo nesanice i gladovanja...moja putovanja nisu bila lagodna...(...Isus je obilazio Galileju, ja sam obilazio Bosnu...)...ali učio sam i od dobrih i od loših ljudi...svijet pripada Sotoni, pa treba po njemu ići da bi se shvatilo kako nebesa pripadaju Bogu...zato sam danas nadut izrekama i savjetima...i ti trebaš svojima prenijeti viđeno i saslušano...otkrio si leševe u svijetu, ali onaj koji samo leš nađe, taj nije dostojan toga svijeta, on mora rastruljeni leš i drugima predočiti...pitomije rečeno...svjetina je oko izvora a šaka ljudi je u njemu...oni što su u izvoru moraju one okolo upoznati sa bistrinom izvorske vode...ponekad pomislim da su dobra učenja brojnija od dobrih učitelja...

(640)

Bio bi Alfaro opremnjen za veliku misiju da ga nije jedna tegoba mučila, jedna nedoumica...Anka?

„Savršen“, on nije smio imati ženu, te se morao lišiti ili nje ili svoje „savršenosti“.

Volio je on Anku ali je strijepio od svoje, ovdje potisnute, neodlučnosti, nije želio da je u svojoj domovini razočara, nije imao hrabrosti da joj kaže...biću još tren sa tobom, a onda ću se povući...nisam prorok te se mogu vratiti u zavičaj...ti ostani ovdje ...uz djeda...rastanak je ljepota koja pomaže sjećanju...

Pisalo je u jednoj od djedovih knjiga da ne treba „ženu svoje mladosti otpustiti“.

Anki, a i djedu, zatajio je „ženske stihove“.

Kao i do sada u takvim nedoumicama, na njegovo pitanje su drugi odgovorili.

(641)

Glasine kažu da je one Mongole, Ismailove sinove (...a zvali su ih Tatarima jer im je pakao...Tartarus...ishodište...) koji su iskrsnuli na granicama Ugarske, poručio lično Friedrich II da mu olakšaju rušenje Rimske Crkve...oni je nisu srušili ali su pobili i zarobili masu sljedbenika te crkve...iza njih nije ništa ostalo što je napravljeno ljudskom rukom...ostala je pustoš...ostali su tatarski pacovi zaraženi kugom...zagubljene kožne mješine sa pitkom mongolskom rakijom...

(642)

Mongolac Džingis kan je rekao: „Najveća radost mojih ratnika je neprijatelje pobijediti, ispred sebe ih tjerati, opljačkati im sve što imaju, njihove najmilije u suzama vidjeti, njihove konje jahati, a na bijelim trbusima njihovih žena i kćeri spavati.“ Šovinistička teorija tvrdi da će azijska krv uvijek pokušavati svoje poluostrvo osvojiti i uvijek će se zadovoljavati samo njegovim pustošenjem...otpadnici tih tatarskih divizija će se ponovo pojaviti u Bosni, žaleći za pacovima i rakijom...a pošto je zlo slijepo i ne bira, dojahali su dolinom rijeke do mjesta gdje je Alfaro bio sretan... (...grom i munja su jedino čega se Mongoli boje, sakriju se umotani u crna krzna i čekaju dok oluja prođe...ne jedu meso životinja koje je munja spržila...)

(643)

Još je bila zima, ali Tatari se tuku i zimi, njima snijeg nije prepreka...bilo je podne, vrijeme jela i sabranosti...nagrnuli su sjevernom stranom, preko groblja...i mrtvace su prepali...stražari u zamku su odmah zatvorili kapiju, seljani su se, ne mogavši da uđu u zaštitu zidina, razbježali po okolnim brdima...

(644)

Mršavo tijelo se dopada Bogu.
Bježeći od Tatara, bježeći u planinu, usukani Alfaro se zagubio...ili se nije smio osvrnuti...zaledio se u snježnoj vijavici...neugojeno tijelo nije izdržalo težinu i hladnoću bjeline...a bilo je te godine toliko hladno, da su se i imena na stećcima zamrzla...

Desi se tako da neko umre tamo odakle potiče...pastir na brdu...mornar na moru... svetac u pustinji...desi se tako da onaj koji se kani vratiti ostane u tuđini...zauvijek ostane.

(645)
Sinovi robinje su iščezli jednako brzo kao što su i iznikli.
Brzina zla se mjeri brzinom svjetla ili zvuka.
Bubnjevi sa zamka su preživjelima objavili da je opasnost, kao udar bubnja, prošla ...kukajući, seljani su sišli sa brda...polovina ih je pobijena ili odvedena u roblje...tri dana su tražili Alfara, našli su samo njegovo smrznuto tijelo i stavili ga pod kamen ...kao pravog Bosanca i krstjanina.
Na kamenu je Semorad uklesao jasminov cvijet, od davnina je brat taj cvijet pokla- njao bratu...čak su i u drevnom Egiptu braća njime iskazivala uzajamnu ljubav.

(646)
Slušajući N.N.-a i čitajući Hroniku, ja sam slutio Alfarov prerani kraj...ili...nisam za- htijevao herojski već dostojanstveni svršetak...no, Alfaro se preobrazio u ledenicu... njegova sahrana je bila ljepša od njegove smrti.

(647)
Anku (...trudnu...?), koju je on u svome strahu ostavio, kao što je nekada i Poitevina ostavio, uhvatio je tatarski razbojnik i odveo ju je u praslavensku očevinu.
Mušku čeljad su isjekli vitkim mačevima ili proboli još vitkijim strijelama...jedna- kost muškarca i žene se najbolje očituje u mučeništvu.
Desetak godina poslije, putovaće jedan flandrijski franjevac po tatarskim zemljama, napisaće izvještaj o njima u kojem sažaljeva ropkinje sa odsječenim nosevima (...vo- ljeli su Tatari prćaste noseve...) i spominje plavokose Tatare...

(648)
Iza Alfara su ostali nedokrajčeni prepis i nejasan život.
U svojoj drugoj knjizi piše Rahn, suzdržano, o nekom manuskriptu sa kriptograf- skim znakovima (...kineskim ili arapskim...recimo...bosančica...) kojeg je tajanstveni bezimenjak iskopao na Montséguru...on i manuskript su iščezli...hoće da ga zaobiđe, a ne može da ga ne spomene...N.N. misli da je riječ o Alfarovom prepisu duplog pi- sma...donjeo ga je neki bogumilski kurirski par....

(649)
Kratko iza toga prepada, umro je i Divin...da li od tuge ili od starosti, ne zna se?
U toku tatarskog napada je on, u zamku, nagovarao bana da se okani ratovanja...ne maži štitove i mačeve...kuća mu je uprkos upadu Tatara ostala čitava...iz nje nije ni- šta odnešeno i ništa u njoj pomaknuto...
Klonuo je za stolom...među osušenim crvenim i bijelim djetelinama, jednima je sebi otvarao apetit, a drugima je pročišćavao krv...čelo mu je pritislo Knjigu Života... neka se novi Djed zove T...drvena čaša i štap su kumovali njegovoj smrti...nije bio

lišen smrtnih grčeva, ali Dobri Bog mu je dodao par mirnih sati, umro je dostojanstveno...kako je i živio...položili su ga golog u bosansku zemlju, pokazujući time iluzornost ovozemaljskog života...

(650)
Njegovoj ženi, tužnoj starici i časnoj sestri u dubrovačkom samostanu, u trenutku njegove smrti, raspala se krunica u rukama, perle su se, kao Alfarove maline, rasule po njenoj ćeliji i Ave Marija je ostala neizrečena...

(651)
U Divinov grob će, mnogo brzoletećih godina kasnije, biti položen i neki ratnik. Njegova rodbina će skloniti mramor, starčev kostur će pomesti u ćošak jame, a svoga mrtvaca staviti u ugrijanu grobnicu...metnuće opet kamen na njih...višak zemlje će rasuti po okolnim kupinama i malinama...pješak putopisac će u devetnaestom vijeku naići na taj stećak, preslikaće ga u svoju bilježnicu...bosanski muslimani će biljeg upotrijebiti kao građu za džamiju...a ovu će zle vojske uzaludno srušiti 1993. godine...meleki slušaju molitve u srcu insana...

(652)
U posmrtnom kolu posvećenom Alfaru, plesaće Semorad, Tarah i Grubač...zaigraće oni kolo i na Divinovom pogrebu.
Sva trojica su, bez rana, preživjela tatarski upad.
Semorad se sa porodicom sakrio na groblju, među rasprslim kamenovima u trilakatnom grobu...pričaće da su se i oni, od jeze, skamenili i da ih tako šlicooki nisu primijetili...Tarah će u Divinovoj kolibi ispravljati svoj ep o banu Kulinu, čiji će duh obaviti kolibu neprobojnom svjetlošću...Grubač će pobjeći na vrh onog istog brda na kojem je sa svojim prijateljima već jednom boravio...neće moći u sebi suzbiti neku neobjašnjivu zluradost...

(653)
Sjećanje na njihov ples na Alfarovom i Divinovom ukopu biće i zadnje zajedničko sjećanje...u proljeće će, u krstaškom upadu pod dvocifrenim brojem, Tarah i Semorad skončati...neće ih spasiti ni groblje ni Divinova koliba ni vrh brda...Tarah će kao štit, postaviti svoj ep pred ugarsku strijelu, ova će probiti i spis i njega...Semorad će, trčeći za svojim najmlađim djetetom, dobiti koplje u leđa...i jedino će samac Grubač (...ko sam spava njega će Lilith zarobiti...), zahvaljujući slojevima zla u sebi, preživjeti i taj napad...preživjeće i sljedeće ratove...toliko će ostariti da neće znati zbog čega još živi...njega se i danas može sresti na grobljima...gdje još i dalje briše podatke o pokojnicima...on će položiti Taraha i Semorada pod zajednički kamen, jednog iznad drugog...pritisnuće ih tako da više nikada, na ovome svijetu, ne ustanu...

(654)
U beskonačnost drugog nebitka (...onog prvotnog se ne sjeća, jer mu je pijani anđeo, prije nego što ga je poslao na zemlju, opalio zvrčku po nosu...) nestao je u tom suko-

bu i Veliki Ban Ninoslav...lunjajući oko religijâ i reinkarnacijâ...pokaži koji si od ovih predmeta upotrebljavao u svom prijašnjem životu...neće on pojmiti svoja dva ništavila...

(655)
U Hronici se izgubio i Divinov testament, možda proročanstvo ili proslov nečemu što tek treba da se napiše...N.N. je te Divinove redove, pisane pred smrt, našao na srednjim stranicama spisa...otkinuo sam ih od bolesnog tkiva Hronike...

...kao Bosanac i krstjanin, Dobri Krstjanin, kao heretik kako ga danas i od kada je Kulinove Bosne zovu, pišem ovaj proslov bosanskoj tajnoj i nedovršenoj Knjizi... pišem, uzdajući se u Početak u kojem bijaše Riječ, uzdajući se u Kraj u kojem će se Riječ ostvariti...uzdajući se u Svjetlo a ne u Zakon...Bestjelesnost nam je donijela Milost i Istinu od Boga...a On je nevidljiv... Za opravdanje moje vjere mi je dovoljno sedamnaest stihova...sedamnaest stihova i jedna Bosna svjedoče za mene, te govorim...ja nisam Svjetlo, ja svjedočim za Svjetlo, moje meso će se raspasti ali ne i moja duša, neotkrivena od krvi ni od volje tjelesne ni od volje muževlje ni od volje ženine...nego samo od Boga i njegove punine...ja nisam Svjetlo, ja sam Svjedok ali Svjetlo je u meni i Tama me ne obuze...onaj iza mene će u Tami ubijati...mene nema, kao što ni prve Bosne nema...Istine i Milosti nema ...osta kamen ispod kojeg nisam, jer moje tijelo je istrulo...moja duša je konačno u beskraju Božijeg carstva...napisah ovaj proslov da bih sebe i druge podsjetio na Riječ, Milost i na Boga...

(656)
Djed je to zapisao nakon banove večere, sit jakozačinjenih jela i kobne kolotečine... uzvišene misli liječe prostatu...uvijeni pergament je ćušnuo pod strehu...Tarahu je taj smotuljak pao pred noge, redovi u njemu nisu baš jasno pisani pa ih je on odložio za pametnija vremena.
(...ideja o dobrim ljudima, uživati u njihovom opisu, opisu tih ljudi koji nisu postojali...)

Zadnji list

(657)

„U ime Oca, Sina i Svetoga Duha izbacujemo ove heretike iz naše svete vaseljenske
crkve i predajemo ih Sotoni i svim mukama pakla...
Neka su prokleti svim kletvama Starog i Novog Zavjeta...
Neka su prokleti ma gdje bili...
Neka su prokleti u naselju i izvan njega...
Neka su prokleti pri jelu ili piću...
Neka su prokleti budni ili u snu...
Neka su prokleti živi ili mrtvi...
Neka im Bog pošalje glad i kugu...
Neka budu omrznuti od svih ljudi...
Neka im Sotona stoji sa desne strane...
Neka budu istjerani iz svojih kuća..
Neka im njihovi neprijatelji uzmu imanja...
Neka njihove žene i njihova djeca ustanu protiv njih...
Neka im se ne pomogne u nevjeri...
Kao što se ova baklja gasi u vodi tako neka se ugase i njihove duše u paklu... "

(658)

Konac moje hronike sam, kao i njen prvi list, doslovno preuzeo...prepisao...iz
hronike N.N.-ovog oca.
Obred, ritual kao prvo, prokletstvo, kletva (...opržene usne...) kao zadnje...između ta
dva čina se odvijao i odvija život heretika...između Dobra i Zla...između onoga na
šta on pristaje i onoga šta mu drugi prinose...čime mu prijete...

(659)

A između...smetalo mi je tvrdokorno prisutvo smrti i neprestano zazivanje istih te-
ma, koje nisam mogao odbaciti...da sam drugačije uradio, izgubila bi se Hronika, a
sa njom i ruke koje su joj ugađale...

(660)

Nema se vremena za obračun sa prošlim ratom, novi se nadovezuju...svakoj gene-
raciji je suđen najmanje jedan...ovo je sigurno zadnji...ako se razgolaćiš noću, nadaš
se u snu, da ćete pokriti onaj koji leži pored tebe...ni ja nisam imao vremena da se
riješim Hronike...ona se ne prekida...novopečeni heretici se očituju...kamenoresci i
trubaduri se produžuju...krstaši se množe...i piše se, bar sitno, drugačije o mudrosti-
ma svetih knjiga...nastoji se pronaći Tajna Knjiga, taj liječnički karton, sve deblji i
puniji bolestima i pregledima duše...

(661)

Zadnja derviška stepenica pred savršenstvom je crne boje, na njoj se, u polutami ovoga svijeta, može lako okliznuti, lojalnost te stepenice nije time izgubljena...derviš se okliznuo pred vrpcom, posrnuo je pred crninom i rekao...nalik dugi, savršenstvo je nedokučivo...

Bijeg iz opsjednutog mjesta

(662)

Martha mi je poklonila njen zastarjeli kompjuter, blesavu mašinu koja nije slušala moja dva utrnula prsta, pa sam se morao sa njom mučiti (...mučio me je i troistinski mir u Bosni...mučila me je Martha, gorko-slatka muka...bila mi je muka od automata za cigarete koji ne uzima sitni novac, muka od gužve u tramvaju ili u kafani...od praznog tramvaja ili prazne kafane...muka od susjednog bola...mučio me je želudac ...recimo i jetra...a najviše su me mučile riječi koje su me sa ekrana izazivale... stvarne i umišljene mučnine koje su se u meni sumirale u paniku...), te kada sam tekst konačno sredio i otkucao (...60.000 riječi od kojih ni jedna nije meni pripadala...), survao sam aparaturu u podrum...jedinom primjerku, na beskrajnom papiru, nisam mogao ni jedan znak uskratiti...ili mu ga nabaciti...preda mnom se ispriječila kletva...i crna stepenica koju neću preći...

(663)

Sjećam se te zadnje večeri kao što se i ona mene sjeća...napolju je padala njemačka kiša (...opet ta prisvajanja padavina...), teža i monotonija od one naše (...opet ta prisvajanja padavina...), tastatura kompjutera je posivila od pepela cigareta...na monitoru su se, kao neostvareni poljupci, sušile jagode, pio sam pivo (...gdje li je katarsko vino?...), soba je smrdila na prošlost...ja sam se oslobađao slova i misli...rat je bio i završio se...ali ne i ratna neuroza u meni.

U toku rata nisam mogao gledati kartu Bosne...imena na njoj su smrdila na izgoreno meso...i nakon rata je taj miris ostao zalijepljen za nosne dlake...

(664)

Zaključao sam se i progutao ključ...Marthe i onako danima nema...htio sam se predati potpunom mirovanju, katarskoj enduri...htio sam spoznati svoje ništavilo...ali... umjesto kosmičke praznine, ili bar dosade...turobnosti...tuge...zlovolje...spoznao sam tek da ne mogu biti sam, to stanje producira svu muka koja me spopada...biti sam, znači krišom činiti dobročinstva…

(665)

Utekao sam u ulicu, žubor ljudskog vodoskoka me je smirio...kao da sam u kartuzijanskom manastiru a ne u bučnom šetalištu, u kojem se lovci i sakupljači diče garderobama...zamotan u hrku, zamotan u habit, prošetao sam sjevernim gradom.

(666)

Šetajući kroz samoće, odlučio sam se protiv njih, odlučio sam se za grad kojeg sam odbacio da bih sebe uzdigao.

Sljedeći dan, (...probudio se bogatiji za jednu noć, za jedan san...jutarnje buđenje je čas uslišanja...objavi mi poučan razlog da bih ustao iz kreveta...oplakujem noći kada plakah...večer donese suze, jutro klicanje...) spakovao sam moj izbjeglički ruksak, nisam se oprostio od Marthe...nisam sa njom spavao...nisam je utješio porukom... htio sam je uvrijediti ne prisustvujući njenom osjećaju...kao što je i ona mene u juž-noj Francuskoj napustila, tako sam i ja nju ostavio...nadmeno...neka ona počisti mrvice nedokrajčenog doručka...

(667)
Uz moju molitvu protiv uroka i autobuskog kraha, vratio sam se autobusom u Grad (...vozač je psovao rat i političare, ono što se ponavlja i one koji se ponavljaju...pso-vao je vjernike i nevjernike...vjernici i nevjernici su u pijanstvu jednaki...), za vrije-me putovanja me niko nije pitao gdje sam bio i šta sam radio...prešutio sam i tu vož-nju...spojio tri poluostrva...

(668)
A Grad mi se narugao.
N.N. mi je rekao da su rukopisi i knjige vitalniji od ljudi, Hronika će, željna kiseoni-ka, izroniti iz nekog vrtloga, pojaviće se tamo gdje joj se ne nadamo...trebamo joj se samo nadati...zakopane lešine imaju svojstva koja ih izbacuju na površinu...za njih ne važi njutnov zakon...

(669)
Noseći sa sobom njegovo pismo, pasoš za stara vremena, posjetio sam Osmana...po-zdravio me je sa lokalnom pivom u ruci...odleđeni, zamijetili smo nove bore na našim licima i prešutili ih...hajde da pričamo o Bosni...e, onda, moj jaranu, počnimo da plačemo...oko nas se vrtio Dalmatinac Giotto (...opkoljene životinje...), skakao mi je taj pas na leđa, njuškao me je, valjda mu je vonj izbjeglice bio još nepoznat...noć smo prosjedili na balkonu, posmatrajući brda sa kojih je Grad bombardovan... Dočekali smo svjetlost i vidjeli da je dobro.

(670)
...ja sam pobio „junake" moje Hronike, a Osman je preživio rat...on je junak...oslo-bodio je Grad od futurista sa brda...sa uljanim bojama, muzikom i barjakom...

(671)
Ispričao mi je on kako je Biblioteka spaljena...kako su kroz taj požar nanovo spalje-ne sve one već izgorene bibilioteke...otišao je do njenih ostataka da bi se nad njima pomolio...čeprkajući po zgarištu, našao je ranjene listove pisane stranim slovima... ponio ih je kući kao ratni suvenir...

(672)
Izvadio ih je iz kartonske kutije za cipele...relikviju...garavi čuperak kose Marije Magdalene...rubovi tih listova su bili nagoreni...i njih je vatra dotakla...pažljivo sam ih uzeo u ruke...pomilovao...i otkrio na njima još jednu hroniku...

(673)
Grad mi se narugao...otvorio mi je enciklopediju mitova, mitova za kojima sam ku-

kao...moć Zla je samo u mitu...

Postao sam bošnjački nacionalista...prešao na islam...i počeo obilaziti gradske dža-
mije i mesdžide...

(...N.N. reče: Buda danas...nemoguće...čak ni Isus...moguć je samo Muhamed a.s...)

...mirotvorna figura Bambina krasi moju vitrinu...

Prvi list Hronike

(674)

Nanizali smo i prosuli hronike...pustili smo ih da se prepliću, taru i stružu jedna drugu, vreli kesteni iz inkvizitorske vatre...perfekti prvog lica...samosvojni i samodopadljivi plagijati...Golemu Hroniku ne objavismo...polica za nju je i dalje rezervisana u srednjovjekovnoj biblioteci, u kojoj se knjige jedna u drugoj tope, original se hvali kopijom, kopija umišlja da je original...slijepi bibliotekar je traži...zamišljam ga kako broji primjerke, pogriješi u brojanju, ponovo broji...nedostaje mu jedan primjerak...

(675)

Obrađujući isto štivo, mi smo se bar potrudili da mu damo neponovljive naslove.

Prvi trudnici Hronike su dvojica jezerskih patarena koji su, vjerovatno nakon veronskog masakra, pobjegli u Bosnu; svoju hroniku su nazvali „Bosanska knjiga"...nju su braća Authie preveli na provansalsko narečje, za njih je ona bila „Crna knjiga"... Otto Rahn će je napisati pod naslovom „Luciferov dvor"...njegov učitelj Antoin Gadal će svoju verziju nazvati „U potrazi za Svetim Gralom"...Morice Magre ju je uvrstio u ciklus „Vapaj za mudrošću"...N.N.-ov otac će je biti skromniji: „Od Montségura do Balkana", moj južnofrancuski pratilac će je titlovati „O katarima i bogumilima"...a ja ću, halapljivo, svojoj hronici dati najduže ime i, kao i svaki dobar učenik, posumnjati u teorije učitelja...

(676)

Hronika iz bombardovane Biblioteke je za sada bezimena...zna se da je odrasla u šesnaestom vijeku, te donekle upotpunjava prazninu između braće Authie i neomanihejaca...može biti da ju je pisao neki Hugenot (...iz četiri proganjane generacije...) u periodu vjerskih borbi u Francuskoj...hugenotska zadnja strofa 88.-og psalma:... mrak mi je znanac jedini...

(677)

A gdje je...gdje su kasnije hronike...možda smo imali neku u rukama, ali nam se njene korice nisu dopale...možda nam je majka u djetinjstvu čitala iz nje...možda smo novac za nju potrošili u kafani...?

Treba valjda čekati na još jedno čudo...sljedeći rat, koji će nam nju i naše ostale pritajene slabosti otkriti...

(678)

U tmurnim mjesecima se dopisujem sa N.N.-ovom udovicom, ona me u svakom pismu iznenadi:..N.N. je ukopan pod prepuklim kamenom...na sjevernoj plohi je uklesan keltski krst...knjižaru je zakupio njegov maloumni nećak...N.N.-ove spise je poklonila arhivi u Carcasonni...Martha je njegova vanbračna kćerka, začeta u jednoj pijanoj noći na Montséguru...majka joj je porijeklom iz Bosne (?)...

Predlaže mi odmor u Tarasconu...sljedećeg ljeta...a i Martha (...to nepostojano „a" iz

srpskohrvatskih gramatika...) me pozdravlja...ona će ovog ljeta u južnu Francusku...
Moja žena čita njena pisma i strpljivo sluša moja objašnjenja...ta pisma su dokaz
moje istorije...sporedne istorije...

Kada ostarim, ispričaću je svojim unucima...ako je ne zaboravim...zabavljen svojom
starošću, boleštinama i skorom smrću...